# 세 발
# 까마귀

# 세 발
# 까마귀

유익서 장편소설

나무옆의자

# 차례

# 1

나를 버리러 왔다!

남망산공원 나무 의자에 앉아 그는 다시 생각했다.

어둠이 발아래 펼쳐진 도시를 잠식해가고 있다. 초저녁 강구안 주두형 가로등에 일제히 불이 들어왔다. 어둠의 농도에 따라 가로등의 명도가 점점 높아갔다. 문화마당 계선장에 접안해 있는 거북선과 판옥선은 선체를 따라 밝혀진 색전등으로 인해 윤곽과 형체가 뚜렷하다. 해안 계선주에 밧줄을 걸고 정박해 있는 크고 작은 동력선들도 제각각 정박등을 밝혀 자기 존재를 드러내고 있다. 항구를 잠식해가고 있는 어둠은 서두르는 기색 없이 마냥 부드럽고 정겹다. 이렇듯 다정다감한 밤을 맞이하고 있는 그는 자신을 버릴 궁리로부터 한 발짝도 벗어나지 못하고 있다. 때문에 그의 상념은 자주 깊은 나락으로 침잠한다.

옆에 벗어둔 배낭은 부피 없이 홀쭉하다. 등을 감싸고도 남을 크기의 배낭 안에는 대여섯 발 길이의 단단한 로프와 네댓 발 길이의 비단

끈밖에 들어 있는 것이 없다. 경우에 따라서는 허리에 감고 있는 혁대가 더 요긴하게 쓰일지 모를 일이었다. 자산이라고는 천 원권 지폐 열몇 장과 몸에 걸치고 있는 옷, 발에 신고 있는 운동화 정도가 전부이다. 그러나 그로 인한 불안감은 조금도 없다. 주머니에 들어 있는 매우 적은 액수의 지폐가 보장하는 시간이면 모든 준비를 다 마칠 수 있으리라, 그는 그렇게 믿고 있었다. 자신을 버리기로 결심한 순간부터 그를 옥죄던 서글픔이 단단하게 만져졌다.

지난 3일 동안 그는 자신을 버릴 장소를 정하지 못했다.

첫째 날은 부질없이 세병관 주위를 더듬고 다니느라 하루해를 허비했다. 세병관 쉰여 개의 아름드리 붉은 기둥을 어루만지기도 하고 머릿속을 오락가락하는 부질없는 상념을 좇기도 하면서 천천히 햇볕을 밟고 다녔다. 상념에서 깨어보니 시간이 속절없이 달아나고 있었다. 아무리 궁리하고 따져봐도 세병관 쉰여 개의 아름드리 붉은 기둥은 이 나라를 굳건히 떠받치고 있는 환유로 보였다. 그 붉은 기둥의 환유 앞에서 그는 불경죄를 짓고 싶지 않았다.

둘째 날은 비진도 선유대를 다녀왔다. 전에 비진도에 관한 동경과 선망의 글을 읽은 적이 있었다. 그러나 세병관에서 마주친 한 노인으로부터 매혹적인 경치야 비진도 선유대에서 바라보는 해넘이 장관보다 더한 데가 어디 있겠느냐는 말에 끌려 찾아간 것이다.

비진도로 가는 길은 용이한 편이었다. 시간에 맞춰 여객선에 몸만 실으면 다른 수고는 더 따르지 않았다. 하지만 외항마을 맞은편 선유대로 올라가는 산길은 몹시 험하고 가팔랐다. 숨이 차 몇 번이나 쉬어야 했고, 주저앉아 쥐가 난 다리의 근육을 푸는 수고를 치르고서야 겨우 오를 수 있었다.

선유대에 올라 마침내 맞춤한 결행 장소를 물색했다. 비장한 기분으로 결행 준비를 하던 순간 때마침 서쪽 바다에 걸려 있는 둥그런 붉은 해와 마주쳤다. 하루의 운행을 마친 해가 섬 뒤의 바닷속으로 가라앉으려는 순간이었다. 하늘, 바다, 섬이 주홍빛 물감을 듬뿍 묻힌 붓으로 힘차게 휘갈겨둔 화폭 같았다. 굵고 강렬한 루오풍의 그 절박한 화폭은 폭발 직전의 위태로움을 안고 있었다. 그 준열한 화폭 앞에서 그는 한없이 왜소해지는 자신을 느꼈다. 겨자씨보다 보잘것없는 주제에 감히 자신을 버리고 말고 하겠다니 무람없는 짓 같았다. 더구나 자신을 버릴 장소로 이런 성소를 염두에 두다니, 당치 않은 일이었다. 아무리 처지가 절박하다 해도 그렇지, 이런 장엄한 화폭에 어찌 작은 흠집 하나라도 낼 수 있겠는가. 게다가 그날 밤 조우한 옛 왕들의 엄숙한 모습이라니, 선유대를 어찌 범할 수 있단 말인가. 이튿날 거추장스러운 몸을 이끌고 그는 허둥지둥 비진도를 등지고 나왔었다.

셋째 날도 결단의 순간은 오지 않았다. 망설임과 씨름하는 것으로 하루를 허송하고 말았다. 항구 도시에서 맞이한 세 번째의 밤, 그는 내일을 기약할 수밖에 없었다. 힘없이 남망산공원 비탈길을 터덜터덜 내려온 그는 주머니 사정을 감안하며 24시간 편의점을 목표로 걸음을 옮겨놓았다. 컵라면 하나면 시장기는 때울 수 있으리라.

컵라면 뚜껑을 열고 동봉되어 있는 스프를 다 털어넣은 다음 온수기에서 더운물을 받았다. 정해진 동안 뚜껑을 닫고 면이 풀리기를 기다리는 시간이 길게 느껴졌다. 이윽고 뚜껑을 열고 나무젓가락으로 저은 다음 후후 불며 면을 입으로 가져갔다. 아, 이 고소한 맛이라니,

언제 이렇듯 맛있는 음식을 먹어본 적이 있었던가. 단무지 한쪽 김치 한 가닥 없는 단출한 식단이었다. 그럼에도 불구하고 그 고소한 맛에 모든 감각이 일제히 반응했다. 그는 짜릿짜릿 반응하는 미감을 온몸으로 누리며 라면 가닥을 입안에 넣고 음미하듯 씹었다.

"뭘 드시고 있기에 그렇게 충만한 표정을 짓고 계십니까?"

아웃도어 차림의 마흔 정도 되었을까, 그와 같은 또래로 보이는 남자였다. 남이야 무슨 표정을 어떻게 짓고 있든 말든 웬 참견인가. 그는 컵라면을 들어 상대방의 눈앞에 들이밀며 눈을 흘겼다.

"컵라면 하나에 그런 흡족한 표정을 짓다니, 좋습니다. 제가 더 감동적인 표정을 짓도록 해드리면 어떻겠습니까?"

그는 들고 있던 비닐봉지를 벌려 안을 보여주었다. 오징어, 참치 캔, 소주병 등이 보였다. 어찌 컵라면 정도에 그 맛을 비교할 수 있겠는가. 그의 제안의 진위 여부를 확인하기 위해 눈을 치뜨고 상대를 쳐다보았다.

"그런 험상궂은 눈으로 노려보지 마십시오. 햄이나 더 좋은 것을 보탤 수도 있습니다. 저 문화마당 쪽에 맞춤한 장소도 봐두었고. 말벗이 있어야 술맛이 더 난다! 그렇게 믿고 있는 제 기분도 탓하지 말아주십시오."

"술벗을 청한다, 그 말인가요?"

"낯선 고장에 홀로 와 있으니, 이러지 않고서는 어디서 술벗을 구하겠습니까."

"좋습니다. 주량이야 형편없지만 말벗이야 못해드릴 바 없겠습니다."

그의 선선한 동의에 흡족해하며 상대는 햄과 소시지를 비닐봉지에
더 보태 넣었다.

24시간 편의점을 나온 그들은 문화마당 판옥선 앞 해안에 자리 잡
고 앉았다.

'우리 만남은 오늘 저녁으로 한정된 것입니다. 그러므로 눈에 보이
는 것 외에는 서로에 대해 더 알려고 하지 맙시다.' 상대가 먼저 그렇
게 제안했다. 말하나 마나 당연한 일 아닌가. 번거로움을 줄이려면 서
로에 대해 아는 것보다 모르는 것이 더 많을수록 좋은 것이다. 그의
대꾸에 상대는 오늘 유쾌한 시간이 되겠다며 환하게 웃었다.

그들의 머리 위 수은등에서는 미세한 분말 같은 불빛이 안개처럼
흘러내리고 있었다. 수은등 아래에 펼쳐진 그들의 술판을 관광객 무
리가 흥미로운 시선으로 흘끔거리며 지나갔다.

두 사람은 서울에 집을 두고 있다는 공통점에 금방 의기투합했다.
밤으로의 긴 여정에 들어선 이 낯선 도시에 두 사람 다 홀로 와 있다
는 점 또한 그들을 친근하게 만들었다. 언제 술맛을 이토록 지극하게
느껴본 적이 있었던가. 술이 들어가자 양쪽 다 말수가 늘어났다. 개인
의 신상정보 발설에는 인색했지만 세상에 관한 불만은 분출했다.

"이놈의 세상 확 뒤집어버려야 한다고 생각하지 않습니까?"

"그렇지요. 불의와 불신과 모함으로 뒤덮인 이놈의 세상 확 뒤집어
버려야 합니다."

"불의와 불신과 모함으로 뒤덮인 세상이라고 했습니까?"

"그렇지 않습니까? 정계나 재계는 말할 것도 없고 인간관계도 죄
불신과 모함이 조종하고 있지 않냐고요."

"그러므로 세상이 정상적으로 작동하지 않고 있다, 그 말이군요?"

"그렇지 않으면 왜 뒤집어버려야 한다고 외치겠습니까."

"하기야 저도 동업한 친구에게 배신당하고 이 꼴이 되었습니다만, 언제쯤 구원의 신, 정의의 신이 도래할 것인지, 원."

"정의의 신, 구원의 신이라고 했습니까? 신이 언제 한 번이라도 정의로운 적이 있었습니까? 탐욕과 저주의 편에서 인간을 조종하고 지배해왔을 뿐 언제 한 번이라도 자비와 구원을 베푼 적이 있었냐고요."

"하기야 신의 손에는 늘 칼 아니면 총이 들려 있기는 했지요. 지금도 세상이 신 때문에 전쟁을 치르고 있기도 하고. 선생께서도 세상의 날카로운 칼에 심장을 찔려 도피 중인 모양입니다만."

"선생도 그 비슷한 사정 때문에 술을 필요로 하는 거겠죠."

그 말에 둘은 마주 보고 쓸쓸히 웃었다.

두 사람은 시간이 흐를수록 친근해졌다. 손바람을 일으키며 연이어 잔을 부딪쳤고 술을 들이켰다. 이성은 이미 주량을 넘었음을 경고하고 있었다. 그러나 그는 권하는 술잔을 마다하지 않았다. 얼마 가지 않아 그는 혼자 훌쩍이기 시작했다. 사내가 훌쩍이다니, 가슴속에 분노의 마그마라도 흐르고 있다는 것인가, 아니면 폭풍이라도 일고 있다는 것인가. 그렇지 않고서야 어찌 저러랴만, 스스로 토설하지 않는데 굳이 말을 시켜 알아 뭘 하겠는가. 상대는 훌쩍이는 그를 묵묵히 지켜보며 혼자 빈 술잔을 채워 거듭 마셔댔다. 잠시 후 훌쩍이기를 그친 그도 술을 찾았고 주는 대로 거푸 받아 마셨다. 그리고 계속 도리질을 해대며 세상을 향해 팔을 뻗어 엿을 먹였다. 그 기세가 어찌나 격렬했던지 그의 주먹에 맞아 세상이 산산조각이라도 날 것 같았다.

까무룩 졸았던 모양이었다. 누군가 어깨를 흔드는 바람에 그는 가까스로 눈을 떴다. 상대가 걱정스러운 얼굴로 그를 살피고 있었다.

"어디 편한 데로 가서 잠시 쉬어야 할 것 같습니다."

비틀거리며 일어난 그는 상대의 부축을 받으며 몇 걸음 옮겨놓았다. 곧 부축한 상대의 손을 뿌리친 그는 혼자 걸음을 떼어놓으며 보란 듯이 어깨를 으쓱 올려 보였다. 해안도로 건널목을 건넌 그들은 영문으로 된 간판의 카페로 들어갔다. 계단을 올라가는 동안 낯익은 기타 소리가 들려왔다. 계단을 올라가는 그의 발걸음이 빨라졌다. 2층의 빈 자리에 가서 털썩 앉은 그는 기타 연주를 하고 있는 남자를 매서운 눈초리로 쏘아보았다. 멜로디가 약간 발을 헛디딘 듯했던 것이다. 그러나 그것뿐이었다. 그날 저녁 그가 보낸 시간의 기억은 거기서 그쳐 있었다. 기타 소리 외에는 기억나는 것이 아무것도 없었다.

## 2

비진도 선유대로 가야 하리라!

자신을 버릴 장소로서 선유대만큼 맞춤해 보이는 데가 없었다. 그 날 선유대의 서쪽 하늘을 물들이고 있던 붉은 해의 장엄함이 도무지 잊히질 않았다. 세병관도 미륵산도 제승당도 마땅치 않아 보였다. 아무래도 선유대 해넘이의 노을이 자기를 버리고자 하는 이를 배웅하는 광경으로서는 가장 찬연할 것 같았다. 그는 비진도행 여객선에 승선하기 위해 여객선터미널을 한나절 이상 서성거렸다. 그러나 별다른 방도가 나서지 않았다. 주머니에는 먼지만 잡혔고 컵라면의 기억도 그립기만 할 뿐 가물가물했다. 자신을 버리는 데는 허기가 도리어 어울리는 정황일는지 모를 일이었다. 허기는 그러나 어울리지 않게 죽음보다 도리어 삶 쪽의 기대와 망상을 더욱 간절히 불러일으켰다. 허기의 해결이 무엇보다 다급한 일로 여겨졌다. 하지만 구걸을 할 용기는 나지 않았다. 어쨌든 비진도행 여객선 승선 요금을 마련할 길이 막막했다.

그는 아까부터 여객선 계류장을 바장이고 있는 갈매기를 하릴없이 바라보고 있었다.

가끔 잿빛 날개를 퍼덕이기도 하고, 꼬리를 부챗살처럼 활짝 펴기도 하며 노랑 부리 끝으로 콘크리트 바닥을 쪼고는 했다. 바다 위를 선회하며 물고기의 향방을 쫓을 기운이 없는 것인가. 날개를 펴고 날아오를 기미를 보이지 않았다. 다른 갈매기들은 정박해 있는 여객선 마스트 위를 선회하거나 기운차게 하늘을 찌르며 솟아오르기도 했다. 먹이라도 발견하였는지 쏜살같이 수면을 향해 내리꽂히며 주위 공기를 역동적으로 만드는 놈도 드물지 않았다. 그런 갈매기들의 분주하고 활기찬 모습과는 달리 놈은 메마른 콘크리트 계류장을 이리저리 뒤뚱거리고 다녔다. 다른 갈매기들로부터 따돌림을 당하고 있는 것인가. 무리로부터 떨어져 홀로 뒤뚱거리며 끼루룩 가끔 성대를 높이기도 했다. 그 소리가 몹시 절박하고 슬프게 들렸다. 놈의 저 절박한 슬픔은 어디서 비롯된 것일까. 나처럼 부당한 모함이라도 받고 있는 것일까. 어떤 진실로서도 해명할 수 없고 벗어날 길 없는 모함의 수렁에 빠져 있다면 놈에게도 죽음밖에 다른 길이 없을 것이리라.

그래, 자신을 버리기 위해 이곳 항구 도시를 찾아온 나는 누구인가. 왜 나를 버리지 않으면 안 될 절박한 처지에 놓이게 되었는가. 왜 나는 단단한 로프와 네댓 발 길이의 비단 끈만 달랑 배낭에 넣고 이런 낯선 도시에 내려와 나를 버릴 장소를 물색하고 다니는 가엾은 존재로 영락했는가. 내가 일찍 도태될 잉여적 존재였던가. 벌써 유효기간이 다한 쓸모없는 인간이었던가. 사십여 년의 생애를 흔적 없이 지워야 할 이 절망적인 순간의 도래를 나는 왜 예측하지 못했던 것일까.

돌이켜 생각해봐도 그는 자신의 영락이 무엇에서 비롯된 것인지 짐작이 가지 않았다. 운명인가. 운명이 부린 은밀한 수작으로밖에 생각되지 않았다.

그러면 운명의 역린을 거슬러 동티를 낸 원인이 무엇이란 말인가. 골똘히 생각을 굴려봐도 짚이는 데가 없었다. 재주가 특출하다고는 할 수 없었으나 어려서부터 시작한 그림 분야에서는 줄곧 좋은 평가를 받아왔다. 그것이 남들의 질시의 대상이 되지는 않았으리라. 직장 생활 또한 별 탈 없이 지속해왔다. 결혼은 아직 하지 않았지만, 약혼녀와 곧 식을 올리기로 약속해둔 터였다. 모든 것이 순조로운 것이 탈이라면 탈인, 그런 평온한 생활을 영위해왔었다. 그런데 예기치 못했던 상대로부터 모함을 받아 순식간에 직장과 명예 등 가진 것 모두를 잃고 만 것이다. 모함은 견고했다. 벗어나보려고 몸부림쳤으나 소용이 없었다. 늪처럼 허우적거릴수록 깊이 빠져들었고 몸부림칠수록 반작용과 역풍만을 초래했다. 구원의 길은 어디에도 보이지 않았다. 구차한 목숨 더 지탱할 이유가 없었다. 다시 배낭 안의 로프와 끈의 존재를 떠올리지 않을 수 없었다.

그때 웬 건장한 양복 차림의 젊은 사내 하나가 우뚝 앞을 가로막고 섰다. 하늘을 가로막다니 이런 무람없는 자식 봤나, 미간을 찌푸리고 사내를 쏘아봤다. 사내의 오른쪽 어깨 너머로 통영대교 철제 빔이 바라보였다. 아치형 철제 빔 중간에 붉은 해가 걸려 있었다. 벌써 해가 하루의 긴 임무를 마칠 시간이 된 것인가. 비진도에 가려고 해도 내일의 여객선을 기약할 수밖에 없겠군, 그는 순간 막연히 그런 생각을 했다.

"내가 선생을 찾으려고 얼마나 걸음품을 팔고 다녔는지 압니까?"

들여다보고 있던 스마트폰을 든 오른손을 아래로 내리며 사내는 웃고 있었다. 그 웃음에 비아냥거리는 기색이 감돌고 있었고, 말투는 단연 시비조였다.

순간 그는 몸이 굳어졌다. 사내를 경계하며 자세를 고쳐 앉았다. 줄행랑을 친다 하더라도 민첩해 보이는 사내의 손아귀를 벗어날 재간이 없을 것 같았다. 무방비 상태에서 이렇듯 기습적으로 당하고 만단 말인가. 상황은 이쪽이 절대 불리해 보였다. 그런데 사내는 도대체 누구일까? 나를 찾아 걸음품을 팔고 다녔다니, 누가 보낸 것일까? 제일 먼저 떠오른 것이 한인경이었다. 그렇지만 더러운 자식! 창피한 놈! 이라며 침을 뱉고, 수백 명의 학생들이 지켜보는 가운데 따귀를 올려붙이며 저주를 퍼붓던 야멸친 그녀의 모습이 떠오르자 새삼스레 치가 떨렸다. 뒤늦게나마 마음이 달라졌단 말인가. 그래서 사람을 사 내 행방을 수소문하며 찾게 했다는 것인가. 하지만 그럴 리 없었다. 그 굴욕적이며 저주스런 사태를 어찌 돌이켜놓을 수 있겠는가. 그는 씁쓸한 얼굴로 도리질을 했다. 그러나 경계심은 풀지 않았다.

"세상에 지은 죄가 많은 모양입니다. 잔뜩 주눅 든 선생의 모습이 애처롭습니다."

사내는 웃음을 띤 채 이죽거렸다.

"예, 저는 지은 죄가 많은 사람입니다. 그래서 지금 그 벌을 받고 있는 중입니다."

그는 가슴속에 불길이 확 솟구쳐 올랐다. 노려보는 그의 시선이 의외였는지 사내는 웃음을 거두고 겸연쩍은 표정을 지었다.

"그럴 의도는 전혀 없었는데, 제가 쓸데없이 선생을 자극한 모양입니다."

사내는 얼른 변명을 하고 나섰다.

"괜찮습니다. 저는 더 심한 벌을 받아도 싼 놈입니다."

그는 계속 경계심을 풀지 않고 긴장한 채 응대했다.

"그런 말 마십시오. 본의 아니게 제가 선생의 아픈 데라도 자극한 모양입니다. 다만 저는 수나로부터 선생을 찾아달라는 부탁을 받고 이 도시를 백방으로 돌아다녔습니다."

처음과는 달리 사내의 말투가 부드럽고 정중하게 바뀌었다.

"수나라니, 누구를 말하는 것입니까?"

이곳에 한인경과 무슨 연줄이 닿는 사람이라도 있었단 말인가.

"수나를 모르십니까?"

대답 대신 귀찮다는 표정으로 그는 도리질을 해 보였다.

그의 완강한 반응이 의외였는지 사내는 뜨악한 표정으로 스마트폰을 열고 액정 화면을 들여다보았다. 사진을 떠올려 그의 얼굴을 비교해보는 눈치였다. 사내는 곧 안도하는 표정이 되었다.

"선생을 꼭 모셔오라고 수나가 제게 신신당부를 했습니다. 함께 가시죠."

"저는 그런 사람 모릅니다."

"그럴 리 있습니까. 수나처럼 매사 똑 부러지게 사는 사람이 까닭 없이 선생을 모셔오라 했겠습니까. 선생 걱정이 태산 같았습니다. 서두르지 않으면 선생 신상에 좋지 않은 일이 일어날지도 모른다고 저를 얼마나 재촉했는지 아십니까."

"저의 신상을 걱정했다고요?"

의심이 한층 깊어졌다. 필경 한인경과 줄이 닿아 있는 모양이었다.

"선생 얼굴이 지금 사색인데, 왜 그러십니까? 수나는 경계하지 않아도 좋을 선량한 사람입니다."

"저는 지은 죄가 많은 사람이라고 했습니다. 아무나 믿을 수 있는 처지가 아닙니다."

"가보면 알겠지만 수나는 도움을 주면 주었지, 해를 끼칠 사람이 아닙니다."

"도움을 준다는 게 도리어 해가 되는 경우도 있는 것입니다."

"우리는 그런 복잡한 것 모릅니다. 아무튼 손해 볼 일은 없을 것입니다. 함께 가시죠. 지금 옻칠미술관에서 기다리고 있을 겁니다."

"옻칠미술관이요?"

순간 그의 손과 어깨가 다시 석고처럼 굳어졌다. 경계심으로 온몸이 팽팽히 긴장했다. 한인경이 이곳 옻칠미술관에 연줄이 닿아 있었던 것인가. 뻗고 있던 다리를 움츠리고 튀어 일어날 자세를 취했다. 이대로 잡혀 갈 수는 없는 일이었다.

"옻칠미술관에 학예사로 있는 화가입니다."

"화가라고요?"

그 말을 마친 순간 그는 불끈 일어나 뛰기 시작했다. 사내의 손아귀를 피할 수 있는 길은 곧장 바다로 뛰어드는 것밖에 달리 방법이 없어 보였다. 그러나 사내의 민첩한 행동과 완력이 그를 먼저 제압했다. 선착장을 벗어나 바다로 뛰어들기 직전 사내에게 붙들리고 말았다.

"이러면 안 됩니다. 선생이 저항하면 결박을 해서라도 데리고 가야합니다."

"저는 그런 사람 만날 처지가 아닙니다."

"수나가 선생을 모셔오라는 데는 분명 까닭이 있을 것입니다. 믿어도 될 사람입니다."

"아무리 그렇다 하더라도 제가 왜 모르는 사람을 만나야 한단 말입니까?"

"선생이 어떤 처지에 놓여 있는지 잘 모르지만, 어쨌든 수나를 한번 만나보십시오."

"모르는 사람을 만날 처지가 아니라고 하잖아요."

"그럼 양해하십시오. 제 완력을 행사해서라도 선생을 수나에게 데리고 가겠습니다."

사내의 말투와 표정이 매우 간곡하고 한편 완강했다. 그는 가쁜 숨을 고르며 한동안 사내와 말없이 대치했다.

"좋습니다. 제 체력이 운동으로 단련된 선생의 힘을 당해낼 수 없으니 선생의 권유를 따를 수밖에 없겠습니다. 하지만 만약 수나라는 사람이 내가 우려한 일과 연관되어 있다면, 선생께서 그 곤경을 벗어나게 해준다는 약속을 먼저 해주어야 하겠습니다. 그러면 동행하겠습니다."

그의 말에 사내의 표정이 밝아졌다.

"좋습니다. 이 세상에 수나 같은 사람을 안 믿고 누굴 믿는단 말입니까. 걱정 마십시오. 선생에게 해로운 일은 절대 없을 겁니다."

그는 사내의 권유를 뿌리치지 못하고 결국 사내의 승용차 조수석에 나란히 올라탔다. 승용차는 여객선터미널 주차장을 빠져나와 시내로 들어갔다. 그러는 동안 숨결이 고르게 가라앉고 마음도 한결 차분해졌다.

하긴 한인경이 내가 이곳 통영에 와 있다는 사실을 어찌 알 수 있겠는가. 지하철역에서 휴대폰을 발로 으깨어 쓰레기통에 버리고 나서 고속버스터미널로 직행, 이곳 남쪽 끝 항구 도시로 숨어든 내게 어떤 추적의 손길이 뻗어올 수 있겠는가.

나를 버리러 간다. 결심은 간명했고, 망설임을 전혀 허용하지 않았다. 그런 만큼 때와 장소를 굳이 가릴 이유가 없을 터였다. 관악산이나 북한산 어디인들 몸 하나 버릴 데 없겠는가. 가까운 청평이나 춘천 같은 데면 또 어떻단 말인가. 결심이 간명하고 망설임을 허용하지 않은 만큼 결행 장소 따위가 왜 문제겠는가. 그러나 결행 장소는 신중히 물색해야 한다는 생각이 그를 사로잡았다. 사십여 년 동안 육신과 동행해온 정신이 까다롭게 굴었다. 물건을 버리는 것처럼 생명을 함부로 버릴 수는 없지 않느냐는 주장이었다. 버린다는 행위는 똑같은데, 물건과 목숨이 다르다니 그 주장에 승복할 수 없어 한동안 저항을 해봤지만 역시 육신의 주인은 정신이라더니 그 말이 틀리지 않은 모양이었다. 급기야 마땅한 장소를 물색해야 한다는 정신의 주장을 따르지 않을 수 없었다.

일단 집을 나섰고, 낯선 고장으로 몸을 옮겨놓고 보자는 생각에 지하철역으로 갔다. 지하철역은 사람들로 붐볐다. 사람들과의 충돌을 피하며 계단을 내려가는 순간 주머니에 들어 있던 휴대폰이 진동했다. 휴대폰의 진동이 충동적이었다. 진동을 멈추지 않는 휴대폰을 바닥에 던진 다음 그것을 발로 짓이겼다. 몇 가지 색과 빛으로 쪼개진 까만 플라스틱 조각들을 주워 쓰레기통에 집어던지자 마음이 한결 가벼워졌다. 모든 인연의 연결고리를 끊음으로써 몸과 마음을 결박하고 있던 견고한 쇠사슬이라도 끊어낸 듯 마음이 종잇장처럼 가뿐했다. 나를 버릴 장소! 언젠가 한번 가봤으면 하고 생각했던 남쪽 작은 해안 도시가 떠올랐다. 막연히 행선지를 정한 다음 고속버스터미널로 갔고, 남쪽 작은 해안 도시로 가는 우등 고속버스에 탑승했다.

막 해가 지고 가로등에 불이 들어오는 시각에 항구 도시에 도착했다. 그래, 그랬었다. 내가 이곳 통영에 와 있다는 것을 누가 알겠는가. 공연한 신경과민에 시달릴 까닭이 없었다. 곧 마음이 평온해졌다. 그러나 사내는 그의 미묘한 표정의 변화를 알아차리는 눈치가 아니었다.

"수나가 왜 선생을 모셔오라 하는지 나도 궁금합니다."

얼마나 달렸을까, 잠시 신호 대기 중에 사내가 그를 쳐다보며 말했다. 사내의 태도는 정중했고 말씨도 공손했다. 그는 사내의 말에 아무 대꾸도 하지 않았다.

수나라는 사람이 어떤 사람이고 또 왜 자신을 찾고 있는 것인지 알 수 없었다. 다만 한인경과 관련이 없기만을 바랄 뿐이었다. 수나라는 사람은 결코 남을 해롭게 할 사람이 아니라고 거듭 강조하지 않는가. 그렇다면 이렇듯 정중한 제안을 뿌리칠 이유 또한 없었다. 더구나 내일 어떤 자비로운 사람의 도움으로 비진도 여객선에 승선할 수 있게 될는지 모르지만, 그런 행운이 주어질는지 모를 일이지만, 그때까지 공원 벤치나 은행 자동 지급기 옆에 쪼그리고 앉아 주림을 견디며 잠을 청하는 것 외에는 달리 할 일도 없었다. 사내의 제안은 도리어 그에게는 구원이나 다름없는 것일 수도 있었다. 어쨌든 찾는다는 사람이 누구인지 한번 부딪쳐나 보자는 생각에 마음이 더 차분히 가라앉왔다.

사내의 승용차는 해안도로를 관통하여 언덕바지로 올라갔다. 언덕바지에 올라서자 또 다른 바다와 섬들이 나타났다. 언덕바지를 넘어 내리막길을 잠시 달리던 승용차는 다시 오른쪽으로 방향을 꺾어 비탈길을 오르기 시작했다. 곧 비탈길이 끝나고 기다란 대형 건물이 나타나 앞을 가로막았다. 사내는 대형 건물 앞의 포장된 널따란 마당에 차를 세웠다. 그곳으로 오는 동안 사내는 수나라는 사람에게 전화를 걸었다. 의기양양한 목소리로 모처럼 자기가 사람 구실을 한번 하게 됐다면서 수나가 찾고 있는 사람을 데리고 지금 옻칠미술관으로 가고 있다고 알렸다.

사내와 그가 승용차의 문을 열고 내린 것과 때를 같이하여 건물로부터 생머리의 서른 후반으로 보이는 여인이 나왔다. 물감 묻은 작업 에이프런을 앞에 걸친 여인의 자태가 조신해 보였다. 그러나 그는 일면식도 없는 사람이었다.

.3

수나라는 여자는 어떤 사람일까. 인상은 나쁘지 않았다. 미모가 빼어나지는 않았지만 사물이나 세상의 이치를 깊이 사고해본 사람만이 지녔음 직한 기품이 얼굴에 감돌고 있었다. 눈에서는 예사롭지 않은 우수 어린 아름다움도 느껴졌다. 사내의 말마따나 매우 선량한 인상이었다. 베푸는 온정을 군이 경계하며 마다할 필요가 없을 것 같았다. 그러나 이곳 옻칠미술관으로 나를 불러들인 이유가 무엇일까. 그 궁금증은 그녀를 만난 후에도 풀리지 않았다. 사람이 처음 만나 인사를 나눌 때는 으레 자기소개를 하기 마련 아닌가. 그런데 자기소개를 한마디도 하지 않았다. 게다가 사람을 불러들인 이유도 밝혀 말하지 않았다. 사람을 초청해놓고 갖추어야 할 이런 당연한 예의와 배려에 인색한 까닭은 또 무엇이란 말인가.

반면, 수나라는 여자는 이쪽을 다 알고 있다는 듯 예사스러운 얼굴로 대했다.

이곳 옻칠미술관으로 오는 동안 세상은 충분히 어두워져 있었다.

거리 곳곳에 가로등이 꽃처럼 피어나 있었고, 바다의 선박들도 등불을 길게 끌며 항해를 하고 있었다. 바다에 떠 있는 섬들과 건너편 해안에도 일정한 간격으로 가로등이 빛나고 있었다. 자연이 베푼 빛은 이미 스러진 지 오래였다. 사람들이 필요에 따라 밝힌 등불이 비추는 한정된 범위의 것만 식별될 뿐 모든 사물의 형체가 지워져가는 그런 흐리마리한 시각에 맞닥뜨린 낯선 상황에 그는 갈피를 잡을 수가 없었다.

"오늘 밤은 제가 이슬 피할 곳을 제공하겠습니다."

순간 두 사람의 눈이 마주쳤다. 그는 움찔 놀랐다. 이 여자가 지금 무슨 말을 하고 있는가. 어찌 내가 노숙을 해온 사실을 알고 있단 말인가. 노숙을 해온 사실을 모르고서야 어찌 이슬 피할 곳을 제공하겠다고 나설 수 있단 말인가. 일방적인 선언을 한 여자는 이쪽의 응답도 듣지 않고 앞장섰다.

여자는 건물 모퉁이로 돌아나가 2층으로 나 있는 계단을 올라가기 시작했다. 무르춤하며 여자를 지켜보고 있던 그는 별 도리 없이 여자의 뒤를 따라 계단을 올라갔다. 그러나 긴장은 늦추지 않았다. 계단을 다 올라가 2층에 이른 여자는 가까운 데 있는 도어를 열고 안으로 들어가 전등을 켰다. 실내가 환히 밝아졌다. 중앙에 기다란 사각 테이블이 놓여 있고 테이블 둘레로 여남은 개의 의자가 놓여 있었다. 소형 세미나실 같았다. 벽을 따라가며 몇 점의 그림이 걸려 있었고, 벽 하단에 긴 소파가 하나 놓여 있었다.

여자는 벽장을 열고 모포를 한 장 꺼내 소파 위에 올려놓은 다음 그를 쳐다보았다. 등에 홀쭉한 배낭 하나를 멘 그는 얼굴이 몹시 초췌했다. 볼이 움푹 패고 눈에 정기가 없이 퀭하였다. 노숙 탓인지 입성에서 땟국이 줄줄 흘렀다. 여자는 측은한 시선을 거두며 말했다.

"비진도 선유대가 최종 목적지라 알고 있습니다. 제가 선생님께 꼭 여쭤볼 게 몇 가지 있습니다. 거기에 답변을 준 다음에 비진도로 가시면 대단히 고맙겠습니다."

아니, 비진도 선유대가 최종 목적지라니, 이 여자의 입에서 어찌 저런 말이 나올 수 있단 말인가. 마음속을 읽어내는 독심술이라도 지니고 있단 말인가. 설마, 하늘이 마음을 읽어 저 여자에게 전해주었을 리는 없지 않은가. 비진도행 여객선 운임이 없어 종일 뱃머리에서 서성거리고 있는 모습을 지켜보고 있었다 할지라도 저렇듯 단정적으로 그의 마음속을 짚어낼 수는 없는 일 아닌가. 그리고 또 그에게 몇 가지 질문이 있다니, 거기에 답변을 한 다음에 비진도로 가면 된다니, 무엇을 알고 싶다는 것인가. 설마, 서울 쪽에서 의뢰받은 일이라도 있다는 것인가. 여자의 평온한 표정과 예사로운 태도로 보아 그런 것 같지는 않았다. 그럼 무엇 때문이란 말인가. 도무지 종잡을 수가 없었다. 의아스러운 눈으로 여자를 쳐다보았다.

"오늘은 여기서 고생하시고, 며칠만 말미를 주세요."

그가 궁금해하고 있는 일에는 일언반구도 없이 여자는 일방적이었다.

아무튼 속내를 다 들킨 것 같아 머쓱하기도 했지만, 비진도가 그의 최종 목적지라 운운한 사실로 미루어보아 여자가 그의 내력이나 본모습을 알고 있는 것 같지는 않아 다행이었다. 그를 찾는 심인광고라도 어디서 본 것일까. 그를 찾을 의향이 있는 사람이라면 인터넷이나 신문 광고란을 사용하지 말란 법이 없었다. 그러나 '패륜아', '더러운 놈'이란 낙인이 찍힌 그를 누가 광고까지 내가며 찾아 나섰겠는가. 여자가 몇 마디 하지는 않았지만 말 속에 의심스런 기미는 조금도 느껴지지 않았다. 여자는 이곳 옻칠미술관의 학예사로 재직하며 그림을 그리는 화가라고 차에서 사내가 귀띔하지 않았는가. 아무렴, 며칠의 유예라면 인색하게 굴 까닭이 없었다. 며칠의 유예가 운명을 바꿔놓기야 하겠는가. 그렇지만 질문이 얼마나 길기에 며칠의 말미를 달라는 것일까. 그 긴 질문의 내용이 무엇일까. 그것 또한 궁금하지 않을 수 없었다. 여자는 그러나 당장 질문을 해올 것 같지는 않았다.

여자가 나간 다음, 주린 배를 움켜쥐고 보낸 밤은 한없이 길고 지루했다.

소파에 눕자 어젯밤 남망산공원에서의 우울한 기억이 어둡게 떠올랐다. 공원 벤치에 앉아 어둠 속에 잠겨가고 있는 항구를 바라보며, 어둠이 세상을 지워가는 순차를 통해 자신이 세상으로부터 지워져가는 순서를 울적한 마음으로 되작여보았었다. 그래, 모든 존재는 바로 저런 어둠의 순서를 밟아 지워져가는 것인가. 아니면, 아무 순서나 절차 없이 어떤 한순간 까무룩 꺼져버리는 것인가. 그러나 해질녘에 세상이 지워져가는 광경을 지켜보고 있으려니 모든 존재는 그렇듯 급박하게 최후를 맞이하는 것 같지는 않았다. 노을이 타오르되 이별의 순간을 갖도록 배려하며 천천히 스러지지 않던가. 노을이 스러지고 박명이 연무 내리듯 바다를 지워가는 동안 갈매기가 여유롭게 제 둥지를 찾아들어가는 것처럼 그렇게 다정스레 지워져가는 것 같았다.

공원에는 밤늦도록 사람들이 찾아들었다. 공원은 산책로가 반듯했고 여러 운동기구가 갖추어져 있었으며 온갖 등불이 휘황하게 경쟁하듯 반짝이는 도시가 한눈에 내려다보였다. 언제나 제자리에서 변함없이 넘실거리고 있었으나 볼 때마다 다른 모습으로 보이는 다중적인 밤바다의 물비늘도 다채로웠다. 저녁 별들이 다투어 반짝이는 하늘을 유성이 가끔 가로질러 흐르고는 했다. 돌이킬 수 없는 자신의 불행과는 세상의 운행이 전혀 상관이 없는 것임을 새삼스럽게 깨닫고 서글펐었다. 벤치에 몸을 누이러 오는 사람들 또한 드물지 않았다. 다른 사람들 개의할 여유가 어디 있는가. 황동빛 가로등이 미치지 않은 구석진 벤치에 편안히 몸을 뉘였다.

내일 날이 밝으면 비진도로 들어가야 하리라. 유예의 기간이 끝났음을 어제 종일 견디기 힘든 주림의 시간을 보내면서 충분히 깨달았었다. 이제 별들과 이별할 순간이었다. 별은 쳐다볼 때마다 언제나 낮은 음성으로 같은 내용의 말을 속삭였다. 그러나 들을 때마다 달리 들리고는 했다. 어젯밤 그는 별에게, '존재하는 것들은 모두 나름의 가치를 지닌다. 존재하지 않은 것들이라고 반드시 어떤 의미를 지니지 않는 것은 아니다. 존재하지 않음으로써, 존재하지 않은 방식으로써 더 큰 의미를 갖는 것들도 있게 마련이다.' 그런 이야기를 들으며 생각에 잠겼었다. '네가 이 세상을 떠나려 하는 데는 이유가 분명하다. 분명한 그 이유가 너의 선택의 좌우명이라면 실행은 곧 너의 고귀한 의지의 발현 아니고 무엇이겠느냐. 망설임은 비겁과 이어진다. 비겁은 모든 자기 존재의 가치를 천박하게 전락시키기도 한다. 자기 존재의 위엄을 잃은 사람이 가엾지 않으면 어떤 사람이 가엾겠나.' 귓가에 속삭이는 별의 충고에 자기도 모르게 주먹을 불끈 쥐었다. 주먹을 굳게 쥐고 결행을 다짐하며 별과 작별했었다. 그래, 이슬이야 피할 도리 없는 것, 꿈이나 꾸지 않기를 바라며 몸을 새우등처럼 웅크렸다. 온갖 생각을 뒤적이는 동안 밤은 느리고 지루하게 겨우겨우 흘러갔었다.

어느새 아침이 와 있었다. 블라인드가 내려져 있는 창문 가득 넘치고 있는 햇빛. 누가 어떤 색칠을 한다 해도 다 받아들일 것 같은 하얀 벽. 오랜만에 자신이 마음껏 누려도 좋을 넉넉한 여유가 주어져 있는 듯했다.

옻칠미술관은 아침을 맞이하느라 분주했다. 문을 따고 밤사이 잠가두었던 건물에 출입하는 사람들의 인기척이 들리고 마당에 들어서는 자동차들의 엔진 소리와 도어 여닫치는 소리가 연이어 들려왔다. 해가 중천에 불쑥 솟아올랐으나 수나라는 여자는 모습을 나타내지 않았다. 기다림이 지루하다 못해 인내심이 고갈될 즈음, 이윽고 도어를 두드리는 노크 소리가 났다. 문 두드리는 소리에 정신이 번쩍 들었다. 내가 여기에 붙들려 와 있는 까닭이 무엇인가. 그 궁금증은 어제 본 수나라는 여자의 입을 통해 비로소 풀릴 것이리라. 여자를 기다리고 있는 시간이 예상보다 길어짐에 따라 공연한 상상이 마음껏 뛰어다녔는데, 그 상상의 방종이 마침내 종지부를 찍었다. 기다림이 길었던 터라 용수철처럼 튀어 일어나 문으로 달려갔다. 그러나 문 앞에 서 있는 것은 기다리고 있던 수나라는 여자가 아니었다. 얼굴이 곱고 피부가 하얀 낯선 여자였다.

"손 선생님이 좀 늦어지겠다네요."

대략 씻었는데 아직 노숙의 때가 얼굴에 남아 있기라도 한 것인가. 여인의 눈에 경계하는 기색이 돌고 낯빛이 어두워졌다. 손에 들고 있

는 쟁반에서 눈을 떼지 못하고 있는 것이, 그것이 아니라면 도망이라
도 치고 싶다는 그런 의지가 얼굴에 역력했다. 쟁반의 함의가 그런 의
지를 꺾어놓았던 것일까. 책상으로 다가가 들고 온 쟁반을 그 위에다
놓았다.

"손 선생님이 곧 올 거예요. 아침 드시고, 지루하면 아래층 미술관
을 구경해도 되고요."

여자는 아닌 척하면서 이쪽의 행색을 거듭 뜯어 살피는 눈치였다.
초췌한 얼굴과 초라한 입성이 의심스러운 모양이었다. 의구심이 씻어
지지 않는 듯 보로통한 표정으로 곁눈질하듯 살피고 있었으나 말투
는 부드러웠다. 여자의 말은 두 가지 정보를 함축하고 있었다. 어제 그
를 여기 불러들인 여자는 손이라는 성을 지녔다는 것과 아래층 미술
관 전시실을 구경해도 된다는 배려였다.

여자가 나가기를 기다리고 있던 그는 달려들듯 책상 위의 쟁반을
끌어다 턱밑에 놓았다. 도시락과 컵라면이었다. 도시락과 컵라면의
뚜껑을 허겁지겁 열고 게 눈 감추듯 단숨에 먹어치웠다. 다 먹고 난
그는 미련을 버리지 못하고 빈 도시락과 컵라면 통을 다시 살펴보았
다. 찌꺼기 하나 남아 있지 않음을 확인한 후에야 숟가락과 젓가락을
놓았다. 미련이 아직 가시지 않은 그는, 그러나 이것이 이토록 자신을
무력하고 비겁한 존재로 만들 수 있었단 말인가, 하고 새삼 놀랐다. 지
난 며칠간의 주림이 고통스럽게 상기되어 얼굴이 붉어졌다.

기다림이 길었으나 손수나라는 여자는 쉽사리 모습을 나타내지 않
았다.

지루해지자 그는 아래층으로 내려가 아까의 여자를 찾았다. 사무

실에 있던 그 여자에게 청해 옻칠미술관 전시실 세 군데를 돌며 거기에 전시되어 있는 그림과 공예품 들을 구경하였다. 구경을 마친 그는 여자에게 부탁하여 전시 작품의 도록과 옻칠미술관에 관한 책자를 빌렸다. 그는 다시 2층으로 올라가 빌린 책자를 대략 훑어보았다. 그렇게 시간을 보내고 나자 그제야 손수나는 모습을 나타냈다.

"선생님 계실 데를 구했어요."

늦어진 데 대한 이유를 먼저 밝혀 말했다.

"내가 있을 데를요?"

그는 놀란 눈으로 그녀를 쳐다보았다. 이 또한 예상하지 못했던 일이었다. 이쪽의 의향은 한마디도 들어보지 않고 일방적으로 있을 데를 구했다니. 노숙하는 것이 안쓰러워 보여 우선 머물 곳을 물색했다는 것인가.

"제 질문에 답하려면 시간이 좀 걸릴 거예요."

의아해하는 그의 눈치를 살핀 후 그녀가 말했다. 예상을 빗나간 그녀의 대답에 그는 속으로 고개를 갸우뚱 기울였다.

"질문에 답하려면 시간이 좀 걸릴 거라니요?"

"제가 질문을 찾는 데 시간이 좀 걸릴 거거든요."

아무리 에둘러 꾸며대고 있다 할지라도, 이쪽을 전혀 배려하지 않은 독단적인 결정에 대한 대답치고는 종잡을 수 없는 것이었다. 그래 점입가경이라니, 당장 무슨 여쭐 말이 있는 것이 아니라 앞으로 궁리하여 질문을 하겠다는 뜻 아닌가.

"뜰에서 잠시 기다리겠어요? 관장님 좀 뵙고 나올게요."

그러나 그녀는 아무 거침이 없었고 당당했다.

다른 도리가 없었다. 뜰로 나온 그는 눈 아래 펼쳐진 바다에다 눈을 주고 서성거리고 있었다. 마침내 미술관 입구 자동 개폐되는 대형 유리문이 열리고 기다리고 있던 손수나가 나왔다. 긴 생머리를 뒤로 넘기며 또박또박 단정한 걸음걸이로 계단을 내려왔다. 왼손에 앙증한 진홍빛 누비가방이 들려 있고 오른손에는 자동차 키가 들려 있었다. 여자가 유리문을 거쳐 계단을 내려오는 모습을 지켜보고 있는 동안 그는 여러 생각이 용솟음쳤다. 이윽고 자신이 처한 상황을 파악할 기회를 맞이하게 되는 것인가. 어떤 선행하는 징후나 예고도 없이 어제 저녁 느닷없이 자신을 덮쳐온 낯선 상황을 연출한 당사자가 지금 자신을 향해 다가오고 있는 것이다. 바로 그 당사자의 입을 통하지 않고 어디서 이해를 구하겠는가.

"그럼 가실까요?"

어제 그를 옻칠미술관으로 데려온 사내에게 당했던 것과 같은 강압적인 권유를 또 당하고 있는 것인가. 수나는 그의 바로 앞에서 걸음을 멈추었다. 그러나 눈을 들어 정면으로 그를 쳐다보지는 않았다. 눈길을 피하는 것이, 어떤 질문도 차단하려는 의향으로 짐작되었다. 어떤 것도 묻지 마세요. 아직 대답할 준비를 하지 못했어요. 그런 여자의 마음이 그에게로 건너왔다. 상황 파악을 유보할 수밖에 없는 것인가. 수나는 진홍빛 소형 승용차로 가 운전석의 문을 열고 그를 쳐다보았다. 그 눈에 우호적인 빛이 감돌고 있었다. 그가 조수석에 오르기를 기다린 수나는 이윽고 몸을 구부려 운전석에 앉은 다음 문을 닫고 안전벨트를 맸다.

가는 길에 수나는 굳게 침묵을 지켰다. 일부러 그러는지 운전대를 힘주어 잡은 채 고집스럽게 앞만 쳐다보며 운전을 해나갔다. 그런 그녀에게 말을 붙일 수가 없었다. 그는 차 옆을 지나가는 바깥 풍경만 곁눈질하며 의혹과 궁금증을 다독였다.

처음 온 곳이므로 그로서는 어디가 어딘지 하나도 알 수 없었다. 어느 도시나 공통적인 광경들, 예컨대 가로변의 상점들과 무엇인지 볼일에 쫓기고 있는 것처럼 긴장한 표정으로 걸음을 서두르고 있는 행인들, 먼저 가기 위해 서로 다투는 차량들을 지나 한참 달린 다음, 수나의 승용차는 왼쪽 깜빡이를 켜고 신호가 바뀌기를 기다렸다. 신호가 바뀌자 대체로 한적한 골목길로 꺾어들어 경사진 길을 올라갔다. 비탈길을 한참 올라가던 차가 이윽고 어떤 주택 앞에서 멈추었다.

"어머니 친구분 집이에요."

초인종을 누르고 잠시 기다리자 자동으로 대문이 열렸다. 마당으로 들어가자 마침 현관문을 열고 머리가 희끗희끗한 반백의 부인이 나왔다. 부인은 활짝 웃는 얼굴로 수나를 맞았다. 수나는 공손하게 인사를 하고 안부를 여쭈었다. 부인은 현관으로 들어선 그들을 2층으로 안내했다. 부인이 2층에 있는 방문을 열고 방과 집 안 구조를 설명하는 동안 그는 줄곧 어리둥절한 채 듣고만 있었다. 지금 자신 앞에 전개되고 있는 상황이 얼떨떨할 따름이었다. 부인이 둘을 2층에 남기고 아래로 내려갔다.

"제 중학교 동창 집인데, 지금은 서울 올라가고 어머님 혼자 계세요. 누비 가게를 오래 경영해온 트인 분이라 지내는 데 불편하진 않을 거예요."

어제저녁 수나는 어머니 친구인 김 여사에게 전화를 걸었다. 비어 있는 2층 욱의 방을 당분간 사용할 수 없겠느냐고 물었다. 김 여사는 용도도 묻지 않고 선선히 사용하라고 응낙했다.

"그런데 제가 모르는 것이 너무 많습니다. 제게 왜 이러시는 겁니까?"

그의 말에 수나가 눈을 들어 그를 빤히 쳐다보았다. 얼굴이 갸름하고 청순했다. 눈이 맑고 깊었다. 몸 전체에 기품이 있고 움직임은 조신했다. 말수가 적고 가급적 말을 삼가는 것은 성격이 신중한 탓인 듯했다. 어디 함부로 대할 수 있는 어수룩한 구석이라고는 찾아보기 힘들었다.

"제가 질문이 있다고 했습니다."

수나는 짧게 무감각한 말투로 대답했다. 그리고 다른 말은 더 보태지 않았다. 아연하지 않을 수 없었다. 얼마나 긴 질문이기에 머물 곳까지 마련해준단 말인가. 그 말은 자신의 충동적인 행위를 자신도 이해할 수 없다는 것과 다를 바 없는 것 아닐까. 자기도 모르는 사실을 어찌 남이 알아듣게 설명할 수 있겠는가. 마음을 정확히 전할 수 있는 말은 이 세상에 존재하지 않는 것입니다, 그런 뜻으로 들리기도 했다.

"저를 아십니까?"

여자는 시무룩한 얼굴로 고개를 저었다.

"그러면?"

"지금 제가 눈으로 보고 있는 것 외에는 선생님에 대해 아는 것이 전혀 없습니다. 이 도시 분이 아니라는 것과 어딘가로 멀리 떠나기 위해 잠시 이 도시에 머물고 있는 것 같다, 그런 짐작 정도밖에 성함도 어떤 내력을 지닌 분인지도 모릅니다."

내 전력을 전혀 모른다. 그렇다면 여자의 질문이 무엇에 관한 것이란 말인가. 내가 이 도시에 온 이후의 어떤 행적에 관한 것인 듯한데, 그게 도대체 무엇이란 말인가. 궁금증이 크게 증폭되었다.

아무튼 여자의 말은 서울의 누구로부터 의뢰나 부탁을 받은 사실이 없음을 나타내고 있었다. 하기야 신경과민이지 나 같은 패륜아를 한인경이 왜 찾고 있겠는가. 그러나 혹시나 했던 의혹이 풀려 안도가 되었다.

"어머니께서 식사는 물론 아무 불편 없이 돌봐드릴 것입니다."

여자는 손바닥을 문지르며 망설이던 눈치더니 다시 입을 열었다.

"앞으로 질문 몇 가지 드릴 일 외에는 다른 일은 전혀 없을 것입니다. 계시는 동안 편안했으면 좋겠습니다. 그리고 언제라도 떠나고 싶으면 마음 내키는 대로 그냥 떠나셔도 좋습니다."

질문을 위한 배려라고는 할 수 없을 만큼 말에 온기가 느껴졌다. 수수께끼 같은 수나라는 여자도 여간 궁금하지 않았지만, 옻칠미술관에 전시되어 있던 옻칠회화의 존재 또한 여자 못지않게 관심을 끌었다. 옻칠회화라니, 평생 그림과 함께 살아왔지만 그런 게 있다는 사실조차 모르고 지냈었다. 첫눈에 그는, 유화와 또 다른 매력이 있음을 느꼈다.

"그런데 선생님을 부를 때 어떻게 부르는 것이 좋을까요?"

"제 이름을 묻는 건가요?"

"선생님이라 부르려니, 한꺼번에 많은 사람이 돌아볼 것 같아서요."

어디서 들은 것 같은 말에 그는 속으로 빙그레 웃었다.

그러나 다음 순간, 문득 긴장했다. 정직하게 대답을 할 처지가 아니었다. 어찌 이름을 바른 대로 댈 수 있겠는가. 한인경이 아니더라도 어찌다 서울에 있는 지인의 귀에라도 들어가는 날에는 무슨 귀찮은 일이 따라 일어날지 모를 일이었다. 그렇다고 꾸며서 거짓으로 대려니 호의를 베풀고 있는 사람을 대하는 태도가 아닌 듯했다. 그렇다면 한때 자신의 새로운 호칭으로 사용하려던 '물'이라고 대답할까, 그런 생각이 떠올랐으나 금방 속으로 도리질을 하고 말았다. '물'이라니 어찌 진지하게 받아들일 수 있겠는가.

"임시로, 강희라 불러주시겠습니까."

잠시 궁리하던 그는 방향을 바꾸어 말했다. 전에 한 번도 그런 이름으로 불리리라 생각해본 적이 없었다.

"임시로, 강 선생님!"

"네, 임시로……."

"강희대제가 연상됩니다."

"맞습니다. 이름을 대라니 문득 '정명(正名)'이라는 말이 떠올랐습니다. 모든 일은 바르게 명명해야 올바로 이해된다는 교훈을 늘 염두에 두고 있는 편이거든요. 그런 생각 언저리에 '강희자전'이 상기되었습니다. 하지만 꼭 그 때문만은 아닙니다."

아무튼 이런 생각을 되새기고 있다니 수나가 제공한 호의가 그에게 여유를 갖게 한 모양이었다.

"작명이 참 기발하군요. 앞으로 강 선생님이라고 부르겠습니다."

수나는 떨떠름한 표정으로 내키지 않은 듯한 웃음을 지어 보였다.

"다시 말씀드리지만 김 여사님은 제 어머님이나 다름없어요. 마음 편히 지내도록 하세요."

그렇게 안도시킨 다음 방을 나오려던 수나는 책상 위에다 그녀의 명함을 얹어놓았다.

"여기 제 연락처예요. 옻칠미술관으로 오시는 것은 언제라도 환영이에요."

새로운 변화에 감정적 적응이 덜 된 듯 강희는 아직도 놀란 사슴 눈을 하고 수나를 쳐다보았다.

그를 2층에 남기고 수나는 아래층으로 내려갔다. 아래층으로 내려가자 욱의 어머니 김 여사가 굳은 얼굴로 기다리고 있었다. 팔을 덥석 잡더니 급히 안방으로 이끌고 들어갔다.

"저 사람 누고? 너, 엄마는 알고 있나?"

금방 뺨이라도 때릴 것처럼 거친 기세로 따져 물었다.

"곧 말씀드릴 거예요. 제가 말씀드릴 때까지 양해해주세요."

수나는 김 여사의 호들갑스런 반응에 웃음이 났다.

"그래도, 친구라더니 남자가 아니냐?"

수나의 예사스런 태도와 웃음 짓는 얼굴에 김 여사의 기세가 눅어졌다.

"대학까지 나온 사람이 친구에 남녀가 따로 있나요."

"그래도 넌 약혼한 몸 아니냐?"

"그런 걱정 안 하셔도 돼요. 제가 하는 일과 관련 있는 사람이에요."

"그래도 조심해야 한다. 소문이라는 것이 어디 애먼 사람 한둘 잡드나."

수나의 대답에 안도하면서 김 여사는 언행을 조심하도록 거듭 당부했다.

"잘 부탁드려요. 제가 앞으로 신세를 많이 질 사람이에요."

미처 생각하지 않았던 말이 불쑥 튀어나왔다. 앞으로 신세를 많이 질 사람이라니, 설마 그런 일이야 생길라고? 불안한 예감을 떨쳐버리기라도 하려는 듯 수나는 가볍게 도리질을 했다.

"그래, 걱정 마라. 무슨 일 있으면 연락하마."

미술관으로 돌아가 작업대 앞에 앉은 수나는 마음이 어수선했다.

자신이 취한 행동이 올바른 것인지 확신이 서지 않았다. 병수에게 연락해 그를 찾아달라고 부탁한 것도, 김 여사에게 부탁해 그의 거처를 마련해준 것도 다 충동적으로 벌인 일이었다. 치밀한 계획을 세워 용의주도하게 벌인 일이 아니었다. 일단 그렇게 하지 않고서는 견뎌내기 힘든 어떤 충동에 이끌려 앞뒤 헤아리지 않고 저지른 일이었다. 그날 저녁의 굴욕적인 기억을 되새기며 몇 번이나 주먹을 불끈불끈 쥐었는지 모른다. 생각날 때마다 분노가 치밀어 올랐다. 분하고 억울해 살이 떨렸다. 그의 더러운 운동화 발에 얼굴이라도 짓이겨진 것 같았다. 세상에 자존심이 뭉개져도 어느 정도지, 어찌 그토록 잔혹할 수 있단 말인가. 제 놈은 그럼 얼마나 잘났단 말인가. 제가 잘나기는 잘난 놈인가. 잘났다면 얼마나 잘났단 말인가. 그가 잘났다면 그 잘난 면모를 꼭 밝혀내고야 말겠다는 오기가 가라앉지를 않았다. 그가 얄미웠고 쥐어뜯어주고 싶었다.

아무리 굴욕감에 치를 떤다 할지라도 어찌 저쪽의 난폭성과 야만성을 그대로 좇아 정면으로 대응할 수 있겠는가. 이에는 이로 대응한다면 이쪽 또한 교양 없는 무뢰배에 다름없다 할 것이다. 지혜를 짜내 고차원적인 수완으로 저쪽에 골탕을 먹여 따끔하게 잘못을 뉘우

치도록 만드는 것이 교양인으로서의 품위를 지키는 보복 수단 아니겠는가. 가급적 감정을 드러내지 않고 이성적으로 따끔하고 확실하게 보복하고 말리라. 그리고 놈의 정체 또한 꼭 밝혀내고 말리라. 놈에 대한 증오심과 거기에 가세된 궁금증으로 인해 수나는 속이 계속 들끓었다.

## 4

　그날 수나는 매우 정상적인 컨디션이었다. 몸에는 항상 알맞은 피로감이 동반되어 있어야 정상적인 컨디션을 유지할 수 있는 것이라고 했다. 그래, 피로감이 소거된 몸은 피가 잘 돌지 않는 것처럼 긴장감을 잃기 마련이고, 적당한 긴장감을 유지할 때 비로소 몸이 정상적인 컨디션을 유지한다 하지 않았는가. 수나는 자신의 몸이 그렇듯 적당한 피로감을 동반한 매우 정상적인 상태라 느끼고 있었다. 그래, 내정신이야 더 말할 나위 없이 언제나 맑은 물이 흐르는 시내처럼 산뜻하지 않았던가. 거듭 말하거니와 수나는 그날 저녁 몸은 말할 것도 없고 정신 또한 매우 정상적인 상태였다.

　그럼에도 불구하고 그날 저녁 겪은 일을 돌이켜보면 자신이 정상적인 상태였던가, 심히 의심스러웠고 혼란스러웠다. 그것은 정신의 일탈상태에서 목격한 어떤 사태, 즉 환상이거나 몽환적인 광경이 아니었는지, 알쏭달쏭 의혹이 일고는 했던 것이다. 그것은 어떤 예기치 못했던 일종의 충격적인 사태였다. 그리고 매우 돌발적인 것이었다.

수나는 친구와 강구안 문화마당이 내다보이는 한 카페에 앉아 차를 마시고 있었다. 강구안의 야경은 언제 봐도 매혹적이었다. 도시의 품 안으로 옴팍 파고들어온 바다는 연못 같은 모양을 짓고 있었다. 바다 좌우 양안에는 소형 선박들이 정박해 있었고 정면 문화마당 해안에는 거북선 세 척, 그리고 판옥선 한 척이 위용을 뽐내고 있었다. 해안의 난간을 따라 세워진 주두형 가로등과 주변 빌딩들의 불빛을 반사하고 있는 바다는 눈부신 보석 같았다. 통유리를 통해 바다의 전경이 큰 화폭처럼 펼쳐져 있는 카페의 창 쪽 자리를 수나는 선호했다. 이 자리에 앉으면 말수가 자연 줄어들었다. 그래서 번거로운 일이 있을 때보다 한가롭게 쉬고 싶을 때 이 카페를 찾아오고는 했다. 가벼운 화제를 나누며 운치 있는 야경을 바라보는 멋에 이끌려 자신도 모르게 발걸음이 이 카페를 찾아오고는 했던 것이다.

그런데 수나의 평온이 한순간 파장을 일으키며 흔들렸다.

그녀의 예민한 촉수가 공기의 흔들림을 감지했고, 미세한 변화와 그 움직임을 따라 그녀의 시선이 그쪽으로 옮겨졌다. 한 사내가 비틀거리는 걸음으로 카페 주인에게로 다가갔다. 기타 연주를 하고 있던 카페 주인 앞을 사내가 우뚝 가로막고 섰다. 사내는 다음 순간 느닷없이 허리를 구십 도로 깊숙이 꺾으며 오른팔을 배 아래로 휘감아 돌려냈다. 유럽 옛 궁정 인사법을 흉내 내고 있는 모양이었다. 그리고 이어 카페 주인과 사내 사이에 가벼운 실랑이가 벌어졌다. 기타 연주를 훼방당한 카페 주인은 사내의 손길을 피하려 몸을 뒤로 젖혀 버텼고 사내는 냉큼 기타를 움켜잡았다. 카페 주인은 얼마 버티지 못하고 사내에게 기타를 빼앗기고 말았다. 기타를 쥔 사내는 좌석의 손님들을 향해 또다시 허리를 구십 도로 꺾어 인사를 했다.

"제가 비록 솜씨는 서툴지만 한 곡조 타드리겠습니다. 오늘 저녁을 특별히 기억해주신다면 대단히 고맙겠습니다."

기타를 탈취당한 카페 주인은 어이없다는 표정으로, 그러나 잠자코 사내를 지켜보았다. 기타를 가슴에 안은 사내는 잠시 호흡을 가다듬기라도 하려는 듯 눈을 감고 천장을 향해 고개를 들었다. 그러더니 사내는 기타를 치이잉, 한 번 울린 다음 자세를 바로 잡고 눈을 떴다. 좌중을 한 바퀴 둘러본 사내는 술기운이 흠뻑 밴 음성으로 말했다.

"제가 위대한 로드리고 선생은 아니지만 클래식 한 곡조를 연주해보겠습니다."

음악뿐만 아니라 세상의 모든 것을 깔보고 있다는 듯 호기롭고 오연한 기색이었다. 자기가 무슨 호아킨 로드리고를 방불하기라도 한다는 것인가. 아니면 로드리고의 〈아랑후에스협주곡〉이라도 연주해 잔뜩 폼이라도 한번 잡아보겠다는 것인가.

'치링 치잉치잉 지찌이이이잉 치잉 지칭 치잉치잉 닷동 둥 다앙동 땅 지이 이이잉따웅 찌잉 찌이 이이잉— 지칭 치잉……'

다섯 개 테이블을 비롯하여 금요 라이브음악을 감상하기 위해 간이의자까지 마련해 실내를 가득 채운 손님들이 놀란 눈으로 연주자를 쳐다보았다. 클래식이라더니, 저것이 어디 기타 음악이기나 한 것인가. 연주자는 그러나 두 눈을 질끈 감고 오연한 자세로 연주에 몰입해 있었다. 그 오연한 모습이 누가 건드리기라도 할라치면 폭발할 것 같았다. 에너지를 모두 오로지 연주에 집중하고 있었고 온몸으로 뜨거운 열기를 뿜어내고 있었다. 아무도 감히 옆으로 다가가 그를 제지할 용기를 내지 못했다. 모두 어쩔 수 없이 익숙지 않은 이상한 음악을 견뎌내고 있었다. 손님들의 반응이 신통치 않음을 눈치챈 카페 주인은 사내를 중지시키고 기타를 빼앗고 싶어 조바심을 쳤다. 그러나 생각이 그럴 뿐 몸이 거기에 따라주지 않아 계속 주저하고 있었다. 그래도 그렇지 손님들이 저렇게 싫은 표정을 짓고 있는데 이대로 더 내버려둘 수는 없는 일 아닌가, 그런 초조감에 막 제지하려고 팔을 뻗으려는 순간, 연주자 쪽에서 먼저 연주를 멈추었다.

"짧은 산조였습니다. 여러 손님들께서 이 정도는 인내심을 발휘해주시리라 믿고 용기를 냈습니다."

기타를 툭 내던지듯 카페 주인에게 넘긴 그는 손님들을 향해 허리를 반으로 꺾어 정중하게 절을 올렸다. 허리를 펴고 이마에 흘러내린 머리를 손으로 빗어넘긴 순간 핏기 없는 핼쑥한 얼굴이 불빛에 드러났다. 아직 세상과 맞서 싸우고도 남을 기백 넘치는 연령의 젊은이가 틀림없어 보였으나 어딘지 풀이 죽어 있었다. 점퍼에 편안한 청바지 차림이었으나 후줄근해 보였다. 그가 제자리로 돌아가는 모습을 지켜보고 있는 손님들의 눈에는 아직도 놀란 빛이 가시지 않았고 뜨악한 얼굴이었다. 자신들이 기타로 가야금산조를 듣고 있었다니, 그 사실이 도무지 믿어지지 않는다는 표정이었다.

그것은 짧은 꿈과 같은 장면이었다. 그 꿈과 같은 순간이 영원히 계속되었다면 어찌 되었을까. 그런 색다른 세계도 존재한다는 사실을 수긍할 수 있었을까. 그 낯선 상황을 거부하고 필사적으로 도주라도 시도하지 않았을까. 지극히 비현실적인 그 존재는 자기 자리로 돌아가 의자에 앉더니 태연히 잔을 들어 목을 축이고 있었다. 맞은편에 앉은 그 또래의 사내가 무엇인가 말을 붙이자 응대를 하고 있었지만 그 말의 내용을 알아들을 수 있는 거리가 아니었다. 무엇인가 대꾸를 하고 있던 그가 몸을 돌려 벽을 향해 돌아앉았다. 팔을 뻗어 손가락으로 벽에 걸린 그림 하나를 가리키며 무슨 말인가를 계속 지껄이고 있었다. 벽을 따라 열댓 점의 그림이 걸려 있었다. 카페 주인이 라이브음악에 그림을 곁들인 아트 갤러리를 표방하고 있어 그림도 그의 눈에 드는 것만을 선별하여 구입해 전시하고 있는, 이 지역 대표적인 작가들의 작품들이었다.

"저것 말입니까. 저것도 가짜라는 데 겁니다. 왜냐고요. 자기 게 아니거든요. 루브르 별관 인상파 전시실 왼쪽으로 아홉 번째 걸린 피사로의 「센 강과 루브르 궁」을 모사한 적이 없는 사람은 그릴 수도 없고 그리지도 않았을 그림입니다."

사내가 목소리를 높인 탓인가, 말소리가 수나의 귀에까지 들려왔다. 말소리에 취기가 철철 흘러넘쳤다. 그림에 대해 논평을 하다니 수나로서는 뜻밖의 일이었다. 그림을 그리는 수나로서는 거기에 관심이 쏠리지 않을 수 없었다. 기타로 가야금산조를 연주해 사람 넋을 쏙 빼놓더니, 저 사내가 그림에 대해서는 또 무슨 말을 하고 있는지 궁금했다. 수나는 의자에서 몸을 일으켜 무엇에 끌리듯이 사내 옆으로 다가갔다. 가까이 다가간 순간 수나는 자기 귀를 의심하지 않을 수 없었다.

"그 옆에 있는 그림도 그렇고 그렇습니다. 구겐하임이나 트레차코프 같은 미국이나 유럽 신세를 진 것 같지는 않습니다만, 중앙박물관에서 신세를 좀 진 것 같습니다. 이정의 「금니산수도」 하반부를 꼭 빼

닮았군요."

그렇지 않아도 술기운 때문에 잔뜩 꼬부라진 사내의 비꼬는 말투가 귀에 몹시 거슬렸다. 이 지방에서 이름깨나 날리고 있는 저 그림의 작가가 자기 작품을 두고 이징(李澄)의 모작이라고 일갈한 것을 들었다면 어떻게 대응하고 나왔을까. 사내의 멱을 잡고 드잡이라도 한바탕 벌이지 않았을까.

"그러면 저기 조명발을 잘 받고 있는 저 그림은 어떻습니까?"

"저, 무엇인가 피어나고 있는 것 같은 막연한 기운을 잡아놓은 그림 말입니까? 나는 독창적이다, 그렇게 크게 외쳐대고 있는 것 같은 점이 안쓰럽습니다. 그림 어디에도 작가 자신만의 독창적인 데는 눈 씻고 찾아보려 해도 찾아볼 수 없는데 혼자 그렇게 독야청청 외쳐대다니, 가엾고 또 가련합니다."

아무리 술에 절어 있다 할지라도 남의 작품에 대해 저렇듯 함부로 폄훼할 수 있는 것인가.

"겉만 독야청청해서야 됩니까. 속이 꽉 차야지요."

"어떤 점을 두고 하는 말인지, 제 눈도 좀 틔워주지 않겠습니까?"

"첫째 돈을 많이 들인 냄새를 폴폴 풍기는 게 마땅치 않습니다. 저 선들을 보세요. 세잔, 마티스를 수없이 흉내 냈습니다. 석도의 날카로운 선도 레핀의 땀과 우수를 담은 선도 보입니다. 거기에다 일본 판화 그림자도 어른거립니다. 그뿐인 줄 아십니까. 엘 그레코를 빌려다 쓴 피카소의 휘어진 선도 보입니다. 저런 공부를 하려면 돈이 얼마나 들었겠습니까. 아파트 한 채 값은 들여야 했을걸요."

프랑스의 세잔, 앙리 마티스, 중국의 화승(畵僧) 석도(石濤), 러시아의 국민화가 일리야 레핀에다 일본 판화 그림자도 어른거릴 뿐만 아니라, 스페인의 엘 그레코 선을 모방한 피카소의 휘어진 선도 보인다니, 저런 치욕스런 악담이 어디 있단 말인가.

"돈으로 사온 선이므로 가치를 인정해줄 수 없다, 그런 말씀이군요."

"그렇습니다. 아무리 모든 작품에 어머니가 있고 어떤 선도 독창성을 외쳐서는 안 된다는 주장도 없지 않지만 예술작품의 가치는 어디까지나 작가 고유의 독창적인 외침에 있는 것입니다. 그런데 작가 것이라고는 점 하나 눈에 띄지 않은 저런 허섭스레기를 벽에 턱 걸어두다니 낯 뜨겁지 않은지 모르겠습니다."

"모든 선 하나하나에 명토 박아 임자를 정해놓는 것은 너무 심한 것 아닙니까?"

"아닙니다. 우리 눈에는 임자가 보이는 것을 어떻게 합니까. 임자를 가려보는 눈을 갖기가 그렇게 쉬운 일인 줄 압니까. 문학작품에 있어서의 문자와 그림에 있어서의 선을 같은 것으로 생각해서는 안 됩니다."

"그렇습니까. 오늘 저는 새로운 것을 공부했습니다."

"문자는 꼴에 따라 그 의미를 각기 달리합니다. 그러나 선은 같은 꼴을 한 것이 없습니다. 아무리 같아 보이는 직선도 다 같지 않습니다. 그걸 가려 알아볼 수 있는 눈을 가져야 비로소 화가라 할 수 있는 것입니다. 아무렇게나 그리는 것은 모양만 흉내 낸 것에 지나지 않는다는 엄한 가르침이 바로 그래서 있는 겁니다."

아무리 같아 보이는 직선도 다 같지 않다! 그걸 가려 알아볼 수 있는 눈을 가져야 비로소 화가라 할 수 있는 것이다!

"글쎄요. 저로서는 그런 고답적인 견해는 들어본 적이 없어서……
글쎄!"

옆에서 사내의 말을 듣고 있던 수나는 소리 나지 않은 총이라도 있
었으면 싶었다. 사내의 심장을 향해 마구 총알을 퍼붓고 싶은 강렬한
충동에 몸을 떨었다. 뭐 선에 임자가 다 있어? 그 선을 헤아려 알아보
는 눈을 가져야만 비로소 화가라 할 수 있어? 선을 헤아려 그 임자를
알아보는 비평안을 지녔으므로 제 놈은 자격을 갖춘 화가란 말인가.
미친 놈! 예리한 칼로 옆구리라도 푹푹 찌르고 싶은 충동에 다시 몸을
떨었다. 분을 삭이지 못해 숨이 목젖에 걸려 계속 가랑가랑했다. 분하
고 억울했으나 한편 자신이 한없이 왜소해지고 있는 것 같았고 외포
심(畏怖心)과 공황장애라도 겪고 있는 듯 무서운 냉기에 휩싸이며 몸
이 움츠러들었다. 세상에 자기가 차지할 공간을 당당히 요구할 수 있
는 작품이 아니라면 존재할 가치 또한 없다는 매서운 그의 주장이 가
슴을 아프게 찔러왔던 것이다. 눈앞이 하얗게 지워졌다. 딛고 있는 발
밑이 무너지고 있는 것 같았다. 자신이 먼지처럼 흩어지며 소멸해가
고 있는 듯 허망했다.

남의 작품을 두고 저토록 잔혹한 저주와 사형선고를 내린 저 작자
는 과연 어떤 존재란 말인가. 저런 엄혹한 비판을 할 자격이나 갖추고
있는 것일까. 가벼운 농담도 준비 없는 자가 하는 것은 속이 빤히 들
여다보이기 마련인데, 그의 말에는 깊이 모를 지층을 뚫고 솟아오르
는 마그마 같은 강렬한 힘이 느껴졌다. 증오심 못지않게 그에 관한 호
기심이 강렬하게 일어났다. 가능하다면 그의 정체를 꼭 밝혀 알고 싶

었다. 수나는 이미 귀를 닫고 있었지만 그는 무슨 말인가를 계속 지껄이고 있었다. 들리지 않아도 귀를 막지 않을 수 없었다. 중심을 잃고 자리로 돌아와 의자 위에 무너졌다.

5

"요새 매일 늦는구나."

소리 나지 않게 현관문을 열고 들어가 신발을 벗어 신장에 넣고 거실로 올라서는데 안방 문이 열리고 문 여사가 나왔다. 기다리고 있었던 모양이었다.

"시작한 작품이 있어서 그래요."

수나는 어머니의 눈길을 피하며 둘러댔다. 반은 사실이기도 하고, 반은 사실이 아니기도 했다. 작품의 진전이 더뎌 애를 먹고 있었지만, 작품 진전을 더디게 만든 원인에 관한 상념 때문에 더 많은 시간을 허비하고 있었다. 시간을 허비하고 있다고 비관적으로 단언해서는 안 될는지도 몰랐다. 한 단계 도약을 위한 마음앓이를 하고 있는지도 모를 일이었다. 어쨌든 요즘 늦게까지 작업실에 웅크리고 앉아 끙끙 앓고 있는 것은 사실이었다.

"밤에는 작품이 잘 안 된다면서, 낮 시간을 선호하는 편 아니냐?"

문 여사는 요즘 수나의 생각이나 행동에 관해 의문과 궁금증이 쌓여 있었다. 그러나 드러내놓고 그것을 풀 방법이 생각나지 않아 답답했다. 서른을 넘긴 지가 언젠데 아직도 여자로서 가야 할 길에 무심하다니 그 속을 알다가도 모를 일이었다. 아무리 그림이 좋아도 그렇지 여자라면 마땅히 가정 이루는 것을 최우선으로 여겨야 하지 않겠는가. 그림이야 가정을 이룬 다음에도 얼마든지 할 수 있는 일이고. 더구나 약혼까지 한 터, 혼인을 미루는 것도 한두 해지, 벌써 몇 해째 저러고 있으니 답답해 속이 터질 지경이었다.

"사람이 늘 똑같은가요. 철이 바뀐 탓인 모양이죠. 요새는 밤에 작업이 더 순조로워요."

"낮에 안 서방 다녀갔다."

"안 서방이라니요?"

"왜, 그렇게 부르면 안 되냐?"

"식도 올리지 않았는데, 어색하게 왜 미리 그래야 해요?"

"그래, 빨리 식을 올리도록 하자. 저쪽에서는 당장에라도 올라자고 하지 않니."

"왜 자기들 생각만 해요. 저는 서두를 생각 없어요."

수나는 곱지 않은 눈으로 어머니 문 여사를 흘겨보았다. 이 혼약은 문 여사와 안응섭의 모친 진 여사의 합작품이었다. 당사자들의 의견은 뒷전이고 두 안주인끼리 아사바사 강행한 일이었다. 두 안주인이야 명분이 아주 명확했다. 신랑 측은 돈과 신분을 내세웠고, 신부 측에서는 가문과 신부의 재능과 명예를 내세워 궁합을 맞추었다. 문 여사의 주장인즉 안응섭과 결혼하면 손에 물 한 방울 묻히지 않고도 평생을 편안히 살 수 있지 않겠느냐는 것이었고, 진 여사의 주장인즉 프랑스 유학까지 다녀온 화가를 며느리로 삼는다면 얼마나 자랑스럽겠느냐는 것이었다. 겉으로 보기에는 아주 이상적인 한 쌍이었다. 어머니의 강요에 반박의 근거가 희박해 결국 코가 꿰이고 말았지만 수나는 생각이 달랐다.

안웅섭이 마뜩지 않았다. 무엇보다 그의 터무니없는 자신만만함이 싫었다. 그의 자신만만함은 가엾게도 그의 부모가 이루어놓은 재물에 근거하고 있었다. 재물이 세상을 좌지우지할 수 있는 점이 없지 않다지만 세상은 결코 재물만으로 휘두를 수 있는 것이 아니다. 재물과는 도리어 거리가 먼 분야도 많았다. 수나가 지향해온 그림의 세계에도 재물이란 크게 중요한 것은 아니다. 일정 정도의 필요한 부분도 없지 않지만 작품이란 재물에서 나오는 것은 결코 아닌 것이다. 사랑도 지혜나 용기처럼 자족적이고 자발적인 것으로서 보다 높은 차원의 가치인 것이지, 재물로서 그것을 좌지우지할 수 있는 것 또한 아닌 것이다.

안웅섭의 가족들도 그와 별반 다르지 않았다. 그들 역시 세상 모든 일을 돈으로써 움직일 수 있다고 확신하고 있었다. 재물을 배경으로 한 그들의 확신은 수나의 눈에는 매우 위태로워 보였다. 그들이 전가의 보도처럼 휘두르는 그 만용의 근원이 자칫 깨고 나면 흔적 없이 사라지고 말 한바탕 백일몽 같은 허망한 돈이라니, 가엾은 사람들이 아닐 수 없었다.

안웅섭과 결혼하면 그림을 그리도록 허락하겠는가. 설령 그가 허락한다 할지라도 그 가족들이 허락하겠는가. 안웅섭은 물론이고 그 가족들 또한 돈이 되지 않는 그림에 시간을 허비하도록 오래 놔두지 않을 것이 명백했다. 그림을 그리도록 허용한다 할지라도 그 가치를 인정하지 않는다면 그 또한 얼마나 마음고생이 심하겠는가. 수나로서는 그림 없이 사는 것은 상상할 수 없었다. 그 때문에 작품 제작 등을 핑계로 이리저리 결혼을 미뤄왔었다. 그런 가운데 저쪽에서 지쳐 포기하면 더 바랄 것이 있겠는가. 그런 속셈 또한 없지 않았던 것이다.

"왜, 싸우기라도 했니. 차도 한잔 못 얻어 마시고 쫓겨났다고 하더라."

"약속도 하지 않고 여러 사람이 작업하고 있는 작업실로 불쑥 쳐들어와 훼방을 놓고서 뭐, 차도 한잔 못 얻어먹고 쫓겨났다니, 적반하장이네. 예의를 알아야지!"

"당분간 머물 예정이라더라."

"제가 알 바 아니에요. 저는 요즘 부적 작업에 물이 올라 있어요. 필요하다면 엄마가 상대해주세요. 저는 제 코가 석 자예요."

"말하는 것 좀 보게. 누가 들으면 두 사람 사이에 무슨 탈이라도 난 줄 알겠다."

"혼자 사는 세상이 아니라는 사실을 좀 깨우쳤으면 좋겠어요."

"어련히 알아 하겠냐만, 안 서방 서운하게 해서는 안 된다."

더 이상 대꾸하고 싶지 않아 수나는 자기 방의 도어핸들을 돌렸다. 방문이 열리자 방 안에 가득 고여 있던 어둠이 정답게 날개를 펴고 날아올랐다. 어머니의 다음 말을 더 듣지 않기 위해 얼른 방문을 닫고 들어가 포근한 어둠에 몸을 맡기듯 곧장 침대에 엎드렸다. 아무 생각 없이 한동안 그렇게 엎드려 있고 싶었다. 머릿속에서 생각을 비워야만 몸이 편안해지고는 했다. 우선 머릿속을 홀가분하게 비워내야만 근육을 긴장시키고 있던 피로감을 씻어낼 수 있었다. 그런데 빌어먹을, 불쾌감으로 조제한 미향을 안개처럼 피워 올리는 안웅섭이 자꾸만 떠올랐다. 자기가 무엇인가. 부모 잘 만나 줄곧 특별 과외로 중고등학교를 거쳐 명문대학을 나왔고, 그 앞에만 서면 세상 모든 사람이 아편 먹은 듯 취하거나 까닭 모르게 작아진다는 사법고시 관문을 통과한, 이른바 세상이 인정하는 잘난 친구임에는 틀림없었다. 그러나 그가 정말 잘난 사람일까. 판검사 임용 대상에서는 일찌감치 탈락했고 로펌에서도 눈길 한번 주지 않은 변변찮은 법률가였다. 변호사 사무실을 차렸으나 그가 수임한 사건은 대개 민사소송 사건이라 했다. 이혼 문제를 주로 다룬다는 말도 있었다. 그러나 짐짓 그의 주업무는 자기 부친 소유 빌딩 및 부동산 관리회사 관련 업무였다. 자기 집 재산 관리 업무를 주로 해오고 있었다. 그런 주제에 세상을 그토록 얕봐도 되는 것일까.

정치는 정의구현과는 거리가 멀고, 교육은 썩을 대로 썩었으며, 법조계는 구태의연한 수구꼴통 조직이며, 교수라는 작자들은 한자리 챙기려는 데만 정신이 팔려 있다고 남 헐뜯는 데는 일가견을 지닌 웅변가였다. 투쟁이 지구 경영의 근본 원리이며 사랑은 영원히 손이 닿지 않은 밤하늘의 별 같은 환상에 지나지 않는다고도 주장했다. 언론은 불평불만 생산에만 열을 올리고, 인문학은 시효가 소멸된 지 오래이며, 예술은 폐기처분된 지 이미 1세기가 넘지 않았느냐고 침을 튀기기도 했다. 걸핏하면 반드시 이 세상을 새롭게 개혁하여 정의를 되살려놓지 않으면 안 된다는 주장을 펴기도 했다. 늙은 가치를 철저히 추방하고 젊은 피를 수혈하여 젊은 가치가 중심이 되는 새로운 제도를 만들어 세상을 꾸려나가야만 정의를 실현할 수 있다고 핏대를 세우기도 했다. 게다가 그 개혁의 담지자는 오로지 자기라야만 한다는 오만과 독선에 사로잡혀 있었다. 자기가 곧 세상의 중심이라는 맹목적인 믿음을 올바른 양식을 가진 사람이 어찌 품을 수 있단 말인가.

그와 만나고 나면 그 피로감을 씻어내는 데 며칠씩이나 걸리고는 했다. 그가 가진 것이 무엇인가. 그에게 그런 망상을 갖도록 하는 생각의 자유 내지는 방종을 허용하는 원천이 무엇인가. 그가 가진 재물 아니고 무엇이겠는가. 그 재물이 지닌 한계는 없는 것인가. 그가 화수분이라도 소유하고 있는 것으로 맹신하고 있는 것인가. 아무튼 그 재물의 효용범위는 어느 정도나 될까. 아무리 한미한 곳이라 할지라도 작은 도시 같은 데를 좌지우지할 수 있는 규모에는 이르지 못할 것이리라. 작은 도시의 동사무소가 관장하는 동민의 생활에나 간신히 영향을 미칠 수 있는 정도일까. 그런데도 온 세상을 쥐락펴락할 수 있다고 믿는 저 어리석은 오만을 세상이 얼마나 오래 참고 봐주겠는가. 생각할수록 별 볼일 없는 사람이었다. 미향처럼 피어오르던 불쾌감도 수면제 역할을 했는지 다행히 의식이 아득한 피안으로 가물가물 사라져갔다.

# 6

"손 선생님, 밖에 그 사람 와 있어요."

어디를 다녀오는 것인지 싱그러운 바람을 안고 작업실로 들어온 정 선생이 수나 옆으로 바짝 다가와 귀엣말로 속삭였다. 작업하던 손길을 멈추고 눈을 드니, 정 선생의 웃음 띤 얼굴이 바로 자신의 이마 위에 와 있었다.

"그 사람이라니요?"

"내게 도시락 부탁을 했잖아요. 그 사람 말이에요."

아! 그 사람이 체류할 곳을 정리하고 오느라 늦어진 아침 정 선생에게 대신 보살펴달라고 부탁했었지. 인가가 없는 외진 산중턱에 자리 잡은 옻칠미술관 부근에는 가게나 음식점 같은 대중이 사용할 만한 시설이 없어 어쩔 수 없었다.

"아까 왔어요. 전시실을 천천히 한 바퀴 돌고 나서 지금 주차장에 있어요."

"전시실을 돌아봤어요?"

"그럼요. 첫날도 손 선생님이 늦어지는 바람에 전시실에서 꽤 오랫동안 작품을 둘러봤어요. 제게 책도 빌려갔는걸요."

"책이라니, 무슨 책을요?"

"관장님이 쓴 옻칠회화에 관한 책 있잖아요."

옻칠회화에 관한 책을? 그 책은 왜 빌려간 것일까. 그 책에서 또 무슨 시빗거리를 찾아낼 작정이라도 했단 말인가.

"전시실을 나와 사무실 앞에서 한참 서성이더니 그 책을 보고 빌려볼 수 없겠느냐고 묻잖아요. 손 선생님 손님인데 마다할 수 있어야지요. 빌려주었다가 오늘 받았어요."

정 선생은 무엇인가 생색을 내려는 빛이었다. 자기 행위를 인정받고 싶어 하는 어린애를 방불케 했다. 관장이 쓴 책이라면 얼마 전 출간한 옻칠회화에 관한 관장의 자전적 책을 두고 하는 말이었다. 대학에서 평생 옻칠공예를 가르치며 그 관련 작업을 해오다 옻칠공예를 옻칠회화 쪽으로 발전시켜나가기 위해 노력해온 그 인생 역정이 담겨 있는 책이었다. 칠예(漆藝)와 회화의 접목에 관한 고담준론과 옻칠회화의 정석이 잘 그려져 있었다. 그 책은 현실에서 구하지 못할 어떤 이상을 실현해낼 수 있다는 거의 무망해 보이는 주장을 펼쳐놓은 점도 없지 않았지만, 예술가라면 누구나 지님 직한 꿈을 한껏 펼쳐놓아 수나로서는 한없이 호감이 갔다. 수나가 옻칠회화에 입문한 것도 관장에 대한 믿음과 존경 때문이었다. 그런데 강희가 그 책을 빌려갔다니, 시빗거리를 찾으려는 것이 아니라 옻칠회화에 관심을 갖게 된 것이나 아닌지 의아스러웠다.

"들어오세요."

눈 아래 용남 바다가 펼쳐져 있고 하얀 어장 부표가 떠 있는 바다를 동력선 몇 척이 물살을 일으키며 오가고 있었다. 바다 위에 떠 있는 작은 섬들 건너 거제 쪽의 산자락 아래 앉아 있는 집들도 손에 잡힐 듯 가까워 보였다. 그는 바다를 향해 등을 보이고 있다가 수나의 말에 돌아섰다. 헐렁한 긴 점퍼에 청바지, 등에는 홀쭉한 배낭이 붙어 있었다. 표정은 온화했고 낯빛도 첫날과는 달리 윤기가 흘렀다. 다만 눈빛은 첫날이나 지금이나 다름없이 날카로웠다. 눈이 한없이 깊다, 그런 생각을 하며 수나는 건물 중앙 문을 통해 아트숍 쪽을 손으로 가리키며 앞장서 걸음을 떼어놓았다. 아트숍은 반상기, 잔, 장신구 등 옻칠공예품을 상시로 전시해두고 판매하고 있었다. 그리고 테이블과 의자도 갖추어져 있어 손님을 접대하는 공간으로도 사용하고 있었다. 그가 따라오는 기척을 느끼며 계단을 올라간 수나는 아트숍으로 향했다.

"저는 아메리카노로 하겠어요."

아트숍으로 들어간 수나는 세 개의 테이블 중 창문 쪽의 테이블로 그를 안내했다. 그가 자리에 앉기를 기다린 후 수나는 그에게 차의 선택을 권했다.

"저도 아메리카노로 하죠."

참으로 오랜만에 그의 음성을 들어본 것 같았다. 욱이네 집에 의탁시켜둔 이래 처음으로 본 것이었다. 그동안 별일이 없었던지 김 여사로부터 그에 관한 일로는 아무 연락이 없었다. 이쪽에서도 궁금하기는 했으나 무슨 마땅한 구실을 댈 것이 없어 방문을 하지 않은 채 수나 혼자서 궁금증만을 키워왔었다. 그런데 막상 앞에 마주하고 앉아 있으려니 궁금증은 어디로 다 달아난 것인지 어색한 기운만 더해갔다. 아트숍 카운터를 지키고 있는 사모님께 차를 부탁해두고 기다리고 있자 아트숍 유리문이 안으로 열리더니 관장이 들어왔다. 수나는 일어나 관장에게 목례를 했다. 마침 카운터에 준비되어 있는 차 쟁반을 들고 테이블로 돌아왔다. 찻잔을 받아 앞에 당겨놓으며 그가 고개를 들어 수나를 쳐다봤다. 눈빛이 맑고 그윽했다.

"관장님이시군요?"

잘 지냈느냐는 수인사도 나누기 전에 관장이 이야기 중심으로 들어왔다. 어떻게 알았는지 궁금해 쳐다보자, 그는 빌려간 책에서 사진을 봤다고 말했다. 그의 눈에 우호적인 기운이 감돌고 있었다. 건너편 테이블에 앉을 때까지 그는 관장으로부터 눈을 떼지 않았다.

"인사, 드리실래요?"

수나의 말에 그는 고개를 돌려 수나를 쳐다보며 어깨를 으쓱 올렸다.

"자기만의 독특한 세계를 가진 분으로 생각되기는 했지만!"

그는 고개를 주억거렸다.

"아직 마음의 준비가 덜 됐는데, 그래도, 그럼 그럴까요."

잠시 망설이던 그는 밝은 표정으로 고개를 끄덕였다. 수나는 그의 반응이 반가웠다. 수나가 먼저 일어나 관장이 앉아 있는 테이블로 갔고 그가 그 뒤를 따랐다.

관장은 반백의 머리에 윤기가 흐르고 살집이 좋았다. 주름살 없는 팽팽한 얼굴에 눈썹이 짙었다. 책의 연보에 의하면 미수의 연세 아니었던가. 그런데 그렇게 연로해 보이지 않았다. 눈빛이 형형한 것이 아직 무슨 일에라도 열정을 쏟을 수 있다, 그런 자신감으로 충만해 있는 듯했다. 이미 살아낸 기간은 오래고 남아 있는 기간은 아주 짧을 것임에도 불구하고 스스로는 그 반대로 여기고 있는 것이 아닌가, 그렇게 여겨지기도 했다. 늙음에도 열기가 있는 것인가, 그런 열기가 가슴속에서 화톳불처럼 타오르고 있는 것 같았다. 다만 어깨가 구부정한 것이 오랜 세월을 견뎌낸 몸의 징표 같았다.

"관장님, 제 손님이에요."

강희는 머리를 꾸벅 숙여 인사를 올렸다.

"어서 오세요. 거기 앉으세요."

관장은 관대한 미소를 짓고 맞은편 의자를 가리켰다. 강희가 의자에 앉는 동안 관장은 강희로부터 눈을 떼지 않고 찬찬히 살폈다. 그사이 수나는 창가 테이블로 가 두 사람의 찻잔을 옮겨왔다.

"손 선생 손님이라면, 파리에서 함께 공부한 모양이군요?"

강희를 예리하게 살피던 관장의 눈에 차츰 호감의 빛이 번져갔다. 강희는 미소를 설핏 띠었을 뿐 긍정도 부정도 하지 않았다.

"제게 엄청 겁을 준 사람이에요."

수나 역시 관장의 물음에는 대답하지 않고 엉뚱한 말을 툭 던졌다. 수나의 말에 정작 당사자인 강희가 머쓱해졌다. 자기에게 엄청 겁을 준 사람이라니, 강희는 속으로 흠칫 놀랐다. 내가 언제 수나에게 겁을 줬단 말인가. 그 말뜻이 얼른 잡히지 않았다. 지난 며칠간 자신을 둘러싸고 일어난 여러 일을 상기하며 그 말뜻을 짐작하기 위해 머리를 굴렸다. 그러나 막연한 단서 한 오라기 잡히는 것이 없었다. 지금까지 그녀는 필요한 말 외에는 그에게 별로 한 것이 없었다. 어쩌다 앞뒤 맥락이 닿지 않은 말을 몇 마디 툭툭 던지기는 했으나 그것으로는 강희가 현재 처한 입장을 이해하는 데 필요한 정보로서는 턱없이 모자랐다. 그리고 그녀의 말은 상황과 꼭 맞아떨어지는 것이 드물었다. 제각각 토막토막 무슨 의미를 지니고 있는지는 모르지만 그것이 일목요연하게 어떤 맥락을 이루어내지는 못했다. 그러므로 아직 아무것도 손에 잡히는 것 없이 막막하기만 할 따름이었다. 더구나 지금까지 그 어떤 질문도 해온 적이 없었다.

"덤으로 얹어 받은 나이는 쓸데없는 것을 짐작하는 예지도 함께 얹어 받아요. 손 선생 말이 아니라도 저 눈이며 표정으로 봐 예사 사람은 아니에요. 송곳을 박아도 소나무처럼 거대하게 키워내고 말 것 같은 열정이 느껴지는군요."

관장의 예리한 관찰에 어떤 점이 포착되었다는 것인가. 예사롭지 않은 열정이 느껴진다는 말의 함의는 무엇인가. 관장의 눈에 우호적인 빛이 가득 어려 있었다. 강희를 관찰하던 눈을 거두고 관장은 차로 입 안을 축인 다음 천천히 말하며 빙그레 미소 지었다.

"관장님, 잘못 보셨습니다. 제게 열정이라니요. 불 꺼진 세상을 앞에 두고 있는 암울한 제 얼굴이 그럴 리 없습니다."

"아니에요. 저는 알아요. 연륜이 획득한 눈은 잘 안 틀려요. 선생의 얼굴은 지금 무엇인가 새로 시작하려는 의지로 피어나고 있어요."

관장의 얼굴에 흔치 않은 친근한 미소가 어려 있고, 강희를 바라보는 눈길이 그윽했다.

"제게 관장님의 뜨거운 심장을 이식해놓는다면 모를까, 지금 저의 처지는 그렇지 못합니다."

강희는 어리둥절한 표정으로 두서없이 얼버무렸다.

"굳이 설명할 까닭도 없고 또 설명할 수 있는 것도 아닙니다. 그러나 분명히 그런 기운이 선생에게서 느껴집니다. 다만, 내게 무엇을 걸라고 하면 서슴없이 선생에게 무엇이라도 걸 수 있겠습니다."

관장의 의외의 말에 수나와 강희는 놀란 눈으로 서로를 쳐다보았다.

"무슨 곡절로 곤경을 겪고 있는지 추레한 모습이지만, 선생은 예사롭지 않은 기운을 발산하고 있어요. 만약 옻칠 그림에 관심을 갖고 있다면 내가 적극 지원할 용의가 있어요. 늙은이의 직감이에요."

"네?"

예상하지 못했던 관장의 말에 수나와 강희는 거듭 놀랐다.

"옻칠회화는 아직 시작 단계예요. 그래서 우리 옻칠미술관은 관심 있는 분에게는 문호를 활짝 열어두고 있어요. 무조건 대환영이지요."

관장은 팔을 활짝 펴 환영한다는 표시를 했다.

"아마 타지에서 온 것 같으니까, 체류할 곳을 제공하고 작업실 출입도 자유롭게 허용하겠어요. 지금 중국에서 온 젊은이가 묵고 있는 산양의 집에 여분의 방도 있어요. 그 방을 당장 사용할 수도 있습니다."

강희를 어떻게 봤는지 관장은 단박에 그의 체류를 제안하고 나섰다.

그동안 관장은 여러 사람을 받아들여 체류하게 하고 옻칠 그림에 관해 공부할 기회를 제공하기는 했었다. 그러나 이렇듯 급작스럽게 서두르는 것은 처음 있는 일이었다. 수나의 손님이라니 파리에서 유학을 하고 온 유능한 화가려니 짐작을 한 모양이었다. 그렇다 할지라도 너무 성급한 제안이 아닐 수 없었다.

예기치 않았던 제안을 받은 강희는 옆에 앉은 수나를 돌아보았다. 관장의 제안을 받아들여야 옳은 것인지, 아니면 거절해야 옳은 것인지 묻고 있는 것 같았다. 수나는 급히 고개를 끄덕였다.

"옻칠회화에 관심이 없지는 않습니다. 그렇지만 너무 갑작스러운 말씀에 정신이 얼떨떨합니다. 제게 시간을 좀 주시기 바랍니다."

강희는 주저하며 대답했다. 옻칠회화가 존재한다는 사실 자체를 그는 며칠 전에야 처음 알았다. 유화와 다른 특색에 끌려 관심이 쏠리기는 했다. 그렇지만 수나의 제안에 마지못해 결행을 잠시 유보하고 있는 입장 아닌가.

뜻하지 않았던 관장의 제안에 수나는 어리둥절했다. 상대방이 어떤 사람인지 수나 자신도 신분을 모르고 있었다. 설령 상대방이 옻칠회화에 관심을 갖고 있다 할지라도 그 제안은 무모해 보였다. 관장은 오늘 그를 처음 보았고 몇 마디 나눈 말도 매우 피상적인 것에 지나지 않았다. 그런 사람에게 옻칠회화에 관심을 가져달라는 평범한 주문이 아니라, 체류의 편의를 제공하고 필요 경비까지 지불하겠다고 제안하고 나오다니 무모하다 할 수밖에 없었다.

관장은 그가 수나의 손님이라는 것과 수나에게 엄청 겁을 준 존재라는 말밖에 더 들은 것이 없었다. 그런데 그 두 마디를 근거로 펼쳐낸 상상력에 의해 상대방이 파리 유학을 한 저명한 화가쯤으로 단정해버린 모양이었다. 관장으로 하여금 그런 무모한 실수를 저지르게 한 책임이 전적으로 자신에게 있음을 알아차린 수나는 당황스러웠다. 그러나 황망 중에 벌어진 이 사태를 바로잡을 만한 어떤 묘안도 쉽사리 떠오르지 않았다. 상대방에게 체류할 곳을 제공하고 있는 수나로서는 한편 다행스럽다는 생각도 없지 않았다.

옻칠회화의 전파에 관한 일이라면 물불 가리지 않고 소매를 걷어붙여온 관장의 지난 몇 해 동안의 행보를 상기하면 오늘 일도 별로 놀라운 것은 아니었다.

뉴욕에서 화가로 입지를 굳히고 활동해오고 있는 대학 제자를 옻칠회화 작품을 구경이나 한번 해보라며 초청한 다음, 옻칠회화 작품의 제작을 강요하다시피 하며 6개월이나 붙잡아둔 일이 있었다. 호주 교포 화가에게 체류경비 일체를 부담하고 옻칠회화 공부를 하도록 강요한 일도 있었다. 관장의 배려로 옻칠회화 공부를 하고 돌아간 젊은 화가들도 열 손가락으로 꼽고 남을 정도였다. 후진 양성을 위한 배려에 인색하지 않은 관장에게는 으레 있음 직한 일이었다. 수나 자신만 해도 관장의 배려에 의해 옻칠회화에 입문하게 되었고, 학예사로서 일을 하게 되지 않았던가. 그러나 오늘처럼 급작스럽게 전폭적인 지지를 하고 나선 적은 기억에 없었다. 상대방이 어떤 사람인지 신분 파악도 해보지 않고 이런 무모한 제안을 하다니, 관장의 태도가 의아스럽고 질투가 나기도 했다. 아무튼 이 일이 장차 어떻게 진행되어갈지, 그리고 무슨 일이 도래하게 될지 두려운 마음이 없지도 않았다. 이 사태의 책임이 전적으로 자신에게 있다 생각하니 수나는 마음이 무거웠다.

어쨌든 속으로 쓴웃음을 짓지 않을 수 없었다. 적당한 때가 이르기를 기다려 자신이 당한 굴욕을 씻고 복수할 기회가 오기를 기다리고 있었는데, 그 소박한 바람이 엉뚱한 방향으로 발전하고 만 것이다. 이것이 새로운 상황 전개의 의미 있는 첫걸음이 될 것인가. 아니면 예기치 못한 어떤 불행의 단초가 될 것인가. 관장의 제안을 받아들이면 그를 체류시키는 데 따르는 부담은 덜 수 있었다. 그러나 복수의 기회를 놓치게 되지는 않을는지 걱정이었다. 복수란 하기야 골탕을 먹이는 것만이 유일한 것은 아닐 터였다. 창피를 주거나 치욕을 안겨주는 것으로 대신할 수도 있을 것이었다. 골탕을 먹이든 창피를 주든 보기 좋게 그의 콧대를 꺾어놓기만 하면 될 것이리라. 하지만 그런 기회를 어찌 지혜롭게 만들어낼 수 있을 것인가.

그에게서 당한 굴욕을 고스란히 되돌려주기 위해서는 비웃음거리가 될 만한 그의 어떤 약점을 찾아내야만 할 것이었다. 그 약점이 언제 어떻게 눈앞에 대두할 것인가. 그의 약점을 발견할 상황을 만들어낼 방법이 막막했다. 언제 좋은 기회가 올 것인가. 관장의 제안을 받아들여 그에게 체류할 여건을 마련해주고 복수할 기회를 노리는 편이 현명할 것인가. 아니면 수나 자신이 그를 독점한 채 그런 기회를 만들어가는 편이 좋을 것인가.

"그럼, 반승낙은 한 것으로 알겠습니다. 손 선생 편으로 연락 주시기 바랍니다."

갑작스런 사태 진전이 아닐 수 없었다. 지금으로서는 어떤 예측도 불가능했다. 그러나 예감이 불길하지만은 않았다.

## 7

이틀 후 수나는 강희의 방문을 받았다.

직원이 모두 퇴근한 사무실은 비어 있었고 소등을 한 미술관 전시실도 어둠에 잠겨 있었다. 수나가 작업에 몰두하고 있던 건물 왼편 작업실에만 불이 환히 밝혀져 있었다. 얼마 동안이나 옻칠 바탕에 자개를 끊어 붙여가는 작업을 계속했는지 허리가 뻐근했다. 전등불을 되쏘는 자개의 영롱한 빛이 눈부셨다. 이 자개만의 신비한 색을 다른 무슨 안료로 얻을 수 있을 것인가. 어떤 형태를 지어내는 만족감보다 자개의 영롱한 빛에 늘 마음이 끌렸다. 피로감이 묵직하게 어깨뼈를 압박하는 것 같고 혀끝에 허전한 느낌이 감돌았다. 차라도 한 잔 마셔야할 것 같았다. 내려둔 커피를 머그잔에 따른 수나는 찻잔을 들고 작업실 문을 열고 뜰로 나왔다. 밤바람이 얼굴을 시원하게 어루만졌다. 미술관 아래 고여 있는 어둠과 용남 방면의 요란스런 불빛이 대조를 이루고 있었다. 별이 내려와 달려가고 있는 듯 여리게 반짝이는 밤바다의 출렁임이 한없이 다정스러웠다. 바다 건너편 인가에 밝혀진 작은 등불들도 마음속에 음악처럼 너울거리며 반짝였다. 차를 마시며 바라보는 밤 풍경은 안온했다. 그러나 그 안온함이 갑자기 크게 흔들렸다. 검은 물체가 어둠 속에서 벌떡 솟구쳐 올랐던 것이다. 깜짝 놀라 뒷걸음질 치려는 순간 검은 물체가 정체를 드러냈다. 강희였다.

"왜 작업실로 들어오지 않고⋯⋯."

"밖에서 보니 작업에 한창 열중인 것 같아서요. 마칠 때까지 여기서 기다릴 작정이었습니다."

"그래도 그렇죠. 어서 안으로 들어오세요."

"아닙니다. 작업하는 성소를 침범해서야 되겠습니까. 드릴 말씀이 있어서 찾아오기는 했습니다만."

"그럼 제가 붓이나 씻고 대충 챙겨두고 나오겠습니다."

"작업 중에 그래도 되겠습니까?"

"어디 오늘 밤 안에 끝낼 수 있는 일인가요. 며칠이 더 걸릴지 모르는데, 걱정 마세요."

한적한 옻칠미술관을 벗어나 미늘고개에 이르자 휘황한 불빛들이 앞다퉈 피어 있는 도시의 야경이 펼쳐졌다. 어둠은 사람의 활동을 용인하려 들지 않는다. 그러므로 어둠 속에서 활동하기 위해 사람들은 밝음을 필요로 하고 그 밝음을 얻기 위해 등을 밝히기 마련이다. 어둠을 무릅쓰고 활동을 계속하려는 사람들이 밝힌 등불이 도시를 휘황찬란하게 만드는 것이다. 강구안 해안도로를 따라간 수나의 승용차는 어떤 카페 앞에서 멈추었다.

2층 대형 유리창 쪽 자리는 먼저 온 손님들로 이미 차 있었다. 안쪽 좌석은 통유리를 통해 내다볼 수 있는 야경이 매우 제한적이었다.

3층으로 올라가자 기대했던 대로 창 쪽에 빈자리가 있었다. 통유리를 통해 강구안 문화마당과 건너편 동피랑 벽화마을이 환히 내다보였다. 수나가 먼저 의자에 앉고 그 맞은편에 강희가 앉았다. 갈매기들이 둥지에서 쉬고 있을 밤중이었다. 그럼에도 불구하고 강구안에 정박해 있는 소형 동력선들의 마스트가 눈에 들어오자 곧 갈매기 몇 마리가 나타나 그 위를 선회할 것 같았다. 굵은 쇠줄로 계선주에 단단히 묶여 정박해 있는 세 척의 거북선은 오늘따라 용자가 밋밋했다. 용머리 이물과 깃 모양의 고물이며 지느러미 부위를 따라 밝혀진 색 전등에 의해 실제보다 아름답고 웅장하게 빛났었는데, 오늘은 웬일인지 색 전등이 꺼져 있었다. 문화마당 광장에서 야경을 즐기는 사람들의 실루엣이 그나마 눈요깃감이 되었다.

"저는 카프리 한 병 주세요. 왠지 갈증이 심하네요."

그에게 술을 권할 생각으로 수나가 먼저 술을 주문했다.

"저는 커피 주세요. 좀 더 늦게까지 깨어 있고 싶어서요."

주문한 카프리와 커피를 앞에 놓고 두 사람은 말없이 그것을 마셨다. 카프리를 반병쯤 비웠을 즈음 강구안을 바라보고 있던 그가 시선을 당겨 안으로 들여놓았다. 수나를 물끄러미 바라보고 있던 그는 배낭의 지퍼를 열었다.

"이것을 좀 맡아주시겠습니까?"

배낭에서 종이팩을 꺼내 테이블 위에 올려놓으며 말했다. 대형 마트의 로고가 프린트된 낯익은 종이팩의 배가 불룩했다. 그는 종이팩을 수나 쪽으로 밀어놓았다. 이 안에 무엇이 들어 있기에 맡아달라고 하는 것일까. 종이팩을 열고 안에 든 것을 무심코 꺼내던 수나는 화들짝 놀라 손을 멈추었다. 엄지손가락 굵기의 삼노로 꼰 단단한 로프와 비단으로 꼰 네댓 발 길이의 끈이었다. 뜻밖의 물건이었다. 속으로 기겁을 했으나 애써 침착한 표정을 짓고 수나는 강희를 쳐다보았다.

"이것이 저의 참모습입니다."

숨이 턱 막혔다. 이것의 용도는 자명했다. 목을 매달아 숨을 끊는 도구로 쓰는 것 외에 달리 용도가 있을 리 없었다. 그렇다면 그동안 그는 죽음을 눈앞에 두고 있었다는 것 아닌가. 노숙을 한 것도 비진도로 가려는 것도 카페에서의 돌출적인 행동도 모두 죽음과 연관이 있었다는 것 아닌가. 기타로 산조를 연주한 것도, 남의 작품을 잔혹하게 헐뜯은 것도 모두 죽음을 앞둔 자의 마지막 발악에 다름 아니었다는 것 아닌가. 그러한즉 가엾은 동정의 대상은 될지언정 보복할 증오의 대상은 아니라는 말 아닌가. 수나는 혼란스러웠다. 불안한 눈길로 강희를 쳐다보았다. 강희는 수나의 눈길을 피하지 않았다.

맞다. 나는 숨을 끊을 도구를 배낭에 넣어가지고 낯선 도시를 찾아왔다. 죽을 장소를 물색하기 위해 도시와 섬을 배회했다. 그러던 중 뜻하지 않았던 당신의 손길을 접하게 되었다. 그리고 옻칠회화와의 만남도 이루어졌고 뜻하지 않았던 관장의 제안을 받게 되었다. 구차한 변명이 아니다. 내심 격심한 번민을 치렀고, 마침내 관장의 제안을 받아들이기로 결정했다. 그리고 이것의 사용을 당분간 유예시키기로 결심했다. 목숨을 유예시키는 데 있어 당신이 그 원인을 제공했으므로 일단의 책임을 져달라. 그의 깊은 눈은 그런 말을 속삭이고 있는 것 같았다. 측은한 생각에 수나는 눈길을 돌렸다.

"자신을 버리기 위해 이 도시를 찾아왔다!"

"그렇습니다. 이 고장 사람들이 들으면 불쾌할지 모르지만 저로서는 이런 아름다운 고장에서 의식을 치르고 싶었습니다. 용서하기 바랍니다."

그의 말은 매우 정중했다.

수나는 그를 뜯어볼 뿐 아무 대꾸도 하지 않았다.

"거듭 말씀드리지만, 이것이 제 과거의 전부입니다. 이것 외에 따로 부언할 말은 한마디도 더 갖고 있지 않습니다."

그의 한 마디 한 마디는 천근의 무게를 지니고 있는 듯했다. 목숨을 전제로 한 절체절명의 명분 앞에 그 무게를 감당해야 할 벅찬 소임을 내가 왜 떠맡아야 하는가.

"어떤 것도 묻지 마라, 다만 장차 보이는 것만으로 나를 평가해달라, 그런 당부군요!"

"맞습니다."

"그렇지만 내가 왜 그래야 하죠? 난 그렇게 한가한 사람이 아니에요."

"그럼 왜 제게 결행을 유보하도록 했습니까? 손 선생님이 아니었다면 난 이미 선유대에서 자유로운 영혼이 되었을 텐데요."

"이런 일에까지 깊이 관련될 줄 몰랐어요. 다만 나는……."

수나는 그날 저녁 겪었던 굴욕이 상기되자 파르르 화가 치밀었으나 간신히 다스리고 마음을 다독였다.

"이제 보니 강 선생님은 목숨까지 내게 책임지라는 셈 아닙니까?"

"어찌 감히 손 선생님에게 그런 부담을 드릴 수 있겠습니까. 다만 제 삶은 오늘 여기서부터 새로 시작한다는 사실만 알아주면 고맙겠습니다. 그리고 손 선생님의 질문도 막을 생각 조금도 없습니다."

"그래도 그렇죠."

강희의 눈에 그늘이 드리워졌다. 청을 거절하면 어떤 불행한 일을 앞당기게 될지 모릅니다, 그렇게 말하고 있는 것 같았다. 수나는 입술을 꾹 깨물었다.

"좋아요. 흔쾌히 수락한다고는 할 수 없지만, 일단 접수는 하겠습니다."

수나는 고개를 저으며, 그러나 로프와 비단으로 꼰 끈을 종이팩에 다시 넣고 옆 의자 위의 누비가방과 함께 나란히 놓았다.

"고맙습니다. 앞으로 세병관 기둥과 한번 겨뤄볼 생각입니다."

안도가 되었던지 그렇게 말하고 나서 강희는 겸연쩍은 듯 빙긋 미소를 지었다.

수나는 순간 번개가 몸속을 꿰뚫고 지나가는 것 같았다. '앞으로 세병관 기둥과 한번 겨뤄볼 생각입니다.' 그 말이 둔중한 해머처럼 수나의 머리를 강타했던 것이다. 세병관 기둥과 겨룬다! 그것은 김 관장의 제안을 받아들이기로 했을 뿐만 아니라 이미 옻칠회화에 있어서의 자기가 나아갈 바, 도전해갈 방향을 정했다는 의미 아니고 무엇이겠는가. 그 말의 함의와 다의적 상징이 수나의 머릿속에서 개미 떼처럼 들끓어 올랐다. 아, 어찌 저런 기발한 생각을 다 할 수 있단 말인가. 무엇인가, 마치 자기 몫을 남에게 가로채였을 때 느끼고는 했던 아쉬운 생각이 강렬하게 일어났다. 나는 왜 여태 저런 생각을 해보지 못했던 것일까. 늘 새로운 것을 찾아 모색하고 번민의 시간으로 몇 날 며칠이고 지새운 것이 얼마인데 왜 저런 뿌리 든든한 생각이 나를 찾아온 적

은 한 번도 없었단 말인가. 속으로 질투심을 강렬하게 느꼈다. 한편 이
사람, 역시 뭔가 있기는 있는 사람인가, 하는 안도감을 느끼기도 했다.

"그럼 관장님의 제안을 수락하셨다는 말씀이군요?"

"그렇습니다. 옻칠회화라는 신개지의 매력과 관장님께서 지니고
계신 뜻이 저를 굴복시켰습니다."

관장님이 지닌 뜻! 옻칠회화를 세계 화단에 알리고 거기서 확고한
자기 위치를 차지하는 것이 관장의 포부였다. 그런 관장의 뜻에 굴복
했다면 그 뜻을 좇아 옻칠회화에 도전해보겠다는 말에 다름 아니었
다. 그렇다면 그림에 자신이 있다는 뜻이기도 했다. 모든 선에 임자를
정할 정도의 오만은 지닐 만한 그 방면의 재능을 지녔음을 은연중 나
타낸 것이기도 했다. 그렇다면 수나로서는 질문을 하지 않고서도 한
가지 답변을 그로부터 들은 셈이었다. 그렇지 않은가!

계단을 밟고 2층으로 내려오는 수나의 발걸음이 가벼웠다. 카운터
에서 계산을 하는 동안에도 속으로 쾌재를 부르고 있었다. 수나가 계
산을 마치고 카드를 돌려받고 있던 중 카페 주인이 그들 앞으로 다가
왔다. 카페 주인은 강희 앞에 바투 다가서며 꾸벅 머리 숙여 인사를
하고 반색했다.

"오랜만에 오셨군요. 오늘 한가한데 산조를 한 번 더 연주해주지 않
겠습니까?"

카페 주인의 정중한 요청을 받은 강희는, 그러나 전혀 생뚱맞다는
표정으로 한 발 뒤로 물러섰다. 수나를 쳐다보는 눈이 구원을 청하는
것 같았다.

"그날 저는 매우 색다른 경험을 했습니다. 선생님의 연주는 아주 인

상적이었습니다."

"사람 잘못 보셨습니다."

"그날 기타로 산조를 연주하시지 않았습니까?"

"제가요? 그럴 리 없습니다."

난처해 어찌할 바를 모르고 있는 강희의 모습을 수나는 유심히 뜯어 살폈다. 그는 당황한 표정으로 계속 손사래를 치고 있었다. 거짓으로 꾸며 자리를 모면하려는 그런 가식적인 태도가 아닌 것 같았다. 그렇지만 저 태도는 또 무엇이란 말인가. 그날 저녁 카페 주인으로부터 기타를 가로채다시피 빼앗아 들고 가야금산조를 한바탕 연주하지 않았는가. 그 사실을 정말 모른다고 잡아떼려는 것일까. 그날 카페에 있던 많은 사람들이 지켜본 사실을 부인하다니, 그 저의가 무엇일까. 그날 저녁의 일 모두를 다시 상기하고 싶지 않다는 것인가. 아니면 정말 기억하고 있지 못하다는 것인가. 강희의 반응을 지켜보는 수나의 눈길이 차갑고 날카로웠다.

## 8

"쑥 향기가 그윽하구나."

국을 한 숟갈 떠 맛을 본 다음 손경수 교장이 수나를 쳐다보며 흐뭇한 표정을 지었다. 고등학교 교장으로 퇴임한 지 벌써 다섯 해가 지났는데도 사람들은 그를 교장 선생님으로 호칭했다.

"요새 도다리쑥국이 제철 아니에요."

"그래, 우리 고장 별미 중의 별미지!"

봄 멸치며 여름 뽈락, 바람이 쌀쌀해지는 늦가을부터 나기 시작하는 굴이며, 겨울 멍게가 이 고장의 대표적인 특산물이었다. 한동안 구경하기 힘들던 대구도 요즘은 풍어를 구가했다. 치어 방류의 시험을 계속한 끝에 결실을 이루어 대구 생산지로서의 옛 명성을 되찾았던 것이다. 그러나 여기 사람들의 겨울 식탁은 아무래도 값비싼 대구보다는 물메기가 주로 차지했다. 구수하고 깊은 맛이야 대구에 비할 수 없을지 모르지만 물메기 또한 대구나 명태처럼 비리지 않고 심해의 시원하고 깊은 맛이 느껴져 그 탕은 겨울철 별미 중의 하나로 꼽혔다.

그리고 개나리, 진달래가 피고 쑥이 들판을 점령해갈 즈음에는 도다리쑥국으로 몸을 보하고는 했다. 이 고장 바다에서 흔하게 잡히는 도다리에 쑥을 곁들여 끓여내는 국은 도다리의 구수한 맛과 이른 봄철의 쑥의 향기가 어우러져 독특한 맛을 자아냈다.

"낮에 시간 내서 안 군 사무실엘 좀 다녀오너라."

안 군 사무실엘 좀 다녀오라니, 무슨 영문인지 알 수 없어 아버지를 쳐다보았다.

"뭘 그렇게 뚱한 얼굴이냐. 안 서방, 사무실 냈다."

"내가 가는 것보다 네가 난이나 하나 들고 찾아보려무나."

아버지는 미리 준비한 봉투를 수나에게 밀어놓았다.

"이번 시장 선거에 출마한다잖니."

만면에 웃음을 띤 의기양양한 어머니 문 여사의 얼굴과 마주친 순간 수나는 눈을 아래로 깔았다. 시장 출마? 예비 사위가 시장 출마를 하다니 한껏 고양되어 어디 자랑이라도 하러 다니고 싶다, 그런 얼굴로 보여 민망스러웠다.

"왜, 네 얼굴이 그 모양이니? 네 서방 일인데, 좋지 않니? 난 온 동네 방네 돌아다니며 자랑하고 싶다."

"좀 자중하구려. 시장이 된 것도 아닌데."

"왜, 시장 안 될 것도 없지요? 서울서 떵떵거리는 변호사님이겠다, 선거자금 넉넉하겠다, 안 서방은 갖출 건 다 갖추고 있잖아요."

"그렇지만 경륜도 짧고 또 상대가 있는데, 단숨에 무슨 일이 이루어지겠어요."

"아무리 경륜이 짧다 해도 사법고시 패스에 변호사만 해도 어디 빠

지는 신분이에요? 그리고 기회가 어디 이번 한 번뿐인가요. 배경 좋겠
다 돈 있겠다, 언젠가는 꼭 되지 않겠어요? 시작이 반이에요."

시장 그것 뭐 대수로운 것이냐는 듯 얕잡아보는 어머니 문 여사의
말에 수나는 속이 뒤집힐 것 같았다. 입맛이 싹 가셔버렸다. 감칠맛 나
는 도다리쑥국도 마다하고 숟가락을 놓고 말았다.

집을 나와 미술관으로 가는 동안 수나는 줄곧 마음이 어수선했다.
그런 중요한 일을 내게는 한마디 귀띔도 해주지 않고 결행하다니 괘
씸하다, 그런 애정 어린 관심 때문이 아니었다. 그가 시장이 되겠다고
나선 것이 마땅치 않았다. 시장이 무엇인가. 한 도시의 주민을 위해 헌
신하는 자리인 것이다. 명확한 국가관과 자기 이익을 돌보지 않고 오
로지 시민만을 위해 봉사하는 그런 희생적 봉사정신이 요구되는 자
리인 것이다. 그런데 그에게 그런 큰 인물로서 갖추어야 할 인격적 바
탕이 이루어져 있는가. 천만의 말씀. 그는 도량도 좁고 의협심이란 눈
씻고 찾아보려야 찾아볼 수 없는 천박한 인품의 소유자였다. 돈 있고
배경 좋으면 다 탐을 내는 것이 그런 벼슬자리는 아닐 것이다. 아무리
지난 기억을 더듬어봐도 그의 야심이 의심스럽고 터무니없었다.

꽃집이 저만치 시야에 들어왔다. 직접 꽃을 들고 그의 사무실을 찾
아가는 일은 내키지 않았다. 가서 의례적인 미소를 띠고 입에 발린 축
하의 말을 늘어놓으며 어색한 시간을 보내고 싶지 않았다. 일단 사무
실을 방문하면 그냥 돌려보내려 들지 않을 것이다. 예를 갖추어 약혼
녀를 대접하려 할 것이고 밥을 먹자고 할 것은 불을 보듯 뻔했다. 밥
은 사양한다 할지라도 차는 사양할 수 없을 것이다. 마주 보고 앉아
차를 함께 마시며 나눌 말이 연상되자 귀밑에 그리마라도 기어가는

느낌에 소스라쳤다.

꽃집 앞에 차를 세웠다. 윤기 흐르는 잎을 뽐내는 난을 눈으로 훑던 수나는 양란을 선택했다. 향이 은은하고 고결한 한란보다는 향기는 없을지라도 꽃대가 휘어지도록 현란한 꽃을 달고 있는 양란의 눈부심이 눈을 더 끌었기 때문이 아니었다. 속 깊은 아름다움과 향을 간직한 우아한 한란은 감상의 수명이 길기는 할 것이지만, 우선 보기에는 양란이 훨씬 더 효과적일 것이라는 데 마음을 썼다. 안응섭의 인품도 그러려니와 사무실의 수명도 길어야 석 달 정도인데, 수명이 짧은 양란의 화려함이 더 어울릴 듯해 양란을 선택한 것이다. 아버지 손경수 교장의 이름으로 된 축하의 리본을 장식하도록 부탁한 다음 안응섭의 사무실 주소를 건네고 꽃집을 나오니 마음이 홀가분했다.

"직접 올 줄 알았는데 꽃만 왔군요. 오늘은 꼭 밥을 함께 먹고 싶습니다."

"요새는 시간이 안 나요. 제작 중인 작품이 끝나야 시간을 낼 수 있을 거예요."

"그럼 저녁에 작업실로 찾아뵙겠습니다."

"작업할 때는 딴 신경 쓰고 싶지 않아요. 다음에 찾아뵐게요."

낮에 그로부터 전화가 왔을 때 알아들을 만큼 완곡히 이쪽 마음의 흐름을 전달해둔 것으로 믿었는데, 안응섭이 집에 와 있었다. 종일 작품을 하느라 지칠 대로 지쳐 집으로 돌아간 수나는 그를 어떻게 대해야 할지 마음이 여간 불편하지 않았다.

"국가와 사회를 위해 헌신하겠다는 것보다 더 큰 뜻이 따로 없겠지만, 그런 큰 뜻을 품은 사람이 어디 한둘이어야지. 그 뜻을 이루려면 반드시 거기에 합당한 준비를 해야 할 것이야."

대략 얼굴만 씻고 거실로 나가 그의 옆 안락의자에 앉았다. 각기 대추 우린 차를 마시고 있었다. 테이블 위에 딸기가 놓여 있었으나 그것은 별로 손을 댄 것 같지 않았다. 훈육이 몸에 밴 아버지다운 말씀에 그는 빙그레 웃음 지은 얼굴로 듣고 있었다.

"당신도 참, 대학 나오고 변호사 하는 사람이 따로 준비할 게 뭐 있겠어요."

"그게 그렇지 않아요. 『목민심서』나 『정관정요』 같은 정치 지침서는 반드시 숙지하고 있어야 해요."

"걱정 마세요, 아버님. 요즘은 디지털시대입니다. 정보의 흐름만 잘 따라 모으고 익히면 만사형통입니다. 그런 케케묵은 것은 정보 획득을 방해할 뿐입니다."

안응섭을 바라보는 손 교장의 얼굴이 어두워졌다.

"『목민심서』나 『정관정요』 같은 기본 지침서를 숙지하고 있어야 필요한 정보를 선별하여 활용할 수 있는 것이네."

"무슨 말씀인지 잘 알겠습니다. 하지만 그런 전통사상은 오늘날에는 잘 맞지 않습니다."

"안 서방이 어련히 준비했을라고. 늙은이가 공연한 참견이네, 그래!"

"오늘날 우리나라가 무엇 때문에 이렇게 잘사는 나라가 되었습니까. 서양에서 받아들인 문물 덕 아니겠습니까. 우리나라가 계속 발전하려면 서양에서 더 많은 것을 배워와야지요. 수나 씨처럼 유럽에서 공부하고 온 사람들이 중요한 까닭이 바로 거기에 있는 것입니다."

수나는 안웅섭의 말에 비위가 뒤틀렸다. 그와는 생각이 전혀 달랐던 것이다. 반박을 하려다 말이 길어지는 것이 싫어 입을 열지 않았으나 마음이 여간 언짢지 않았다.

전통문화에 관한 수나의 인식이 몇 년 전만 해도 그의 말과 별로 다르지 않았다. 그러나 지금은 아니었다.

요즘 사람들 대개가 그렇듯 수나도 16년 교육과정을 거치는 동안 익혀온 사고방식으로 세상을 훌륭히 살아낼 수 있을 것으로 알았다. 완벽하게 기획된 서구식 교육제도는 제3세계와 동양사상 등 다른 지식의 침투를 허용하지 않았다. 구미 여러 나라의 유학파들이 정치, 경제, 문화, 교육 등 모든 제도권을 장악하고 서양 위주의 순혈주의만을 완강하게 고집해온 것이 실로 오래였다. 그로 인해 서양 위주의 사고방식과 생활이 자연스러웠고, 유학을 다녀온 후에도 한동안 수나는 전통문화의 존재마저도 의식하지 않고 지냈다. 전통문화를 모르고서도 세상 살아가는 데 아무 불편이 없었던 것이다.

그러나 서류 뗄 게 있어 모처럼 모교에 들렀다가 우연히 찾아들어간 개교기념 외부 초청 유명강사의 강연을 듣고 난 후 수나는 크게 달라졌다.

'전통이 희망이다'가 그날의 강연 주제였다. 전통이란 멀리할수록 현대생활에 유리하고 궁극적으로는 전통이란 없애야 하는 것으로 생각해왔던 수나로서는 예상하지 못했던 주제였다. 시간이 허락하는 여유가 우연히 수나를 강연장으로 이끌었다.

전통이란 무엇인가, 연사는 그 개념을 먼저 정의한 다음 우리나라 사람들의 일반적 정서와 전통 수용 상황을 간략히 정리해나갔다. 그리고 서양에서 들여온 문화로 생활해온 우리의 모습에 대한 정리가 그 뒤를 따랐다. 이런 일반론을 전제한 다음 목소리 톤을 낮추더니 우리 문화와 예술이 세계로부터 푸대접 받고 있는 사정을 사례별로 예시해가며 아쉬운 마음을 나타냈다.

강연은 뜻밖에 수나의 관심 분야를 겨냥하기라도 한 듯 미술 등 문화 쪽으로 옮겨져 전개되어갔다. 왜 우리나라 작품이 노벨문학상을 받지 못하는가. 왜 우리나라 화가들의 작품이 세계 미술시장으로부터 외면을 당하고 있는가. 초청연사는 그 점을 특히 강조해 지적해나갔다. 서구 지향적인 가치관으로 일관해온 우리 예술계는 작품 평가며 창작 분위기를 그쪽으로 조성해온 반면, 우리 전통과는 멀리 결별하게 만들어 예술가들로 하여금 우리 고유의 미학과 그 상상력을 구현할 수 있는 길을 막아왔다.

우리에게 서구 지향적 사상을 매개한 일본 또한 사정이 비슷해 우리나 일본 화가들의 작품이 세계 미술시장으로부터 외면당해오고 있는 것이 오래되었다. 그런데 중국 화가들은 해마다 몇 명씩 세계 10대 화가로 집계되고 그들의 작품이 고가로 세계 미술시장에서 거래되며 호황을 누리고 있는데, 그 까닭이 어디에 있는가. 맹목적으로 서양을 모방한 한국이나 일본과는 달리 중국은 '외국 문물이 중국에 이바지하게 하라' '과거가 현재에 이바지하게 하라'는 마오쩌둥의 교시에 따라 일찍부터 자기들 전통을 중시하며 그 전통 위에 서양의 것을 받아들여 가꾸어왔다. 그 차이가 바로 오늘날 작품 창작 및 평가의 차이로 이어지고 있는 것이다. 그러므로 우리도 우리 고유의 전통미학과 상상력을 계승해 작품에 구현해야만 한다. 그래야만 가까스로 세계인의 관심을 끌 수 있을 것이라는 주장을 연사는 담담히 펼쳐나갔다.

특히 이 점에 관심을 가져주기 바랍니다.

초청연사는 청중들로 하여금 주위를 집중하게 한 다음 힘주어 말했다.

서구 자본주의 사상과 문물을 받아들인 나라들 가운데 오늘날 구미 여러 나라들과 어깨를 나란히 겨루며 성공적으로 경제발전을 이룩한 나라들이 어디 어디인 줄 아십니까. 일찍이 서구 자본주의를 받아들인 남아메리카나 아프리카 여러 나라들 가운데 그런 나라가 있습니까. 한때 아르헨티나가 세계 5위 경제대국으로서의 맹위를 떨쳤지요. 그러나 그것이 어디 오래갔습니까. 그밖에 남미나 아프리카 여러 나라들 가운데 어느 나라가 있습니까. 없지요. 구미 여러 나라들과 어깨를 나란히 겨룰 수 있는 나라는 오로지 동아시아 몇 나라밖에 없습니다. 즉 일본, 홍콩, 싱가포르, 대만, 한국, 중국이 바로 그런 경제대국의 반열에 오른 나라들입니다. 그렇지 않습니까? 그리고 근래에 말레이시아가 그 뒤를 따르고 있지요.

그러면 이들 나라에 무슨 공통점이 있을까요. 아무런 공통분모도 없을까요. 공통점이 있습니다. 무엇이냐고요. '한자문화권'이라는 것이 바로 그 공통점입니다. 맹모삼천지교에서 볼 수 있는 높은 교육열, 2천 년 넘게 쌓아온 지적 자산과 정신문화, 이것이 서구문화를 받아들여 용해하고 소화하여 발전시키는 용광로 구실을 해 이들 나라들이 오늘의 빛나는 성공을 거둔 것입니다. 그리고 주목해야 할 것은 지배계급에 한정된 지적 자산은 한계를 지니기 마련이라는 것입니다. 일반 국민 모두 다 그런 지적 자산과 정신문화를 고루 지니고 있어야 발전을 이루어나갈 수 있는 것입니다. 남미 여러 나라의 부침에서 우리는 그 사실의 예를 볼 수 있습니다.

그리고 말레이시아는 어찌 뒤이어 발전하고 있는가. 인도네시아는 1억 7천만 인구 가운데 한자문화 인구는 겨우 3백만에 그쳐 있는 반면, 말레이시아는 인구 절반가량이 한자문화 인구인 것입니다. 필리핀 또한 인도네시아와 비슷합니다. 이것이 무엇을 의미하는 것일까요. 우리가 천대해온 전통이 바로 발전의 발판이 되어왔다는 사실을 증명하고 있는 것 아니겠습니까. 이런 점에 비춰보더라도 우리는 이제부터라도 우리 전통문화에 대한 인식을 바꿔야 합니다. 우리 전통문화에 대한 인식을 새롭게 하고 그것의 장점을 정치, 사회, 문화 모든 분야에서 살려나가야만 서구 여러 나라들과 어깨를 당당히 겨루어나 갈 수 있게 될 것입니다.

강연을 듣는 동안 얼마나 몰두하고 긴장했던지 꼭 쥔 손에 땀이 흥건했다. 강연이 끝나자 수나는 자기도 모르게 충동적으로 힘주어 손뼉을 쳤다. 온몸으로 강렬한 정신적 세례를 받았던 것이다. 수나가 옻칠회화로 쉽게 전향한 까닭도 짐짓 거기에 있었다. 옻칠회화에 매력을 느꼈고, 옻칠미술관 학예사로 일자리를 갖게 된 것이 더 가까운 계기였을 것이지만, 그날 그 강연을 듣지 않았다면 옻칠회화에 전념하게 되기까지 좀 더 오래 망설이고 주저했을지도 모를 일이었다. 강연을 듣고 난 후 그 방면에 관해 더 깊이 공부를 하게 되었고 그 초청연사의 주장의 타당성에 고개를 끄덕이며 공감하는 절차를 거쳤기 때문에 옻칠회화로의 전향이 한결 더 용이했던 것이다.

그런 생각으로 머릿속이 들끓고 있던 수나는 줄곧 마음이 불편했다. 그러나 끝내 안응섭을 반박하고 나서지는 않았다. 공연히 말을 섞고 싶지 않았던 것이다.

## 9

작업을 중단하고 붓을 테레빈유에 씻은 다음 작업대를 정리했다. 정 선생은 한발 앞서 일손을 멈추고 수나의 움직임을 지켜보고 있었다. 하 선생과 최 선생은 먼저 집으로 돌아가고 난 후였다. 작업실 스위치를 내려 소등을 하고 정 선생 뒤를 따라 뜰로 나왔다. 해가 서쪽 바다 너머의 세상으로 이동하며 끄는 긴 노을의 그림자가 스러지고 바다 위에 어스름이 연무처럼 내리고 있었다.

"오늘 차를 안 가져왔어요. 무전동까지만 좀 태워주세요."

"마침 롯데마트에 들를 일이 있는데 잘됐네요."

미늘 고개를 넘어 무전동 방향으로 들어설 때까지 두 사람은 입을 다물고 있었다. 신호가 바뀌기를 기다리다 좌회전 신호를 받고 핸들을 꺾어 무전동 방향으로 들어선 후 정 선생이 입을 열었다.

"그 사람 아주 별난 데가 있는 것 같아요."

"그래, 잘 봤어요. 별난 사람 같아 보이죠. 그런데 관장님이 너무 성급한 결정을 내리지 않았는지 걱정이에요."

"손 선생 손님인데, 어련하겠어요. 그리고 관장님 눈이 어디 보통 날카로운가요. 절대 손해 볼 일 안 하시지요. 더구나 전시실을 돌며 작품을 쳐다보는 그 사람 눈을 보며 저는 전율을 느꼈어요. 그 사람, 관장님의 배려를 절대 시혜 따위로 받아들이는 눈치가 아니었어요. 무엇인가 도전할 기회를 잡았다, 그런 눈치였어요."

"저보다 그 사람에 대해 더 많이 알고 있군요. 제가 챙기기는 한 사람이지만, 제 손님이라니요. 저도 잘 모르는 사람이에요."

"손 선생님이 잘 모르는 사람이라니, 그게 무슨 말이에요?"

"지난번 우연히 강구안 카페에서 보게 된 사람이에요."

"우연히 강구안 카페에서 보게 된 사람이다, 전혀 모르는 남자를 우연히 보고 챙겼다, 그 말이에요?"

"그래요. 하지만 그럴 만한 까닭은 있어요."

"그럴 만한 까닭이 있다니, 아주 궁금한데요?"

"지금은 그 궁금증을 풀어줄 수가 없어요. 미술관에 함께 있게 되었으니 앞으로 하나하나 그의 베일이 벗겨져나갈 테지요."

"정말 모르던 사람이에요?"

"그렇다니까요. 저도 그에 관해 알고 싶은 것이 많지만, 성급하게 해결할 수 있는 문제는 아닌 것 같아요."

"그런데 그 사람, 관장님의 제안을 받아들인 것은 무슨 배짱일까요?"

"저도 그 점이 궁금하지만, 앞으로 알아가게 되겠지요."

어느새 무전동에 이르렀고 정 선생이 목적지에 다 왔다며 먼저 내렸다.

롯데마트에서 한라봉 한 상자와 와인 두병을 산 수나는 욱이네 집으로 갔다. 그를 먹이고 재운 데 대한 사례를 한다면 도리어 호의를 저버린 괘씸한 짓으로 여겨 꾸중이나 듣게 될 것 같았다. 그렇다고 도리가 있지, 인사마저 하지 않고 넘어갈 수는 없는 일이었다.

김 여사가 대문을 따주었다. 차에서 한라봉과 와인을 들고 집으로 들어섰다. 그런데 그가 쓰던 2층 방에 불이 밝혀져 있었다. 이미 관장님이 제공한 숙소로 옮겼으리라 생각했는데, 아직 옮기지 않은 것인가.

"안 그래도 미술관에서 제공한 곳으로 옮기게 되었다고 들었다. 하지만 방 사정이 한 이틀 더 있어야 들어갈 수 있겠다더라."

"아, 그렇군요. 어쨌든 저 때문에 고생 많으셨어요."

"아니다. 욱이나 너나 다 내 자식들 아니냐. 신경 쓰지 마라."

"고마워요."

김 여사의 뒤를 따라 거실로 들어간 수나는 한라봉 상자와 와인을 테이블 위에 올려놓았다.

"저녁에 잠 안 올 때 한 잔씩 드시면 좋을 것 같아 와인을 사왔어요."

"공연한 신경을 다 썼구나. 2층에 올라가봐라. 방이 불편하면 여기 내려와 이야기 나눠. 이 늙은이는 방해하지 않으마."

김 여사는 웃음 띤 얼굴로 다정스럽게 말하고 한라봉과 와인을 들고 부엌으로 들어갔다.

수나가 부르자 강희는 곧 아래층으로 내려왔다.

"아직 옮기지 않은 줄 알았으면 오늘 오지 않았을 텐데……."

아래층 거실로 내려와 소파에 앉은 강희를 보며 수나가 먼저 운을 뗐다.

"방이 준비되려면 한 이틀 더 걸린다니, 신세를 더 져야 할 것 같습니다."

강희는 쑥스러운 듯 겸연쩍은 표정을 지으며 조심스럽게 응대했다.

"신세는 무슨 신세. 이 나이 아니면 모르겠지만, 사람 하나 더 있는 것이 얼마나 큰 낙인데."

언제 준비했는지 껍질을 발라 먹기 좋게 장만한 한라봉과 딸기를 담은 쟁반을 가져와 테이블 위에 놓으며 김 여사가 웃음 지었다.

"고맙습니다."

"고맙기는 내가 더 고맙지. 그 까다롭다는 김 관장께서 대접하는 귀한 손님을 내가 모셨는데."

"별말씀을 다 하십니다."

"목 좀 축일래?"

"아뇨. 곧 일어나야 해요."

"그래, 이야기 나누렴. 나는 가게 장부 정리가 좀 남았다."

김 여사의 강구안 누비가게는 늘 손님이 많다고 했다. 요즘은 아랫사람에게 맡기고 좀 한가하게 지내고 있지만 한때는 작업장과 가게를 손수 운영하며 숨 쉴 틈 없이 바쁘게 보냈었다. 김 여사의 통영누비는 일반적인 세누비보다 누비 간격이 촘촘하고 바느질 땀이 튼튼한 것이 특장이었다. 보이지 않는 안쪽까지도 옷감과 빛깔의 선택에 신경을 썼고, 화려하고 극단적인 색채 대비와 남다른 디자인이며, 이 고장 상표 등록 로고인 박쥐 문양 자수 새기는 기술도 남다르다는 평가를 듣고 있었다. 하나하나 상품마다 복제가 불가능할 정도로 완성도 높은 제품만을 내놓고 있어 예나 지금이나 성가가 높은 편이었다.

"제가 궁금한 것이 한두 가지가 아닙니다."

누가 할 소린가. 궁금한 것이라면 이쪽이 열 배, 백 배는 더 되고도 남을 터였다. 수나는 딸기를 하나 집어 입에다 넣으며 넌지시 그를 쳐다보았다. 저럴 때는 눈이 얼마나 선량한가. 곧게 뻗어내린 코와 얇은 입술, 살쩍으로부터 턱까지 흘러내린 자연스런 윤곽선, 얼굴 어디에도 불량스러운 기운을 털끝만큼도 찾아볼 수 없었다. 그런데 그날 저녁 그렇듯 난폭하고 괴벽스런 언행은 어디서 나온 것일까.

"아직 한마디도 질문이 없었습니다. 아직 때가 이르지 않은 것입니까?"

수나는 그를 그윽이 건너다볼 뿐 대답을 하지 못했다. 갑자기 머릿속이 뒤숭숭했다. 여러 생각이 걷잡을 수 없이 서로 엉켜 다투고 있었다. 그렇게 엉켜 다투고 있는 생각 어느 것을 붙들고 어떤 말로 그것을 표현해낼지 막막했다. 짐짓 지금까지 그에게 한 가지도 뭘 물어보지 않았지만 그로부터 몇 가지 궁금증을 푼 것은 사실이었다. 실제로는 몇 가지 질문에 이미 대답을 들은 셈이었다. 따라서 수나의 질문에 대한 그의 답변은 앞으로 구체적인 그의 행위를 통해 구하는 것이 더 자연스럽지 않을까, 그렇게 유보적인 생각을 갖기에 이르렀던 것이다.

"그리고 또 왜 저에게 이런 편의를 제공한 것인지 알고 싶습니다."

이번에도 수나는 그를 그윽이 건너다보았다.

"지금은 말할 수 없어요. 제 속을 정확히 밝혀 말할 수가 없으니까요. 때가 되면 자연히 알게 될 겁니다."

수나는 사실대로 털어놓기가 저어되었다.

"제 과거를 다 맡긴 분입니다. 어떤 말을 한다 해도 그것이 지나치거나 실언이 되지는 않을 것입니다."

"그렇게 너그럽게 수용한다 해도 제 마음을 정확히 밝혀 말할 수가 없네요. 이럴 경우에는, 유예 또는 유보라는 수단을 사용하는 것이 보다 현명할 거 같아요. 제가 지금 강 선생님의 궁금증은 풀어드리지 못하지만, 강 선생님께서는 제 궁금증을 하나 풀어주시면 고맙겠어요."

그의 눈빛이 어두워졌다.

"걱정 마세요. 제가 맡아둔 과거는 결코 침해하지 않을 테니까. 그러나 왜 결행을 차일피일 미루어 제가 손쓸 기회를 제공한 것인지 궁금했어요."

그의 눈에서 어두운 그늘이 걷히고 안도의 기운이 감돌았다.

"장소 물색이 시간을 잡아먹었습니다."

"결행 장소 말이군요?"

마음만 있다면 세상 어딘들 결행 장소가 될 수 없겠는가. 수나는 장소 물색이 문제가 아니라, 결행을 할 것인가 말 것인가 망설인 거군요? 하고 능쳐보려다 참았다.

"엄중히 선택하고 싶었습니다."

그 대답 역시 미심쩍었다.

"마음에 든 곳이 복수로 등장했군요?"

그러나 어쩌랴. 그냥 잠자코 그의 말에 귀를 기울이기로 마음먹었다. 아무튼 결행을 유보할 구실을 찾고 있었던 것은 아닌지 속으로 고개를 갸웃거리기는 했다.

"그렇습니다. 선유대와 세병관 뒤 서산 중 어느 쪽을 선택할 것인지 정하기가 쉽지 않았습니다."

"선유대라면?"

"비진도 외항에 있는 산입니다. 미륵도와 한산도 앞바다를 한눈에 조망할 수 있는 세병관 뒤 서산이 마음을 끌기는 했지만 아무래도 선유대가 더 매혹적인 곳으로 여겨졌습니다. 지닌 돈도 다 떨어지고 오로지 비진도 건너갈 뱃삯을 구하기 위해 애를 태우며 남망산공원 벤치 신세를 지고 있을 즈음, 손 선생님의 손길이 제게 뻗쳐온 것입니다."

"결행 장소가 복수로 등장하지 않았더라면 큰일 날 뻔했군요. 그런데 선유대가 마음을 더 끈 이유는 무엇인가요?"

수나는 그의 말을 수긋이 받아들이기로 했다.

"선유대 말입니까. 거기서 제가 꿈을 꿨거든요."

"선유대에서 꿈을 꿨다고요?"

"첫날 거기서 비몽사몽 정신없이 헤맸습니다."

"비몽사몽 정신없이 헤맸다니, 궁금하군요."

"그날 밤 일을 표현하려니 난감합니다. 직접 눈앞에 보고 있는 것처럼 확연하고 그 느낌 또한 현실처럼 생생합니다. 그러나 처음 본 일이라 제가 지닌 표현 능력으로서는 그 꿈을 제대로 묘사해낼 수가 없습니다. 말의 효능이 이토록 제한적이었다니 전에는 한 번도 생각해 보지 못했던 사실입니다. 현재 제가 지닌 재주로서는 어떤 말을, 어떤 수사를 동원한다 해도 그 꿈을 묘사하기란 불가능합니다. 그래서 아쉽지만 그 신비한 체험을 공유할 수 없어 미안합니다. 그러나 지금 이 순간에도 그 꿈이 제 머릿속에는 그림처럼 가득 펼쳐져 있습니다."

도리질을 하던 그의 눈에 아련히 이내 같은 기운이 퍼져나갔다.

서울을 떠날 때 비진도는 염두에 두지 않았었다. 다만 남쪽으로만 내려갈 작정이었다. 아는 사람이 한 명도 없는 곳, 한 번도 가보지 않은 곳, 그것이 목적하는 장소였다. 아는 사람이 한 명도 없고, 처음 발을 디딘 낯선 도시에 내리자 안도감이 들며 편안해졌다. 이제 남은 것은 결행뿐이었다.

결행할 장소 물색이 우선이었다. 버스터미널을 나오기 전 여행객을 위해 비치해둔 홍보물 전시대에서 들고 온 관광안내도를 펴놓고 주도면밀히 살펴나갔다. 세병관 뒤 서산이 먼저 눈에 들어왔다. 거기가 맞춤한 장소로 보였다. 그렇게 생각한 순간 비진도가 눈에 들어왔다. 기억의 여울을 헤치고 비진도가 크게 눈길을 끌었다. 어떤 여행기가 기억에 떠올랐다. 그 여행기를 쓴 사람이 시인이었는지 화가였는지 기억이 희미하지만, 그 사람의 주장에 의하면 세상에서 가장 신비한 곳이 비진도라는 것이었다. 두 개의 섬을 잇고 있는 해안이 한쪽은 머리통만 한 뭉우리돌로 되어 있고, 다른 한쪽은 비단처럼 고운 모래사장이 펼쳐져 있다는 것이었다. 자연의 운영이 어찌나 교묘하던지 사람의 능력으로서는 그 속을 알 수 없는 일이 한둘이 아니라지만 그토록 신비한 조화가 어디 더 있겠느냐는 감탄으로 가득 차 있었다. 그뿐 아니라, 세병관에서 우연히 마주친 한 노인 또한 선유대에 올라 사방 바다를 바라보고 있노라면 아무리 무딘 사람이라 할지라도 양어깨에 곧 날개가 돋아나 승천하지 않을 수 없을 것이라는 장담을 듣고서는 선유대를 선망하지 않을 수 없었다.

그는 여객선터미널로 달려갔다. 그러나 하루 오전 오후 두 차례 운행하는 비진도행 여객선이 조금 전 출항하여, 내일을 기약할 수밖에 없었다. 하릴없이 세병관으로 올라가 세병관 기둥 하나하나를 읽어나가는 일을 대신하며 시간을 보냈다. 그리고 다음 날 오전 여객선 편으로 비진도로 들어갈 때까지 시간은 매우 더디게 흘러갔다.

마침내 비진도에 도착한 그는 뭉우리돌과 모래사장으로 양분되어 있는 해안을 따라 서성거리며 한나절을 보냈다. 해변도로에 서 있는 관광안내도를 참고하여 방향을 잡은 다음 그는 선유대를 향해 산을 오르기 시작했다.

초입은 경사가 완만하여 숨을 고를 필요도 없이 가볍게 걸음을 옮겨놓을 수 있었다. 동백꽃이 한창이었다. 싱싱한 초록빛 광택이 흐르는 두터운 육질의 잎을 풍성히 거느리고 있는 것만으로도 동백나무는 그 아름다움을 충분히 뽐내고도 남음이 있었다. 그렇지만 거기에다 진홍의 꽃을 네댓씩 잎 사이사이에다 수놓듯 피워놓고 있어 더 눈부시게 빛났다. 햇볕을 받아 반짝이는 잎과 노란 꽃술을 머금은 진홍의 꽃이 어우러진 동백나무의 아름다움은 오래 잊히지 않을 것 같았다. 길섶에 짙푸른 잎을 넓게 펴고 앉아 있는 천남성도, 군데군데 무리지어 상록의 자태를 자랑하듯 으스대고 있는 팔손이의 당당한 모습도 인상적이었다. 곳곳에 막 꽃망울을 터트리기 시작한 진달래가 곁들이듯 서 있었으나 아직 제철을 맞이하지 못한 탓인지 스산해 보였다. 머리에 노란 띠를 두른 앙증맞은 동박새 서너 마리가 귀엽게 지저귀며 동백나무와 후박나무, 팔손이를 오락가락 건너다녔다.

중턱에 이르자 길의 경사가 가팔라졌고 걸음이 더뎌졌다. 곰솔밭을 지나자 지난가을 옷을 벗은 가지에 새순을 틔우고 있는 갈참나무,

오리나무, 느릅나무 등 낙엽활엽수들이 무리 지어 서 있었다. 키 큰 떡갈나무 사이로 난바다가 내다보였다. 사방 이쪽저쪽 바다 위에 떠 있는 섬들은 한가로운 모습이었다. 발밑을 조심하며 너설밭을 지나자 갑자기 길이 수직의 벽처럼 가팔라졌다. 안돌이하거나 지돌이하며 바위를 타고 오르자 눈앞이 환해졌다. 정상에 다다른 것이었다.

어느새 시간이 이렇게 흘렀던 것인가. 해가 하루의 긴 여정을 마칠 준비를 하고 있었다. 서쪽 바다에 낮은 자세로 떠 있는 섬들 바로 위에서 가라앉을 준비에 들어가 있었다. 마음이 바빠졌다. 평상처럼 생긴 널따란 너럭바위에 배낭을 벗어두고 주위를 한 바퀴 둘러보았다. 올라온 길 반대편 아래쪽에 서너 그루의 곰솔이 눈에 들어왔다. 그곳에 맞춤한 장소가 있을 것 같았다. 그곳으로 내려갔다. 가지가 촘촘한 서너 그루 곰솔이 서 있고 곰솔밭에 이어 낙엽활엽 교목 몇 그루가 서로 키 자랑이라도 하듯 우뚝우뚝 서 있었다. 곰솔과 낙엽활엽수가 어우러져 있는 그곳은 손바닥만 한 분지로 사방이 숲으로 차단되어 있었다. 숲 속에 안온하게 안겨 있는 그곳 갈참나무 가지 신세를 진다면 어떤 방해도 받지 않고 새의 부리에 쪼이고 비바람에 살을 내릴 수 있을 것 같았다. 그리하여 마침내 가을을 맞아 한철 피웠던 잎을 땅으로 되돌려준 낙엽수처럼 뼈만 남은 홀가분한 모습이 될 수 있을 것 같았다.

마음을 정하고 배낭에 들어 있는 도구를 가져오기 위해 정상 너럭바위를 향해 올라갔다. 너럭바위에 올라선 순간 그는 정신이 아뜩해졌다. 섬들이 해를 반쯤 머금고 빨갛게 타고 있었다. 하늘과 바다가 더불어 타오르고 있었다. 어떤 간절한 소망이 저보다 더 짙붉게 타오를 수 있단 말인가. 어떤 절망적인 사랑이 저보다 더 붉을 수 있단 말인

가. 얼마나 많은 귀한 생명을 지불해야만 저토록 거룩한 성취를 이룰
수 있단 말인가. 인류의 비극적 역사 전부를 한곳에 모아 태울 때 저
런 장엄한 음악을 얻을 수 있는 것일까. 저 광경은 목숨의 종결인가,
목숨의 시작인가. 저 광경은 무엇을 향한 상징이며 비유인가.

　정신이 혼미해졌고, 의식은 흐를 방향을 몰각했다. 아득한 몽환의
순간이 한동안 이어졌다. 타오르던 불길이 사그라지고 어둠이 내리기
시작하고 하늘에 별이 하나둘 자태를 나타내기 시작할 무렵에야 그
는 정신이 어렴풋이 되돌아왔다. 그러나 아직도 소멸해가는 세상의
마지막 모습이 머릿속에 가득 펼쳐져 있었다. 손가락 하나 움직일 여
력도 없이 무기력해진 그는 너럭바위 위에 넋을 놓고 앉아 밤의 한가
운데로 진입해 들어가고 있었다.

　별들이 내려와 잔치라도 벌이고 있는 것일까. 수선스러운 소리에
돌아보니 웬 낯선 사내들이 모여 있었다. 우람한 체격에 근육이 울퉁
불퉁 솟은 팔이며 왕방울 눈을 부릅뜬 험상궂은 얼굴들이었다.

　나는 사자 떼를 따고 발밑에 깔고 섰지. 그래서 왕으로 추대된 것이
야. 한 사내가 팔을 힘껏 휘둘러 보이며 으스댔다. 나는 강에 둑을 쌓
아 홍수를 막았지. 그러자 백성들이 왕으로 추대하더군. 한 사내가 겸
연쩍은 얼굴로 말했다. 나는 천둥과 번개를 이용해 공포를 심어줬지.
그러자 그 공포로부터 살려달라고 애원하며 매달리더군. 그래서 어쩔
수 없이 왕이 되었어. 교활한 미소를 띤 사내가 으스대는 얼굴로 말했
다. 나는 돌팔매질이 장기야. 아무리 높은 나무 위에 달린 열매라도 돌
팔매를 날려 딸 수 있었어. 그러자 왕으로 삼더군. 나는 말솜씨를 발휘
해 군중들로 하여금 꿈을 갖게 했지. 그러자 왕으로 삼더군. 나는 흙으

로 약을 빚어 병자들을 위안시켰어. 다행히 낫는 병자가 하나둘 늘어 나자 왕이 되어달라고 간청하더군. 그래서 왕이 되어 군림했지.

그렇지, 우리 때 왕은 자부심을 가질 만했지. 그리고 우리는 스스로 왕에 오른 자는 하나도 없었잖아. 간청을 받고 왕이 되었지. 하지만 요 즘은 허구로 자신을 치장해 빛나는 존재로 치켜세우고 스스로 왕이 되더군. 이른바 거짓말 경쟁시대지. 광고시대야. 이 시대를 구하려면 우리 같은 왕이 다시 나와야 해. 그렇지, 세상에 실질적인 공헌을 한 자가 왕이 되어야 해. 이즘은 감성의 시대 아닌가. 자유로운 영혼을 지 닌 감성 구현자가 나와 세상을 다스려야 해. 그래야 이 세상이 균형을 잡고 평화롭게 굴러갈 수 있지 않겠어? 다만 지금까지 존재하지 않았 던 어떤 가치를 구현해낸 감성 구현자여야 해. 하지만 그런 적임자가 어디 잘 있나. 철학을 곁들여야지, 감성만으로는 부족하지. 요즘 철학 이 어디 있어. 철학을 짓밟고 그 위에 감성이 올라선 것 아냐? 올바른 것은 다 소멸한 세상이야. 우리들의 시대가 다시 와야 해. 그래, 맞아, 우리들의 시대가 다시 와야 해.

왕들의 회의는 계속되었다. 미명을 헤치고 아침 해가 솟아오를 즈음 에야 왕들의 회의는 종료되었다. 회의 종료와 함께 왕들은 자취 없이 사라졌다. 밤사이 형틀에 묶여 고문을 받아오던 그의 의식이 가까스로 풀려 제자리로 돌아왔다. 팔다리가 따로 흔들릴 지경으로 그는 지쳐 있었다. 몸이 녹아 없어지지 않은 것이 도리어 이상할 지경이었다.

선유대, 이곳은 전 시대 왕들의 처소인가. 먼지와 다를 바 없는 나 같은 미미한 존재는 범접할 수 없는, 어떤 분야의 일인자 영예를 누렸 던 왕들의 안식처이며 그들이 모여 세상 구원을 논의하는 성소인가.

내가 나를 버릴 그런 욕된 장소가 될 수는 없는 성스러운 곳이었던가.

그는 기진맥진하여 쫓기듯 산을 내려왔다. 곧 여객선이 도착하자 망설일 겨를 없이 그 여객선에 승선하여 뭍으로 나왔다. 뭍에 발을 딛고 나자 비로소 살 것 같았다.

다음 날 그는 제승당 부근을 배회했고, 미륵산을 오르기도 했다. 제승당 역시 범접하기 힘든 성소였고 미륵산은 케이블카 때문에 사방이 조망되어 결행 장소로서는 마땅치 않아 보였다. 자연의 운행에 맡겨 자연스럽게 소멸할 수 있는 길을 탐할 것이 아니라, 그냥 노출되더라도 세병관을 선택할 것인가. 그 문제를 두고 번민하느라 또 하루를 허비했다. 가진 돈이 거의 다 떨어져 결행을 서두르지 않을 수 없는 입장이 되어 있었다. 결국, 그는 다시 선유대를 생각했다. 전 시대 왕들의 허락을 얻어 그곳에서 자연의 운행에 소멸을 맡길 수 있는 행운을 얻기로 다시 결심하기에 이르렀던 것이다.

일이 그렇게 되었는데, 그 일을 어찌 손 선생이 알아듣게 설명할 수 있겠는가. 섣불리 입을 열어 사실과 거리가 멀게 만드는 것보다 입을 꾹 다물고 상대의 짐작에 맡겨두는 편이 훨씬 현명한 처사일 것이리라. 강희는 마음이 갑갑했지만 그렇게 결심하고 재촉하고 있는 손 선생의 눈길을 피했다.

# 10

수나는 작업대 위의 화판을 내려다본다. 윤기 흐르는 짙은 검정 옻칠 바탕 위에 앉힐 형상이 머릿속을 선회한다. 아무리 궁리해도 어딘가 아직 미흡하다. 언제 한 번이라도 흡족한 기분으로 작업에 임해본 적이 있었던가. 늘 미흡하다 느끼면서 막연히 시작해왔고, 끝이라는 것에 관한 확신도 없이 끝을 맺어오고는 했다. 언제나 그랬다. 작업에 확신이란 없었다. 인내심이 허락하는 마지막 순간까지 지치도록 모색하고 또 탐색을 거듭하는 것이 습관이 되어 있었다. 막다른 골목 끝에 이르러서야 의심과 주저를 껴안고 마지못해 시작하고 또 미진한 가운데 끝을 내고는 했다. 재능이 무엇인지 한 번도 재능의 정체를 온전히 파악해본 적이 없었다. 즉 재능이 무엇인지도 모른 채 그저 작업에 임해온 것이다.

수나는 문득문득 갈마드는 깊은 번민의 수렁에 빠져 허우적일 때가 한두 번이 아니었다.

아름다움이란 모양 지을 수 있는 것인가. 어떻게? 둥글게도 세모나

게도 여럿의 각을 구사하여 그것을 나타낼 수도 있는 것인가. 아름다움이란 표현수단을 이용해 그려볼 수 있는 모양이나 어떤 틀을 갖고 있는 것이 아니라, 막연한 느낌의 대상일 뿐인 것이 아닐까. 사람이 살아가면서 느끼는 어떤 감각이나 감정을 명명한 것에 지나지 않는 것 아닐까. 산다는 것은 몸을 움직여 무엇인가를 획득하는 것이 기본일 터였다. 획득하기 위해서는 노력을 대가로 지불해야 함은 당연한 일. 노력이라는 것은 땀을 전제로 수고를 아끼지 않는 것. 이렇듯 삶은 고생을 항상 동반하기 마련인 것이다. 이러한 삶은 따라서 편안함을 갈망하기 마련이고, 편안함이란 몸이 수고를 그침으로써 얻어지는 것이고, 몸이 수고를 그쳐 있을 때는 마음이 비로소 기운을 차리고 움직이기 시작한다. 마음이 궁극적으로 지향하는 바는 현실에서 구하기 힘든 이상적인 존재인 것이다.

현실에서 구하기 힘든 어떤 것, 그것이 바로 아름다움이 아닐까. 현실에는 존재하기도 또는 존재하지 않기도 하는 어떤 것의 정체, 그 아름다움의 정체를 밝혀내기 위해 인류는 전 역사를 바쳐온 것이 아닐까. 그림으로 또는 음악으로 또는 문장으로서. 그러나 그것의 온전한 모습을 표상하지도 그려내지도 못해 지금껏 그림이, 음악이, 문장이 유효하다 여기고 있으며, 그래서 그것들이 아직도 명맥을 유지해오고 있는 것이 아닐까. 사람 사는 일, 즉 먹고 입고 자는 일에는 아무 직접적 관련이 없는 그림, 음악, 문장의 정체를 진지하게 다시 검증해봐야 하는 것 아닐까. 눈을 들어 근경, 중경, 원경을 바라보면 여러 가지 꽃들이 그려 보이는 교태를 어찌 아름답다 하지 않을 수 있겠는가. 하늘의 석수장이가 갖은 재주를 다 부려 오묘하게 다듬어놓은 석산을 휘

돌아 흐르는 강이 보이는데 그냥 지나쳐버릴 사람 몇이나 되겠는가. 아득한 들녘 끝 야산자락 아래 조가비처럼 앉아 있는 집들이 주는 정감 또한 아름다움의 실체 가운데 하나 아니겠는가. 바람을 부리는 몰이꾼의 손길은 또 얼마나 정교하고 오묘하던가. 숲이 울창한 토산을 악기로 삼을 때와 우쭐우쭐 기암절벽으로 이루어진 석산을 악기로 삼을 때 그 완급 조절의 묘는 몰이꾼 솜씨가 아니면 살릴 수 없는 진경의 것이었다. 거기에다 갖가지 새소리를 보태고 멀리 님을 향해 목청 높여 외치는 사슴의 부름도 곁들이면 어찌 따로 음악이 필요하다 할 것인가. 그리고 무엇보다 문제의 근원은 문장에 있다 할 것이었다. 사는 데는 말만으로 충분한 것이다. 그런데 왜 문장을 주어 인류에게 고난의 역사를 쓰게 했단 말인가. 글이 없었다면 기억의 연장이 없었을 터이고, 기억의 연장이 없었다면 인류가 겪은 대재앙은 거의 다 지워지지 않았을까. 따라서 탐욕은 제한적인 것에 그쳤을 것이고 대재앙은 국지적인 것에 그치지 않았을까. 만유허공에 땅을 지을 때 사람을 만든 것이 실수였던가. 사람을 빚을 때 머릿속에 생각을 담아놓은 것이 지나친 욕심이었던 것일까. 빚은 자로서야 자기 재주 하나 뽐내고자 했겠지만 그 단순한 욕심이 빚어낸 대재앙을 목격하면서 얼마나 가슴을 쳤겠는가.

어쨌든 그림도 음악도 문장도 따로 더 필요하지 않은 존재들이었다. 그것이 필요하다 생각한 그 시점으로부터 인간의 고난과 고뇌가 비롯된 것이다. 우리는 그러므로 필요하지 않은 짓을 하고 있는 것이다. 실체 없는 대상을 상대로 끊임없이 헛된 꿈을 꾸고 방황하고 고뇌하고 땀을 흘리고 있는 것이 환쟁이, 소리꾼, 글쟁이 들인 것이다. 더

구나 인류의 오랜 꿈을 실현해야 한다는 당위적 요청을 받고 무슨 형틀에 자기를 결박해두고 번민하고 고통을 당하고 있는 가엾은 존재들이 곧 예술가들인 것이다.

때로 수나는 그런 종잡을 수 없는 회의에 사로잡혀 스스로를 학대하고는 했다.

도대체 아름다움이란 어떤 것이고, 어디에 있는 것일까. 마음속에 있다는 말이 맞는 것일까. 내가 추구해온 아름다움이 바로 그 아름다움과 유사하기나 한 것일까. 어릴 때부터 그려온 그림이라는 것이 주변의 칭송과는 무관하게 아름다움의 변죽이나마 울려온 것이 맞는 것인가. 그렇다면 그날 밤 강희의 즉흥적인 잔혹한 지적에도 태연했어야 하지 않겠는가. 그 비평 앞에 당당하지 못하고 무너져내린 까닭이 무엇이란 말인가. 내 모든 과거를 무화시키고 만 그 몇 마디, 말 몇 마디에 무너져내린 그 허약한 내 실체는 무엇이란 말인가.

초등학교 3학년 때부터 시작해 대학 때까지 그림 공모전마다 응모하면 상을 받지 않은 적이 거의 없었다. 도전이며 국전 등에서 수상하며 화가로서의 관문을 당당히 통과했고 그룹전 초대는 한 해에도 몇 차례씩이나 거듭됐으며 개인전도 네 차례나 가졌다. 그뿐인가. 파리 국립 미술학교에서 공부한 4년 동안 넓힌 견문은 양어깨에 자신감을 탄탄히 실어주었다. 우쭐한 자만심과 자신감을 충분히 획득했었다. 남은 것은 화려한 성공밖에 없었다. 그러나 화려한 성공이라니, 아직 손도 한번 내밀어보지 못했다. 왜 성공을 향해 손도 한번 내밀어보지 못했는가. 새로움을 지향하는 막연한 꿈 때문인가. 안주보다는 도전을 선망하는 부질없는 성향 때문인가. 새로움을 지향하고 도전을 선망한다면서, 그러면 왜 아직도 거기에 부응하는 어떤 것 하나 자신의 그림 세계로 호명하여 불러들인 적이 없는가.

그런데 강희는 이미 세병관과 씨름을 벌이고 있다 했다. 그의 말대로 세병관의 우람한 기둥이 이 나라를 떠받치고 있는 존재라면 그 상징적 의미 속에는 반드시 아름다운 정신이 작동하고 있을 것임에 틀림없었다. 그것을 그림으로 나타낸다면 어떤 모양을 짓게 될까. 몇 번 고쳐 짓기는 했다지만 세병관의 나이는 영국의 자존심을 떠받쳐온 햄릿의 나이와 비슷하다 하지 않은가. 4백여 년 동안 이 나라를 떠받쳐온 세병관의 아름드리 핏빛 기둥! 강희는 그것을 어떻게 구현해낸다는 것일까. 아직은 손이 가닿지 않은 저쪽 피안에 아른거리는 깃발과 같은 존재일 뿐인 것일까.

## 11

"옻칠회화를 여기서 처음 봤다니, 당연한 일입니다. 옻칠회화는 세상에 나온 지 얼마 되지 않습니다."

세상과의 작별 준비에 여념이 없을 팔순의 나이인데도 김 관장의 얼굴에는 열정 같은 것이 살아 꿈틀거렸다. 붉은 기운이 감도는 낯빛도 한창때를 방불케 했고 음성도 쩌렁쩌렁 힘이 넘쳤다. 요즘도 하루에 여덟 시간 정도는 반드시 작업에 몰두하고 있다 했다. 김 관장의 작품은 일정 고객을 확보하고 있는 상태여서 그 수요에 대기 위해서라도 편안히 쉬지 못하는 형편이라 했다.

"그래, 선생 말이 맞습니다. 자개는 장롱이나 문갑 또는 문방사우 같은 데 장식으로 쓰여왔지요. 예전에는 나전이며 옻칠공예는 귀하게 대접받아왔고, 그만큼 수요층도 두터웠습니다. 전쟁이다 뭐다 세상이 어려워지며 수요가 급감하고 급기야 플라스틱 제품이 생활용구의 대부분을 차지하고 나서는 거의 절멸 상태에 이르렀지요. 그러다 경제가 발전하고 다시 세상이 살 만해지자 그 수요가 하나둘 늘어나기 시작했고 지금은 옻칠공예품이 서서히 부활하고 있는 상태입니다. 그것은 매우 바람직한 일이지요. 그렇지만 나는 옻칠공예품의 부활만으로 우리가 만족해서는 안 된다고 생각합니다."

김 관장은 피로한 기색 없이 이야기를 계속했다.

"도립 나전칠기기술원양성소에 입소한 것이 예순다섯 해 전이에요. 거기서 옻칠과 나전칠기를 비롯하여 데생, 디자인, 설계, 정밀묘사, 제도 등 전반적인 미술교육을 받았어요. 나중에 서울로 올라가서는 문갑 등 공예작품을 제작했는데, 그것이 국전 공예부에서 최고상을 수상했고 그 이듬해에도 특선을 했지요. 그 인연으로 미술대학에서 후학을 가르치게 되었어요. 그 무렵에는 장식예술로서 옻칠공예를 발전시키는 것이 꿈이었거든요. 그런데 장식이란 무엇입니까. 주된 것에 부수적 역할을 하는 것 아닙니까. 나는 그것이 늘 마음에 걸렸습니다. 조선시대 명품들 가운데도 우수한 나전칠기 작품이 수두룩합니다. 그런데 그것이 다 장식물에 그쳐 있을 뿐 예술작품으로서 독자적 평가를 받지 못하고 있어요. 그것을 장식물로서가 아니라 독립시켰을 때 어떤 가치를 지니게 되고 어떤 평가를 받게 될까, 그 의문이 나를 무겁게 내리눌렀습니다. 그 해답을 구하기 위해 백방으로 노력했죠. 그러다 잠실 롯데호텔 천장화를 의뢰받고 제작하면서 확신을 가졌지요. 호텔 로비를 장식하는 유명화가들의 그림과 내가 맡아 제작하는 옻칠 천장화 둘 사이에 차이가 있는가. 차이가 있다면 그것이 무엇인가. 둘 다 같은 반열에 나란히 올려놓을 수 있는 같은 그림 아닌가. 그렇다. 옻칠과 나전으로써 그림을 그리지 말란 법이 있는가. 그로부터 나는 장식예술로서가 아니라 독립적 평가를 받는 예술작품으로서의 옻칠회화를 제작하기로 결심하기에 이르렀던 겁니다. 그것이 벌써 20여 년 전의 일이에요. 지난 20여 년 동안 학교에 재직하면서 오로지 그 작업에만 매달려왔죠. 그런데 그동안 많은 작품을 제작해왔지만 늘 걱정스러운 것이 옻칠이라는 물성의 특성으로 인해 유화보다 도리어 수명이 긴 예술작품을 제작해야 하는데 내 생전에 그럴 수 있을는지 모르겠습니다. 내가 살아서 이루지 못한다면 이를 이룰 사람을 찾아야 하는데 그것 또한 내 안목과 인연의 행운이 겹쳐야 가능한 것 아니겠어요? 그걸 생각하면 잠을 잘 이룰 수가 없답니다.”

대학에서 정년퇴임한 후 평생 종사해온 옻칠공예의 전통을 계승하여 발전시키고 아울러 옻칠회화의 미래를 열어갈 인재양성이 여생의 바람이라 했다.

전통공예 가운데서 가장 대표적인 옻칠공예의 중요성은 아무리 강조해도 지나치지 않을 것이라고 힘주어 말했다. 민족의 숨결이 스며 있는 전통공예의 중요성은 세상이 잘 인식하고 있으나 그것을 계승하고 발전시킬 현실여건은 매우 서글픈 수준이라고 개탄했다. 몇몇 미술대학에서 학과를 개설하여 후학을 가르치고 있지만 나전칠기와 옻칠공예를 평생의 업으로 삼으려는 사명감을 가진 우수한 인재는 찾아보기 힘들다며 한숨을 내쉬었다. 다른 분야의 일과 비교했을 때, 들인 공에 비해 돌아오는 보수가 아주 보잘것없으니 우수한 인재가 어찌 관심을 갖겠느냐는 것이었다.

예전 옻칠공예 전성기 때와는 세상이 완전히 달라졌다. 생산기술의 발달과 산업시설의 폭증으로 삶의 방편은 다양해졌고 적은 노력으로 많은 소득을 얻을 수 있는 분야가 도처에 널려 있었다. 누가 어렵게 살고자 하겠는가. 쉽고 편안한 삶을 누리고자 할 뿐이었다. 그런데 나전칠기나 옻칠공예품은 오랜 기간을 요하는 피땀 어린 연마와 정밀한 기예를 갖추지 않고서는 제작이 불가능했다. 그 방면에 각별한 관심을 갖고 초인적인 노력을 기울여야만 겨우 작품다운 작품을 제작할 수 있었다. 그러나 그 수요가 매우 제한적이었다. 수요가 제한적이므로 작품 또한 제 대우를 받지 못했다. 따라서 종사자들의 수입은 일반 노동자의 품삯에도 미치지 못하는 수준이었다. 사정이 그러하였으므로 재능 있는 인재가 옻칠공예에 관심 갖기를 꺼려했던 것이다. 이러한 사정을 김 관장은 매우 안타까워했다.

김 관장이 사재를 털어 통영의 현재 위치에 옻칠미술관을 건립하고 옻칠공예의 전통 계승과 옻칠회화의 발전을 도모하기로 결심한 데는 두 가지 이유가 있었다. 고향이기도 하려니와 다른 고장과 달리 이곳 통영에는 아직도 12공방의 맥이 면면히 이어져오고 있었다. 옛날처럼 은성하지는 않았으나 나전과 칠예를 바탕으로 한 나전칠기 제품이 이 고장에서는 꾸준히 제작되어오고 있었던 것이다. 따라서 그 종사자들이 다른 고장에서는 찾아보기 힘든 매우 우수한 기예를 지니고 있었다. 그러므로 전통공예의 계승과 옻칠회화 발전을 위한 인재를 구하기가 다른 고장에 비해 용이하리라는 기대 때문에 이곳에 옻칠미술관을 건립했던 것이다. 그 기대가 헛되지 않았는지 지역에서 활동하던 화가들이 하나둘 옻칠회화에 관심을 갖기 시작했고, 20여 명이 일정한 과정을 거쳐 각기 자기 작업실에서 작품을 제작해오고 있었다. 지금도 대여섯 명의 화가가 미술관의 작업실에서 꾸준히 작품 제작과 기예 연마에 골몰하고 있었다.

강희는 잠자코 김 관장의 말을 듣고 있었다.

옻칠공예와 옻칠회화에 관한 김 관장의 열정이 여과 없이 그에게로 건너왔다. 옻칠회화의 발전 가능성과 그 중요성을 김 관장은 분명히 확신하고 있었다. 왜 그것이 가능한지 또는 왜 그것이 중요한지 그 점을 명확히 인식하고 있었다. 그러나 아직 대외적으로 널리 그 당위성을 주장할 만한 논리적·학문적 체계는 세우지 못하고 있는 것 같았다. 어려서부터 막연히 가슴 뜨겁게 열정적으로 느껴온 것을 생득적인 것인 듯 그대로 화판에 구현해온 것에 지나지 않아 보였다.

옻칠회화가 시작 단계이므로 해야 할 일이 많아 보였다. 우선 그것이 가능하다면 어떻게 가능한지 그 방향 제시가 명확해야 하고, 그것이 중요하다면 무엇 때문에 중요한 것인지 제대로 세상에 알릴 수 있는 학문적·논리적 체계를 세우는 것이 시급한 문제로 여겨졌다. 그렇게 옻칠회화의 방향을 확고히 수립하고 매진해나가야 발전의 길이 더욱 널리 열리고 세상의 공감 또한 널리 획득할 수 있을 것으로 여겨졌다. 김 관장의 말은 강희 자신에게 장차 해야 할 바, 나아갈 바, 방향을 하나하나 시사하고 제시하고 있는 것 같았다. 김 관장의 말을 들으며 강희는 몇 번이나 속으로 고개를 끄덕였다.

강희는 이미 일말의 사명감을 갖고 전시실에 전시되어 있는 작품들을 몇 차례나 거듭 둘러보았다.

김 관장이 손수 제작한 「웅비」와 「우주」두 작품이 특히 강희의 눈길을 끌었다. 「웅비」는 세상을 향해 힘차게 날아오르고자 하는 옻칠회화의 열정적인 꿈이 그대로 표현되어 있었다. 「우주」에는 마침내 세계를 다 아우르는 예술작품으로서의 성취를 나타낸 거대한 김 관장의 이상이 거기에 오롯이 표현되어 있는 것에 틀림없어 보였다.

다른 화가들의 작품 중에서도 감상자의 마음속에 미학적 파장을 일으킬 만한 작품이 여러 점 보였다. 유화적 기법으로 자개를 이용하여 아름다운 섬 풍경을 그린 작품이 눈길을 끌었다. 긴 꽃대를 거느린 연초록 연잎을 탐스럽게 그려놓은 일련의 연잎 시리즈 작품 또한 눈길을 사로잡기에 충분했다. 바닷속을 온통 뒤집으며 역동적으로 헤엄쳐 나가는 물고기 떼를 인상적으로 그린 작품은 현대적 감각으로 옻칠회화의 가능성을 충분히 내다볼 수 있게 했다. 항구의 야경을 현란한 자개로 표현한 작품과 카자크병의 원혼이 떠도는 카프카즈 자작나무 숲을 연상시키는 작품 또한 강희의 관심을 끌기에 충분했다. 이들 화가들이라면 능히 넋을 흔드는 원초적 아름다움을 표현해낼 수 있으리라 믿어졌다.

그러나 이 작품들은 어딘지 모르게 장식성의 흔적이 짙어 보였다. 개개 독립적으로 제 가치를 웅변적으로 주장하기 마련인 유화와는 달리 무엇인가에 의존해야만 비로소 존재가치를 인정받는 그런 장식적인 태가 두드러져 보였다. 그 장식성을 벗어나야만 옻칠회화는 독자적 가치를 인정받고 그 위치를 확보할 수 있을 것이리라. 강희가 김 관장의 제안을 받아들인 데에는 그만의 이유가 있었다. 옻칠회화에서 자기가 할 바의 몫과 가야 할 가능한 길을 어렴풋이나마 볼 수 있었던 것이다.

옻칠의 수명이 천 년을 간다고 장담했다. 실제 수명은 그보다 훨씬 더 길지만 겸양의 어법을 빌려 천 년의 장구한 세월로서 옻칠의 수명을 대신한 것이라고 했다. 어쨌든 옻칠의 수명이 천 년을 간다면, 천 년의 수명에 부합하는 어떤 아름다움을 구현해내야 옳지 않겠는가. 천 년 후에도 부끄럽지 않을 어떤 작품, 천 년 후에도 사랑받을 수 있는 작품, 그런 구원의 아름다움을 지닌 작품을 그려내야 옳지 않겠는가. 그러나 지금 전시실에 전시되어 있는 작품들은 어느 것 하나 그렇게 수명이 오래갈 것 같지 않았다. 한결같이 현재의 미학적 기준에 묶여 있었다. 미래의 가치를 향해서는 한발도 내딛지 못하고 있었다. 아직 도래하지 않은 미지의 아름다움의 징후는 아주 미미하게 나타나 있을 따름이었다.

5백여 년 이상의 수명을 누려온 그림이 몇 점이나 되는가. 그 방면에 관심을 가진 사람 누구나 다 알고 있겠지만 몇 점 되지 않았다. 이념과 사상은 몇천 년의 수명을 누리며 전래되어 지금도 인류에게 조타수 내지는 나침반 역할을 하고 있지만, 왜 그림의 수명은 그러지 못하는가. 안료와 재료의 한계 때문인가, 아니면 인류의 미학적 가치관의 무상성 때문인가. 반면 그리스 조각이 대리석이라는 영원과 가장 오래 동행할 수 있는 돌을 재료로 하고 있기 때문에 그토록 수명이 긴 것인가. 아니면 인간의 몸을 아름답게 구현하고 있기 때문인가. 한편 영원히 식지 않는 사랑을 테마로 하고 있기 때문인가. 여기 어디에 답이 있으리라.

마우리치오 카텔란의 삭막하기 이를 데 없는 설치작품 「우리는 혁명이다」나 오스트레일리아 해안에서 포획한 대형 상어를 포름알데히드 용액에 담가 「사람의 마음속에 있는 물리적 죽음의 불가능성(속칭 '상어')」이라는 영매적이고 철학적 제목을 붙여 120억 원이라는 천문학적 고가에 팔아먹은 데미안 허스트의 희작에 눈이 먼 미술상들이 이러한 점을 한 번이라도 고려해본 적이 있었을까. 앤디 워홀의 무한 복제물이나 어떤 아름다움과도 맥락이 닿지 않아 보이는 장 미셸 바스키아의 카툰 형상과 해독 불가능한 어지러운 기호들은 또 그 수명이 얼마나 갈까.

그래서 강희는 세병관 기둥과 며칠 씨름한 끝에 가능성의 실마리를 분명히 보았다. 4백 년이 넘도록 세병관을 올곧게 서 있도록 한 50여 주의 붉은 기둥. 그 기둥의 환유로부터 강희는 분명히 그 가능성을 점칠 수 있었다. 그래서 김 관장의 제안을 묵묵히 받아들인 것이었다. 강희는 김 관장에게 그런 속내를 밝혀 말하지는 않았지만 반드시 품은 뜻을 이루어내고 말겠다는 각오를 속으로 거듭 다짐했다.

## 12

안응섭이 보낸 차편으로 수나는 무전동 그의 선거사무실로 갔다.

수나 생각에 세상의 제도 가운데 가장 의심스러운 것이 선거제도였다. 초등학교 때부터 중고등학교를 거쳐 대학을 다니며 겪은 학내 선거마다 이상하게 예상하고 기대했던 결과가 나오지 않았다. 뒷거래가 있었다는 후문도, 만들어낸 추문을 퍼뜨려 경쟁상대를 위기로 몰아세웠다는 후문도, 청부 폭력으로 상대를 제압하여 백기를 들도록 종용했다는 뒷담화도 있었다. 학생 대표를 뽑는 학내 선거에서도 그런 각종 비리의 횡행이 다반사였고, 그런 뒷담화 없이 깨끗이 치러진 선거가 있었다는 말은 들어본 적이 별로 없었다. 아마 그런 불유쾌한 기억 때문일 것이다. 성인이 된 이후 국가에서 시행하는 각종 선거도 다 비슷비슷하리라 생각하고 있었다. 의례적으로 선거권 행사를 한 적은 있지만 무슨 국가관이 투철해서거나 애국애족 정신을 발휘하여 투표장을 찾은 적은 없었다.

안응섭이 시장 출마를 하고 그 선거운동을 위해 사무실을 열었다는 말을 듣고 가장 먼저 떠오른 생각은 선거 기간 동안 그가 얼마나 많은 거짓말을 꾸며댈까, 하는 걱정이었다. 그는 변호사 업무를 수행하면서 많은 말의 훈련을 쌓았을 것이었다. 거기서 쌓은 말재주를 한껏 발휘할 기회를 잡은 것이리라. 어쩌면 변호사로서는 가장 어울리는 선택을 한 셈인지 몰랐다. 어쨌든 아버지 손 교장을 중간에 넣어 선거 홍보물 제작에 직접 간여해달라는 압력을 받은 수나로서는 모른 척할 수가 없었다. 홍보물 제작을 한 번 구경해본 적도 없는 숙맥인 수나더러 직접 지휘를 맡아달라는 것은 관심을 가져달라는 당부와 다름없을 것으로 짐작되었다. 그러나 어쨌든 약혼자의 부탁을 외면만 하고 있을 수는 없었다. 디자인 기획실을 차려놓고 오랫동안 이 지역의 각종 선거 홍보물을 제작해온 신경수 선배에게 전화를 넣어 자기에게 넘어온 공을 그쪽으로 떠넘기기로 했다. 바로 그 홍보물 제작을 담당하기로 한 신 선배와 미팅을 하기로 약속을 잡은 것이었다.

선거사무실이 있는 빌딩의 외벽에 선거 현수막이 길게 걸려 펄럭이고 있었다.

'우리 지역의 새 인물, 새 희망의 주역 안웅섭', '통영 발전을 위한 올바른 선택, 안웅섭'.

픽, 웃음이 나왔다. 엘리베이터를 타고 3층에서 내린 순간 양쪽 복도가 화환과 꽃바구니로 꽉 차 있어 발을 옮겨놓기가 불편했다. 지지자가 이렇게나 많단 말인가. 아니면, 지지자가 많다는 사실을 과장하기 위해 자기들이 스스로 사다 진열해놓은 꽃들인가. 선거가 끝날 때까지 꽃집이 호황을 누리겠군!

열린 사무실 문을 들어선 순간 웃음 짓고 있는 안웅섭의 얼굴을 클

로즈업한 대형 브로마이드와 정면으로 마주쳤다. 안응섭의 대형 브로마이드를 쳐다보며 자랑스러운 생각이 들기보다 도리어 쑥스럽고 걱정스러운 생각이 먼저 찾아들었다. 저것을 어찌 안응섭의 진짜 모습이라 할 수 있을 것인가. 실상에는 안도감이, 과장에는 걱정이 앞서는 것은 사람의 공통된 정서이다. 본색은 반드시 드러나기 마련이라는 진리를 사람들은 신뢰하고 있었으며, 그러므로 대개 올바르게 살기를 바라는 것이다. 그런데 저 엄청난 과장을 나중에 어찌 감당하려는 것일까. 그 감당의 몫이 자신의 어깨 위에 지워지게 되지는 않을는지, 수나는 미리 걱정스러웠다.

사무실을 한 바퀴 둘러본 수나는 이마를 찌푸렸다. 사무실에서 얼쩡거리고 있는 대여섯 명의 사내들이 하나같이 눈매가 사납고 이를 꽉 악물고 있었으며 볼이 부어 있었다. 어떤 힘든 난관이라 할지라도 헤치고 나가 반드시 승리를 쟁취하겠다는 각오를 굳히고 있는 스포츠 선수들을 연상시키는 사람들이 아니라, 어디 시비 붙을 데가 없나 눈을 부릅뜨고 맹렬히 찾고 있는 조폭들의 기색이었다.

안응섭의 방은 안쪽에 따로 마련되어 있었다. 그의 머리 위 벽에 걸린 대형 붓으로 힘껏 휘둘러 쓴 '필승(必勝)'이라는 구호 또한 터무니없이 과장되어 보였다. 홍보물 제작을 책임지기로 한 신경수 선배가 먼저 와 있었다. 안응섭과 무슨 말인가를 나누고 있던 신 선배는 수나가 들어서는 걸 보고 오른손을 번쩍 들어 보였다. 그의 코밑수염이 코믹해 보였다. 코밑수염이 사람을 상대할 때 한몫하는 것인가. 그것이 사람의 판단을 자기 쪽이 유리하게 유도하는 자기장적 구실을 할 것 같았다.

"어서 와."

안웅섭의 눈이 반짝 빛났다. 살이 피둥피둥 찐 밋밋한 얼굴에 득의의 미소가 번져 있었다. 수나가 소파에 앉는 모습을 지켜보고 있던 안웅섭은 눈길을 신경수 대표에게로 돌렸다.

"광고가 요술을 부리는 세상 아닙니까. 광고를 잘 활용해야지요."

아마 하고 있던 이야기를 계속 이어가려는 것 같았다.

"광고도 선택입니다. 관심의 방향이 올발라야 하고 핵심을 잘 찔러가야 합니다. 방향을 올바로 잡고 핵심을 얼마나 정확히 찔러가느냐 그렇지 못하느냐에 따라 성패가 갈리는 것입니다. 예를 들면, 다이아몬드가 결혼예물이 된 게 1947년 '다이아몬드는 영원하다'라는 프랜시스 게레티의 광고카피가 등장한 이후입니다."

신 대표는 차로 입을 축이며 구수하게 말을 이어나갔다.

다이아몬드를 결혼예물로 일반화하기까지의 과정에 얽힌 이야기는 흥미로웠다. 두 차례의 세계대전을 거치는 동안 신흥 자본가들의 숫자가 많이 늘어난 대신 지주나 귀족 들의 숫자는 눈에 띄게 줄어들었다. 지주나 귀족 들의 몰락은 민중의 정치적 성공을 말하는 동시에 왕국의 소멸을 의미하기도 했다. 민주공화국으로의 국가 정체성 변화는 왕들의 숫자를 급격히 줄여놓았다. 이 천지개벽의 신시대를 맞아 승승장구하는 것이 있는가 하면, 쇠퇴하거나 소멸의 길을 걷게 된 것 또한 적지 않았다. 민중의 자유와 인권이 신장된 데 비해 귀족의 권력과 사치생활은 날로 위축되어갔다. 왕의 숫자가 급격히 줄어들자 왕관이며 홀 같은 왕실의 사치품 수효 또한 급격히 줄어들었다. 왕관이며 홀 같은 데 가장 많이 쓰이던 다이아몬드 수요 역시 격감했다. 예상하지 못했던 사태에 직면한 다이아몬드 광산주들은 왕실 대신 일반인들을 상대로 수요를 창출하기 위해 노력하지 않을 수 없었다. 그 방편의 일환으로 광고를 하기에 이르렀던 것이다. 의뢰를 받은 광고 회사는 광고 방향을 일생일대의 가장 의미 있는 행사인 결혼과 다이아몬드를 연결시키는 쪽으로 정했고, 그 유혹의 핵심을 영원한 사랑과 불변하는 다이아몬드의 속성을 연결시켜 만들어냈다. 그리하여 다이아몬드가 결혼예물로서 자리를 잡게 된 것이라는 이야기였다.

"저도 산타클로스가 겨울에도 팔아먹기 위한 코카콜라 회사의 광고 캠페인이 만들어낸 이미지라는 사실을 신문에서 보기는 했습니다. 아무튼 저는 기호 2번의 콤플렉스를 인지와 장지를 들어 보이며 두 번 보면 제가 보입니다, 하던 광고 캠페인은 대단히 성공적이었다고 평가합니다. 신 대표님도 제가 모르는 제 가치를 발굴해내 캠페인해 주시기 바랍니다."

없는 사실을 만들어서라도 자기를 잘 보이게 해달라는 주문이었다.

"초기 미국 광고업계에 오래 군림했던 오길비라는 작자가 후배 광고 종사자들에게 선거에는 절대 광고를 사용해서는 안 된다고 경고했습니다. 왜냐하면 정치광고는 개 꼬리가 개 몸통 전체를 뒤흔드는 역효과를 낼 수 있기 때문이라고 강경하게 금지했습니다. 그렇지만 요즘 광고가 어디 그렇습니까. 상업적 언어로서만 국한되어 있지 않지요. 정치, 사회, 문화 모든 분야가 공유하는 첨단 발언 수단입니다. 오길비의 순진한 말을 따르는 사람이 있다면 경쟁에서 탈락할 수밖에 없는 것이 현실이지요. 제가 최선을 다해 안 변호사님을 돕겠습니다."

"고맙습니다. 수나 씨가 신 대표님을 추천한 이유를 이제 잘 알겠습니다. 그렇게 광고의 본질을 꿰뚫어 알고 계시는 신 대표님께서 제게 큰 도움을 주시리라 믿습니다."

세 사람은 곧 자리를 옮겨 식사를 했다. 안응섭과 신경수 대표는 식사에 술을 곁들여 마시며 이야기를 계속 이어갔다. 술 몇 잔 주고받는 사이 무슨 십년지기나 된 것처럼 의기투합했다. 수나는 음식을 먹는 손놀림이 매우 더뎠다. 입맛이 별로 없는 데다, 마음이 무거웠다. 정말 저러다 신 대표가 가진 실력 이상을 발휘하여 안응섭을 무슨 몬스터라도 만들어놓지 않을까 걱정스러웠다. 신 대표의 기량이 유권자들의 눈을 미혹하여 올바른 선택을 방해하게 되지나 않을지 신경이 쓰였던 것이다. 광고란 사실 이상의 효과를 얻는 데 그 지향점을 둔다는 것은 상식이지만 진실마저 뛰어넘을 때는 뒤탈이 따르기 마련 아닌가. 뒤탈이란 자칫 뜻하지 않았던 법적 제재와 몰락을 초래할 수도 있었다.

이 자리에서 그런 속내를 겉으로 내비칠 수는 없는 일이었다. 언제 시간을 봐 신 선배에게만 그런 걱정을 전해야 되겠다고 생각하며 잠자코 있었다. 자리를 마치고 집으로 돌아가는 내내 수나는 마음이 무거웠다.

# 13

 

강희는 작업실에서 말없이 며칠을 보냈다. 수나와 정 선생과 최 화백의 작업하는 모습을 옆에서 뚫어지게 지켜보았다. 옻칠하는 과정, 두드려 자개를 붙이는 타찰 과정, 목상감으로 선을 그려나가는 과정, 끊음질로 영롱한 자개 선을 구현하는 과정, 면 고르기 하는 과정, 이런 과정을 한참 동안씩 눈을 떼지 않고 지켜보았다.

"회화가 뭔가요. 붓으로 형태를 지어나가는 것 아닌가요. 그러나 옻칠회회는 붓으로 그려나가는 단순한 솜씨로는 그려낼 수 없어요. 목태를 잘 다듬고 거기에 옻칠로 면을 이룬 다음 그 면 위에다 자개와 색옻칠로 그리고자 하는 형태를 새겨넣거나 그리는 거죠. 목태를 만드는 것으로부터 시작해 옻칠로 면을 이루는 과정 또한 밑그림을 그리는 것에 못지않게 중요한 거예요. 다른 그림에 비해 그 때문에 몇 배 품이 많이 들고 공력 또한 많이 드는 겁니다."

말없는 그가 답답하여 수나는 가끔 지나가는 말처럼 참고가 될 만한 것을 귀띔하고는 했다. 강희는 스스로 질문을 만들어 더 하지는 않았다. 사실 아직 질문할 것들, 옻칠회화에 관한 어떤 의문도 미처 정립된 것이 없었기 때문이다. 그리고 그 질문은 말로 해결될 성질의 것이 아니라 생각하고 있었다. 눈으로 오래 익혀 손으로 해결해내야 하는 것으로 믿고 있었다. 아무리 훌륭한 설명을 듣는다 할지라도 그것이 길잡이는 될지언정 진정한 문제 해결의 답이 될 수는 없을 거라 생각한 것이다. 눈으로 익히는 기간에 초조한 마음을 갖지 않는 까닭은 눈썰미가 손으로 제대로 전해질 수 있도록 무르익기를 바라는 마음에서였다.

옻칠회화. 그것이 그에게 새로운 것이 아니었다면 마지막 결행을 유보하고 이곳에 머물 작정을 하지 않았을 것이다. 그 새로운 세계는 그의 관심의 중심이 되었고 관심을 갖고 접근해갈수록 그것의 깊고 원대함에 놀랐다. 그 놀라움에 매력을 더한 것은 그것이 품고 있는 우리 전통에 대한 짙은 향기였다.

그동안 그는 전통을 거의 의식해본 적이 없었다. 전통이나 역사란 교과서에만 존재하는 것으로 인식하고 있었다. 일상생활이 지니고 있는 전통이나 역사성을 따로 인식할 필요가 없는 생활을 해온 것이다. 그것은 그가 누려온 생활에서 어떤 전통이나 역사적 의문을 가져야 할 계기가 한 번도 없었기 때문이다. 따라서 전통이나 역사에 대한 무관심은 그 방면의 무식으로 이어졌고, 그 방면의 무식은 조상에 대해 죄를 지어온 셈이었다. 그러나 그런 전통이나 역사에 관한 무식과 무감각이 뜻밖에 교육에 의한 왜곡이 그 원인임을 옻칠회화에 관해 관심을 가진 이후에야 가까스로 깨닫게 되었다.

그는 대학 과정을 마칠 때까지 옻칠공예에 대해 직접 배운 적이 없었다. 옻칠공예품은 물론 옻칠예술품의 존재마저도 모르고 지냈었다. 그러나 조상들은 옻칠 관련 제품을 생활용구나 장식용품 등으로 널리 사용하며 살아왔던 것이다. 심지어 8백여 년의 세월을 무사히 건너와 지금도 그 수명이 이어지고 있는 팔만대장경판도 옻칠 도장으로 부식을 막았기 때문에 수명을 그토록 오래 유지할 수 있었던 것이라고 했다. 바로 우리의 역사와 그 흐름을 함께해온 옻칠의 존재를 알고 나니 그 소중함이 전과 달리 아픔을 동반하며 절실하게 가까이 다가왔다.

뿐만 아니라 과거의 전통을 전통에 머무르게 하지 않고 현재 우리의 생활과 의식에 연결시키고자 가진 것을 다 털어 바친 한 노공예가의 노력이 눈물겨워 보였다. 저런 귀하고 소중한 인사도 있는데, 나는 무엇이었단 말인가. 강희의 이런 자신에 대한 질타는 바로 그 반성적 자의식에서 비롯된 것이었다. 그래, 나도 결행을 미루고 이 분야에서 장차 내가 할 바를 찾아내야 한다. 가능하다면 노공예가의 노력이 결실을 맺도록 적극적으로 도와야 한다고 그는 마음을 다져먹었다.

눈으로 익히고 손으로 답을 얻는 데는 일정한 시간과 노력이 요구될 것이리라. 기법을 익히는 것은 그렇게 시간과 노력이 해결해줄 것임으로 그다지 걱정이 되지 않았다. 그러나 그 기법을 다 익혀 실현해낼 어떤 것, 그것이 강희에게는 더 걱정이었다. 천 년의 수명을 지녔다는 옻칠의 물성, 그 수명과 함께할 천 년 후에도 사랑받을 수 있는 어떤 아름다운 그림을 어떻게 실현해낼 것인가. 그것이 가능하기나 한 것인가.

그러나 강희는 그에 관한 가능성을 이미 예감하고 있었다. 그 예감을 구체화하기 위해 강희는 작업실에서 보내는 시간 못지않게 감성의 문을 활짝 열고 도시 곳곳을 배회했다. 어쩌다 눈길을 끄는 대상을 발견하면 몇 시간이고 뜯어 살피며 마음속에 그리고 새겨넣었다. 물론 대상의 존재의미와 그 제유하는 바의 감상도 머릿속 한 편에 세세히 기록해두었다.

그의 관심의 중심에는 여전히 세병관의 아름드리 붉은 기둥들이 자리 잡고 있었다. 붉은 기둥의 존재가 천 년 후에도 존재하려면 어떤 형태를 지녀야 할까. 지금의 모습은 아닐 것이었다. 저것이 이 나라를 굳건히 떠받치는 받침대 역할을 하며 지탱하는 힘이 되고 있다면 장차 천 년 후 이 나라를 떠받칠 존재는 어떤 것이어야 하는가. 저 아름드리 붉은 기둥의 환유를 명쾌하게 읽어낼 때 그 답은 저절로 나를 찾아올 것이리라. 그것이 오래 걸리지 않기를 바랄 뿐이었다.

세병관 아름드리 붉은 기둥 다음으로 그의 관심의 적이 되어 있는 것은 토성고개 부근 여러 굿당에 세워진 신대들이었다. 그 신대들의 신앙적 소임이 이제 많이 줄어들었다고는 하지만 그 역사가 얼마나 장구한가. 그 장구한 역사를 역추적하면 또 다른 제유를 읽어낼 수 있지 않을까. 그런 기대를 갖고 토성고개도 자주 기웃거리고 다녔다.

바다를 바라보고 있으면 우주의 신비와 그 운행 궤적을 읽어낼 수 있었다. 바다 또한 많은 것을 제공해줄 것 같아 남망산이나 동피랑에 올라 한나절씩 바다를 바라보며 윤슬에 취해 있기도 했다. 어디 그뿐인가. 이 해안 도시는 곳곳이 상징으로 그려진 화폭 같았다. 이쪽에서만 잘 준비하고 만나러 간다면 뜻하지 않았던 많은 밀어를 속삭여줄 것 같았다. 그 밀어의 잔치 또한 천 년의 수명을 지닐 수 있는 것 아닐까.

그러나 그런 속내를 그는 아직 누구에게도 발설하지 않았다. 발설하기에는 일렀다. 발설하여 상대방의 신뢰를 받을 만한 준비를 미처 갖추지 못했기 때문이다. 이쪽의 긴 준비 기간을 미술관 쪽에서 인내해주기만을 바랄 뿐이었다.

그날도 미술관에 아무 통고도 하지 않고 시내로 나와 세병관과 충렬사를 거쳐 명정샘에서 한동안 머물렀다 나온 길이었다. 3백여 년 동안 한 번도 마른 적 없이 주민의 생명수 역할을 해오다 상수도에 그 기능을 넘겨주고 은퇴한 명정샘이 던지는 의미 또한 그에게는 예사롭지 않았다. 문명의 발달이 가져온 생활의 변화는 사용 빈도에 따른 가치 변화를 동반하기 마련인가. 소중했던 존재가 하찮은 존재로 천대받고 있는 그 현장에 서 있는 기분은 한없이 쓸쓸했다. 명정샘 빨래터의 다듬잇돌 위에 앉아 쓰임이 다한 존재의 쓸쓸한 모습을 관조하고 있는 동안 그는 문명의 발달이 초래하는 인간의 가치관 변화를 예측하여 그것을 수용해내는, 그리하여 문명의 발달마저도 이겨낼 수 있는 어떤 가치를 구현하려면 어떻게 해야 할지 궁리에 궁리를 거듭했다. 그러나 아무리 궁리해도 머리만 무거워질 뿐 어디선가 상념의 길이 뚝 끊어진 듯 어느 순간부터 아무 생각도 나지 않았다. 무거운 머리를 숙이고 얼마나 걸었을까. 이미 해가 지고 있었으나 그는 해가 진 줄도, 또 그렇게 어둠이 내리고 있는 것도 의식하지 못했다. 무엇인가 앞을 가로막는 느낌에 비로소 고개를 들어 앞을 쏘아보았다.

"넋 나간 것 아니에요? 몇 번이나 불러도 돌아보지도 않고요."

수나였다. 차를 세워 강희 앞을 가로막고 있었다.

"아, 손 선생님이군요."

그는 반가워 외쳤다.

"어서 타세요. 태워다 드릴게요."

"아, 됐습니다. 마땅히 갈 데도 없고……."

수나의 말에 그는 손사래를 쳤다.

"그럼 잘됐네요. 제가 시간 좀 뺏어도 되겠죠?"

"그래도 되지만, 제가 그럴 만한 구석이 어디 있기나 한가요?"

강희가 조수석에 타고 문을 닫자 수나는 곧 차를 출발시켰다.

"강 선생님은, 지금까지 궁금증을 증폭시켜왔잖아요. 자기에 대한 설명을 언제 한 번이라도 해본 적 있나요?"

"제 전부를 맡겨두지 않았습니까."

강희는 수나를 쳐다보지 않고 무거운 음성으로 대꾸했다.

"제가 상상력이나 좀 빈약하다면 모르겠어요. 그렇지 못한 제가 명명되지 않은 상징적인 물건을 맡아 가지고 있으려니 궁금증으로 인해 폭발할 것만 같아요."

강희는 그 말에 아무 대꾸도 하지 않았다. 차가 정차할 때까지 그는 수나를 돌아보지 않았다.

"여기서 맥주 한 병씩만 해요."

강희는 수나의 뒤를 따라 계단을 오르기 시작했다. 롤링 스톤스의 노래가 기타로 연주되고 있었다. 계단을 다 올라간 다음에야 지난번 들렀던 카페임을 알아차렸다. 수나에게 그 물건을 맡긴 바로 그 카페였다. 간접조명이 은은한 홀에 빈자리가 거의 없었다. 통유리로 된 창가에 마침 일어서는 손님이 있어 그곳으로 가서 자리를 잡았다.

문화마당 해안을 따라 듬성듬성 서 있는 키 큰 가로등 아래 야경을 즐기는 관광객의 내왕이 적지 않았다. 정박하고 있는 선박들은 숨을 죽이고 있었고 거북선과 판옥선도 검은 침묵에 잠겨 있었다. 대안에 즐비한 빌딩들 머리 위에서 바삐 회전하고 있는 붉고 푸른 형광불빛을 받은 바다는 쉴 새 없이 오색영롱한 물비늘을 뒤척이고 있었다.

"오늘도 손님 가운데 연주 솜씨를 자랑하실 분이 여러 분 계셔서 즐거운 시간이 되리라 믿습니다. 선생님들 가운데 원하시는 분은 서슴지 마시고 앞으로 나와 실력을 발휘해주시기 바랍니다. 기타와 전자오르간이 준비되어 있습니다."

카페 주인의 권유를 받은 한 손님이 카운터 앞에 마련된 전자오르간 앞으로 나가 기타를 받았다. 무대가 따로 있지 않았다.

"오늘이 바로 금요일이에요. 저녁내 라이브 음악이 연주되죠."

수나는 강희를 뚫어지게 쳐다보며 말했다. 그의 표정의 변화를 예리하게 주시했으나 얼굴빛은 물론 눈빛 하나 달라지지 않았다. 저토록 태연자약할 수 있을까. 자기도 모르는 사이 수나는 얼굴을 돌려 벽을 쳐다보았다. 간접조명이 벽에 걸린 그림들을 비추고 있었다. 강희로부터 가혹하리만큼 혹평을 들은 그녀의 그림도 그 자리에 변함없이 걸려 있었다. 그날의 기억이 되살아나자 분한 마음이 파도처럼 일어났다.

마침 감미로운 기타 선율이 수나를 쓰다듬듯 들려왔다. 수나는 몸을 돌려 비틀스의 「아이 원트 투 홀드 유어 핸드」를 연주하고 있는 남자를 쳐다보았다. 건너편 테이블의 여자가 기타연주에 맞추어 허밍을 하고 있었다. 수나는 속으로 여자의 허밍을 따라 하며 분한 마음을 다독였다. 이어진 비틀스의 「인 마이 라이프」의 연주도 깔끔했다.

남자에 이어 생머리를 쓸어넘기며 나온 젊은 여자는 김광석의 노래를 세 곡 연달아 연주해 좌중을 흥겹게 만들었다. 「서른 즈음에」를 연주할 때는 여러 사람이 소리를 낮추어 노래 부르며 연주자의 기를 살려놓았다.

서울서 왔다는 한 쉰 남짓 되었을 남자는 홀 안의 사람들이 한 번도 들어보지 못한 러시아 한인 3세 가수 빅토르 최의 「그루파 크로비」를 연주해 낯선 경험을 하게 만들었다.

"2014년 소치 동계올림픽에서 러시아의 영웅이 된 안현수 선수가 러시아 이름을 지을 때 바로 이 가수의 이름을 차용해 지었다고 스스로 밝혔습니다. 스물여덟 젊은 나이에 의문의 자동차 사고로 죽은 이 조선족 가수를 따라 아리따운 러시아 아가씨 다섯 명이 저세상으로의 동반자가 되었고, 죽은 지 20여 년이 지난 지금도 그에 대한 러시아 젊은이들의 사랑은 변함이 없다고 합니다."

연주한 노래와 그 가수에 대해 자상히 소개하자 홀 안의 손님들이 일제히 박수를 치며 앙코르를 청했다. 남자는 흔쾌히 앙코르를 받아들였고, 기타 연주에 맞추어 역시 빅토르 최의 「레전드」를 노래해 좌중을 흥겹게 만들었다. 다음 연주 희망자가 선뜻 나서지 않자 그 남자가 마이클 잭슨의 히트곡 한 곡을 더 연주하고 내려왔다.

이번에도 다음 연주 희망자가 나서지 않자 카페 주인이 자기 장기인 전자오르간 기량을 발휘, 싸이의 「강남스타일」을 연주하여 흥을 돋우었다. 두 곡을 더 연주하고 난 카페 주인은 주위를 둘러본 다음 강희에게서 눈을 멈추었다. 카페 주인은 웃음 띤 얼굴로 말했다.

"오늘 여기 아주 귀한 분이 와 계십니다. 지난번 그분으로부터 우리는 매우 독특한 음악적 경험을 했었습니다. 오늘 다시 여기 계신 여러분에게 그 경험을 할 수 있도록 솜씨를 발휘해주시면 대단히 고맙겠습니다."

강희는 그러나 카페 주인을 돌아보지도 않고 꼼짝도 하지 않았다. 카페 주인이 기타를 들고 강희에게로 다가와 앞에 멈추어 섰다.

"지난번처럼 산조 한바탕 부탁드리겠습니다."

카페 주인은 정중히 허리를 굽혀 보이며 기타를 강희에게로 내밀었다. 강희는 기타를 물리치며 당황한 빛을 띠고 수나를 쳐다보았다. 이해할 수 없는 돌발상황을 접한 사람의 놀란 눈빛이 명백했다.

"기억 안 나세요? 전에 강 선생님께서 이곳에서 기타로 산조를 연주했어요."

"제가요?"

그는 당황한 빛을 감추지 못했다. 믿을 수 없다는 듯 그는 거칠게 도리질을 해댔다.

"저도 들었는걸요."

"그럴 리가요."

얼굴이 주황빛으로 물들었다.

"선생님의 연주는 매우 훌륭했습니다. 오랜 연마 없이는 불가능해 보이는 높은 수준이었습니다. 더 사양 마시고 나오시지요."

강희는 연이어 고개를 저으며, 엉겁결에 기타를 받아들었다.

"저도 다시 듣고 싶어요."

수나의 말에 강희는 마지못한 듯 도리질을 계속하며 일어났다. 전자오르간 옆으로 걸어나간 그는 기타를 몇 번 튕겨 음을 고른 다음 진양조 대목을 연주하기 시작했다.

줄을 튕겨 소리를 내는 같은 타현악기지만 기타와 가야금의 음색과 율조가 같을 리 없었다. 깊은 음색의 가야금 율조를 어찌 기타로써 제 맛을 낼 수 있겠는가. 하지만 강희의 연주는 갈수록 맛이 우러나기 시작했다. 기타로서는 얻을 수 있을 것 같지 않은 음역과 깊이 있는 맛을 자아냈다. 중모리, 중중모리, 휘모리에 들어가서는 듣는 사람의 넋을 송두리째 휘잡아 흔드는 것 같은 충격적인 감동을 자아냈다. 휘모리로 연주가 끝나자 수나는 문득 정신을 되찾아 가까스로 현실로 돌아온 듯했다. 지난번 연주가 거칠었다면 오늘의 연주는 매우 섬세했다. 홀이 떠나가도록 큰 박수가 터져나왔다.

자리로 돌아온 강희는 병에 남아 있던 술을 단숨에 벌컥벌컥 들이켰다. 쑥스러운 듯 고개를 들지 못했다. 수나는 그런 강희를 물끄러미 바라보았다.

'나를 버리러 왔습니다. 이것으로 제 말을 다 들은 걸로 해주시면 고맙겠습니다.'

배낭에서 로프와 비단으로 꼰 끈을 꺼내 맡아달라 부탁한 다음 그렇게 말했었다. 그때 수나를 향한 그 간절한 눈빛과 표정을 어찌 잊을 수 있겠는가. 그러므로 궁금증이 아무리 높이 쌓여 있어도 그것을 풀기 위한 질문은 아직 한마디도 입 밖에 내지 않았었다. 그도 또한 자기에 관한 것은 사소한 것 하나 그림자도 내비치지 않았다. 그는 궁금증 덩어리였다. 저렇듯 긴 산조곡을 어찌 다 외우고 있는 것일까. 산조곡을 가야금으로 연주할 수 있는 실력을 갖추고 있다면 그에 관한 연습에는 또 얼마나 많은 공을 들여왔을 것인가. 들썩이는 궁금증을 억누르고 있으려니 간질 발작이라도 일으킬 것 같았다.

"잠깐 이리 와보세요."

잠시 숨을 고른 다음 수나는 강희를 벽 앞으로 이끌고 갔다.

"저 그림에 대해 한 말씀 해주시겠어요?"

수나는 뒤틀리는 심사를 억누르지 못하고 짓궂은 표정으로 그를 쳐다보았다. 수나의 공격적인 시선을 피하고 그림을 쳐다보기는 했으나 강희는 아무 말도 하지 않았다. 카페 주인이 기타 연주를 계속하고 있었다.

"면은 천이페이의 검은 여백과 스푸마토 중간쯤에 위의 선은 피에르 보나르의 어수선함을 차용하고 있고 중간 선은 세잔의 투박한 맛이 풍겨나지 않나요. 아래 선은 마티스 드로잉의 육감적인 히프에서 따온 것이 확실하고, 엘 그레코의 손에서 차용해온 피카소의 선도 보이지요. 하지만 저 그림에 화가의 독창성을 인정할 만한 선이 하나라도 보이나요? 아무튼 저 그림은 돈을 많이 들여 공부한 사람이 아니면 그릴 수 없는 그림으로 보이지 않으세요?"

그날 저녁의 굴욕적인 기억을 상기하며 그에게서 들은 말에다 자기 생각까지 아무렇게나 얹어 수나는 불편한 심기를 마구 쏟아냈다. 수나의 잔뜩 비꼬는 투의 말이 강희는 불편했다. 그리고 듣고 있는 동안 어디선가 겪은 듯한 기시감에 몹시 혼란스러움을 느꼈다. 어쩌면 다른 사람이 이렇듯 자기와 똑같은 생각을 할 수 있다는 것인가. 마치 자기 마음속에 들어와 자기 내면을 그대로 읽어내고 있는 것 같아 몸을 떨지 않을 수 없었다.

"글쎄요."

고개를 갸웃이 왼쪽으로 기울이며 시치미를 떼는 그가 죽이고 싶
도록 얄미웠다. 페인트나이프라도 있으면 가슴이라도 푹푹 찌르고 싶
은 충동에 수나는 손이 떨렸다. 무당벌레라면 손가락으로 쿡 눌러 짓
이겨버릴 텐데! 정말 모르고 있는 것일까.

무감각한 표정의 강희는 자리로 돌아와 앉았다. 속에서는 술을 더
청했으나 욕구를 억누르고 커피를 주문했다. 뒤엉킨 머릿속을 정돈하
고 싶었다. 언제 이런 복잡한 상황에 놓여본 적이 있었던가. 까닭 모르
게 불안했다. 무엇인가 불길한 손에 덜미라도 잡혀 있는 것처럼 뜨악
했다. 이 자리를 빨리 벗어나고 싶었다.

그러나 수나는 이쪽의 기분을 헤아려주지 않았다. 두 번째 시킨 술
병을 들고 조금씩 아껴가며 마시고 있었다. 머릿속에서 들끓고 있는
어떤 상념을 진화시키고 있는 것인가, 심란한 표정을 짓고 있었다. 그
런 수나를 재촉해 자리를 일어서자고 말할 수가 없었다. 이대로 조금
만 더 있으면 불안감이 속에서 터지고 말 것 같은 위험한 순간, 마침
내 수나가 자리에서 일어났다. 강희가 갈망하던 구원의 시간이 찾아
온 것이었다.

# 14

박 선생이 미국으로 돌아간 며칠 후였다. 끊음질로 자개 선을 이어 가는 수나의 작업하는 손을 지켜보고 있을 때였다. 강희는 수나 옆에 서서 칼을 잡은 오른손의 놀림과 자개를 잡은 왼손의 움직임을 뚫어지게 지켜보며 칼의 각도와 그 누르는 힘을 감각으로 더듬으며 추체험하고 있었다. 그때 어느새 들어왔는지 김 관장이 옆에 가까이 서서 수나의 작업 광경을 지그시 내려다보고 있었다. 문득 고개 숙여 목례를 했다. 김 관장을 본 순간 미국으로 돌아간 박 선생의 마지막 모습이 떠올랐다.

"나는 옻칠과는 맞지 않나 봐요. 지난 20여 년 동안 아크릴 작업을 해왔는데, 옻칠을 다루려니 마음이 제대로 따라주지 않아 애를 먹었어요."

뉴욕 소재 션갤러리에서 세 차례 초대전을 열었고 여러 미술전에 출품하는 등 뉴욕 화단에서 나름대로 인정받는 화가로서 활동해온 박 선생은 대학 때 은사였던 김 관장의 간곡한 부탁을 뿌리치지 못해 옻칠미술관에 와서 극진한 보살핌을 받으며 옻칠 그림을 그려왔었다. 그런데 아무래도 자기한테는 맞지 않는 것 같아 애를 먹었다고 마지막 고별 자리에서 속을 털어놓았다. 여섯 달을 체류하는 동안 열 몇 점 옻칠 그림을 완성했고 이번 가을 예정되어 있는 뉴욕 션갤러리 개인전에 그 작품을 전시할 예정이지만, 나로서는 실험을 해본 것에 방점을 찍고 있다고 했다. 꼭 집어 말을 하지는 않았지만, 처음 왔을 때와는 달리 날이 갈수록 소원해져가는 김 관장의 관심의 정도를 서운해하고 있는 눈치가 완연했다. 아무러면 기대에 미치지 못한 박 선생의 작업 결과에 대한 김 관장의 반응이 그토록 노골적이지는 않았을 것이다. 그러나 사람의 예민한 촉수인 눈치란 아무리 겉으로 드러내지 않는 속내의 기미라도 기연가미연가 알아차리기 마련인 것이다.

"진척이 좀 있습니까?"

좀 쉬었다 하라며 수나에게 차를 내오도록 하고 입구 테이블에 앉았다. 강희가 김 관장의 앞에 마주 앉고 차를 가져온 수나가 그의 옆 의자에 앉았다.

"네, 나름대로 준비를 열심히 하고 있습니다. 저는 눈으로 잘 익히는 것이 중요하다고 생각합니다. 눈으로 잘 익혀야 그것을 전해 받은 손이 제대로 따라주지 않을까, 그렇게 생각하고 있는 것입니다. 지난 두어 달 동안 모든 작업과정을 눈으로 꼼꼼히 익혀왔습니다."

강희의 대답을 어떻게 받아들였는지 김 관장의 눈이 반짝이고 얼굴에 우호적인 기색이 감돌았다. 아마 예상 못한 그럴듯한 대답으로 여긴 모양이었다.

"그런데 옻을 타지 않아 다행입니다. 옻 타는 사람은 한두 차례 홍역을 치르고 나서야 익숙해질 수 있는데, 어쨌든 시간이 걸리더라도 준비를 철저히 하는 것이 중요합니다."

뜨거운 차를 후후 불어 입술을 축인 다음 김 관장이 고개를 끄덕이며 격려하듯 말했다.

"준비는요. 강 선생님은 벌써 무엇을 그릴 것인가, 거기에 온통 생각이 쏠려 있답니다."

수나가 얄밉다는 투로 강희를 째려보며 비꼬아 말했다.

"어떻게 그릴 것인가, 그 기예도 제대로 갖추지 못했는데 벌써 무엇을 그릴 것인가 그걸 생각하고 있다니 욕심이 너무 앞서는 것 아니에요?"

수나의 볼멘소리에 김 관장은 미소를 지었다.

"손 선생님은 제가 세병관과 씨름해보겠다고 했더니 그게 마음에 들지 않았던 모양입니다."

"어디 세병관뿐인가요. 굿당의 신대는 또 어떻고요. 뿐인가요. 명정샘도 그렇지요."

"저는 옻칠 그림은 옻칠의 수명과 그 가치를 함께할 어떤 것을 그려야 한다고 생각합니다."

순간 김 관장이 문득 고개를 들었다. 강희를 쳐다보는 눈에 놀랍다는 경탄의 빛이 감돌고 있었다.

"천 년이 흐른 후에도 변함없이 사랑받는 그런 작품을 그려야 한다고 생각합니다."

수나도 새삼스레 놀란 눈으로 강희를 쳐다보았다.

"천 년이 흘러도 그 가치가 변하지 않는 작품!"

수나는 입술을 꾹 깨물었다.

"눈에는 보이지 않으나 분명히 존재하는 어떤 것, 정신이든 어떤 신앙이든, 예를 들면 쿠르베의 「돌을 깨는 남자」나 밀레의 「만종」에서 우리가 눈에 보이는 것만을 느낍니까. 노역과 땀의 가치를 최초로 느끼게 해준 데 「돌을 깨는 남자」의 가치가 있다 할 것이고, 경건한 신앙이라는 것이 무엇인가 알게 해준 데 「만종」의 가치가 있다고 믿고 있는 것 아닙니까."

수나는 속으로 신음을 삼켰다. 속에 저런 생각을 감추고 있었다니 도대체 이 작자 어떤 작자란 말인가. 내 작품의 선에 대한 가혹한 폄훼가 저런 생각을 배경으로 이루어졌단 말인가. 어디 얄미운 정도에 그치겠는가. 더 죽이고 싶도록 미웠다.

"눈에 보이지 않는 것을 그려내겠다!"

그렇게 말하며 김 관장은 깊은 생각에 잠긴 눈으로 강희를 건너다보았다.

"제 꿈입니다."

강희는 짤막하게 그렇게 말하고 입을 다물었다. 자칫 마음속에서 들끓고 있는 생각의 단초라도 내비칠까 저어하며 차로 입술을 축였다. 이들이 자신의 마음속 생각을 알게 되었을 때 어떤 반응을 보일지 궁금하기는 했다.

작품이란 역사와 동행하는 것인가. 작품은 역사와 무관한 독자적인 것인가. 근래 강희의 관심의 중심에는 그 의문이 크게 자리 잡고 있었다. 수명이 긴 작품은 역사와 동행하는 것이 맞을 것이었다. 역사와 동행하지 않았으나 수명이 긴 작품은 대신 서사를 동반하고 있을 것이었다.

형상을 나타낸 그 기법이 아무리 오묘하고 뛰어난 작품이라 할지라도 역사와 무관할 경우 쉽사리 잊히기 마련이다. 그에 미치지 못한 작품이라 해도 역사와 동행하는 작품일 경우 그 역사적 사실의 수명과 운명을 함께할 수 있는 것이다. 아무리 빼어난 경국지색이라 할지라도 시골의 촌부로 그친 미인이라면 세상 누가 알아주겠는가. 그에 미치지 못한 미모를 지닌 여자라 하더라도 왕실의 역사와 엮어졌을 경우 온 세상이 그 여자의 존재를 알게 되고 오래 기억하는 것과 이치가 다르지 않을 것이다.

또 서사를 동반한 작품의 경우 그 이야기가 전해지는 것과 수명을 함께하기 마련일 것이다. 그리고 그 서사가 전설로 굳어질 경우 수명은 전설을 간직한 민족과 운명이 맺어지기 마련인 것이다. 그래서 그는 세병관을 붙들고 씨름하겠다고 선언했던 것이다.

"준비 기간이 오래 걸리겠군요!"

고개를 주억거리며 김 관장은 생각에 잠긴 표정으로 말했다. 서두르지 않고 기다리겠다는 의사표명과 다름없는 것으로 강희는 받아들였다.

"오늘의 행선지는 어딥니까?"

빙그레 웃으며 김 관장이 넌지시 물었다.

"네, 제승당으로 한번 건너가볼까 합니다."

강희 또한 빙그레 미소 지으며 대답했다.

"여객선터미널까지 태워다 드릴까?"

그냥 지나가는 말이 아닌 듯했다. 일어나려는 김 관장을 강희가 다

급히 만류했다.

"아닙니다. 길도 익힐 겸 대중교통을 이용해도 충분합니다. 공연히 편한 데 길들여지면 나중에 힘들어질 때가 있을지 모릅니다."

"어쩌면 드는 구실까지 그렇게 기특하고 갸륵할까!"

수나를 바라보며 김 관장은 너털웃음을 지었다.

한산도 제승당 행 선박은 차량을 실어나르는 대형 철선이었다. 두 척이 교대로 하루 여섯 차례씩 열두 번 왕복했다. 섬으로 들어가는 배는 정시에 여객선터미널에서 출발하고, 섬에서 뭍으로 나오는 배는 매시간 30분에 제승당 선착장에서 출발하고는 했다. 거대한 물고기의 아가미를 연상시키는 이물로 레미콘 트럭 서너 대가 승선하는 것을 기다렸다가 배에 오른 강희는 사방을 조망할 수 있는 3층의 상갑판으로 올라갔다.

바람에 차가운 기운이 좀 섞여 있기는 했으나 상쾌한 정도였고 사방이 확 트여 있어 가슴이 후련했다. 한창 연초록색의 옷으로 갈아입고 있는 섬들이 옷깃을 여미고 자세를 고쳐 앉아 반갑게 인사라도 하는 것 같았다.

갈매기들은 상승과 하강을 반복하며 끊임없이 하늘에 제 나름의 그림을 그리고 있었다. 활강과 비상을 반복하던 갈매기들 가운데서 한 녀석이 후루룩 내려와 몇 발 앞에서 날개를 접었다. 회색 깃에 윤기가 흘렀고 하얀 배의 깃털이 포근해 보였다. 끝이 노란 부리로 녀석은 구구거리며 연이어 가슴을 쪼아댔다.

"교수님, 여기 계셨군요."

난데없는 소리에 강희는 소스라치게 놀랐다. 숨을 뚝 멈추고 소리나는 쪽을 돌아보았다. 이런 데서 아는 사람을 만나다니, 어디 숨을 만한 데도 없었다. 알 만한 얼굴이었으나 피하고 싶은 사람이었다. 다행히 혼자였다. 아까 여객선터미널에서부터 자신이 주시당하고 있는 듯거북한 눈길을 몇 번 느끼기는 했었다. 그럴 때마다 조심스럽게 주위를 살펴보았으나 꺼릴 만한 사람은 눈에 띄지 않았었다. 긴장을 풀지않고 조심하고 있었는데, 그 시선의 임자가 정체를 드러낸 것이었다.

"저, 정아사녀예요."

"정아사녀? 사람 잘못 보셨습니다."

"제가 교수님을 잘못 보다니요. 제게 작품 지도도 해주셨잖아요."

"내게 작품 지도를 받았다고요? 그럴 리 없습니다."

"교수님, 왜 그러세요? 이번 학기 들어 학교에서 뵐 수 없어 안 그래도 궁금했는데, 이런 데서 뵙게 되다니. 친구와 여행 왔는데, 제승당들어가면 함께 다녀요."

정아사녀는 짓궂은 짓 말라는 듯 눈을 흘겼다.

"아닙니다. 저는 그런 사람 아닙니다."

"교수님, 왜 그러세요? 교수님 눈에 저 잘 안다고 씌어 있단 말이에요."

정아사녀는 순간 정색을 하고 강희를 쳐다보았다.

"아닙니다. 설령 제가 과거에는 어떤 사람이었는지 모르지만 지금은 아닙니다. 지금은 여기 잠깐 들렀을 뿐인 평범한 여행객에 지나지않습니다."

"교수님, 그런 게 어디 있어요. 과거에 그런 사람이었다면 지금도역시 그런 사람이지요."

학교에서 나를 쫓아내지 못해 그 난리를 쳤던 학생들 가운데 한 명이었던 녀석이 지금 왜 친근하게 아는 척을 하고 있는 것인가.

"자기를 버리고 싶은 사람도 있답니다."

"자기를 버리고 싶은 사람? 설마 교수님!"

정아사녀는 어안이 벙벙한 모양이었다. 손을 들어 입을 가렸고 눈을 휘둥그레 뜨고 강희를 쳐다보았다. 그러한 정아사녀를 피해 강희는 서둘러 상갑판에서 내려와 아래층 선실로 들어갔다. 심란한 기분으로 의자에 파묻혀 둥실둥실 바다에 떠 있는 작은 섬들을 바라보았다. 정아사녀가 따라붙지 않은 것이 그나마 다행이었다. 저 눈에 발각되다니 이를 빌미로 장차 어떤 일이 벌어질는지 불안했다. 이곳에 잠깐 들렀을 뿐인 여행객임을 좀 더 강조해둘 필요가 있지 않았을까, 뒤늦게 그런 후회가 들기도 했다.

# 15

늦게까지 작업실을 지키다 집에 돌아와 현관문을 연 순간 수나는 구두를 신고 있는 안웅섭과 딱 마주쳤다. 수나를 쳐다보는 안웅섭의 눈길이 곱지 않았다. 그 눈길이 그의 뒤틀려 있는 속마음을 그려 보이고 있을 터, 그러나 안중에 두지 않았다. 구두를 다시 벗고 거실로 올라서는 그를 따라 수나도 거실로 들어갔다. 그가 쿠션이 좋은 가죽 장의자에 앉는 것을 본 수나는 안쪽 자기 방으로 들어갔다. 뒤따라 어머니가 방으로 들어와 옷을 갈아입고 있는 수나를 거들었다.

"요즘 왜 이렇게 늦니? 안 서방이 오래 기다렸다. 전화도 받지 않고, 그래서 들렀다더라."

"작업할 게 있어서 어쩔 수 없었어요."

"지금 안 서방 심기가 불편하다. 이 지역 국회의원에게 5억을 들이밀었는데 공천에서 탈락했다지 뭐니."

"잘됐네요. 돈이면 세상에 안 되는 것이 없는 줄 알고 건방 떠는 그 몹쓸 병 좀 고칠 수 있었으면 좋겠네요."

"얘가 말하는 것 좀 보게. 서방 일이 틀어졌다는데 고소해하다니, 행여 그런 말 입 밖에 내지 말거라."

"내가 어디 세 살 먹은 어린애예요? 그리고 말끝마다 서방, 서방 하지 마세요."

옷을 갈아입고 욕실에서 세수를 하고 난 수나는 내키지 않은 기분으로 안응섭이 기다리고 있는 거실로 나갔다. 수나가 안응섭의 맞은편 소파에 앉는 것을 본 손 교장은 두 사람이 이야기를 나누라고 서재로 들어가 문을 닫았다. 어머니도 따라 일어나 안방으로 들어갔다.

"왜 전화는 늘 꺼놓는 겁니까?"

근래 두 사람이 만날 기회를 번번이 놓친 안응섭이 벼르고 있었다는 듯 통명스럽게 따져 물었다.

"작업할 때는 신경이 쓰여 꺼놓는다고 했잖아요."

무의식중에 말이 투박하게 나왔다.

"작업 때문만은 아닌 것 같아요. 요즘 수나 씨 전과 달라졌어요."

"저를 잘 보세요. 제 어디가 전과 달라졌다는 거예요?"

투박한 대꾸가 의식되어 수나는 벌떡 일어나 몸을 이리저리 돌려 그에게 보여주었다.

"그런 뜻이 아니에요. 확실히 전과 많이 달라졌어요."

그러나 안응섭은 굳은 표정을 바꾸지 않았다.

"전에 말했잖아요. 스마트폰이 사람을 너무 어수선하게 한다고. 그래서 작업할 때뿐만 아니라 자주 꺼놓게 되는 걸 어떻게 해요."

"스마트폰이 사람을 어수선하게 만든다니, 수나 씨는 시대의 흐름을 역행할 생각입니까. 스마트폰, 얼마나 편리합니까. 세상 모든 정보를 다 제공하고 있지 않습니까."

안응섭은 손에 들고 있던 스마트폰을 수나의 눈앞에 흔들어 보였다. 순간 무슨 정보가 들어온 것인지 액정화면이 환히 밝아졌다.

"편리한 점이 없는 것은 아니겠죠. 하지만 그 많은 정보들 가운데 정작 요긴한 것이 얼마나 되던가요. 그리고 시도 때도 없이 날아드는 상품 광고며 금융서비스 정보, 영화 광고 이런 것들을 왜 내가 다 챙겨 알아야 하죠?"

"우리는 그런 문화 속에서 호흡하고 생활하도록 여건이 그렇게 되어 있는데 그 환경을 부정하고 앞으로 어찌 생활해갈 수 있단 말입니까?"

"저는 그런 문화가 진저리나요. 모든 것을 제가 제 손으로 만들어가며 살 수 있는 그런 세상으로 되돌려놓았으면 해요."

"레디메이드 세상에서 핸드메이드 세상으로의 퇴행을 바라다니, 올바른 정신입니까?"

"그렇지 않아요. 중요한 것은 다 핸드메이드로 이루어져요. 고가의 귀중품 가운데 레디메이드 제품이 있던가요. 옷이며 구두며 핸드백이며 귀걸이, 반지는 물론 고급 식당 음식, 모든 예술작품의 원작들은 다 손으로 한 땀 한 땀 떠가는 수예품 같은 공정을 거쳐 이루어지는 거라고요."

"아, 뭘 그렇게 복잡하게 생각할 것 있습니까. 주어진 것을 즐기며 살면 그만 아닙니까. 수나 씨는 매사를 복잡하게 생각하는 것이 탈이에요. 어쨌든 그런 점을 감안하더라도 수나 씨가 달라진 것은 틀림없어요."

"제가 달라진 것이 아니라, 안 변호사님과 정서를 공유하지 않는 제가 신경이 쓰일 뿐이겠지요."

"아무리 그래도 나는, 젊은이들로 하여금 시간을 쓸데없이 허비하게 만들었다면서 스티브 잡스를 인류의 적이라는 주장에는 결코 동의할 수 없습니다."

"여가가 일하는 시간보다 많을 때 어떤 현상이 일어날까요. 열흘 쉬고 하루 이틀 일하는 그런 세상을 올바른 세상이라 할 수 있을까요. 허구한 날 스마트폰으로 영화나 보고 게임이나 즐기면 젊은이들의 앞날이 어떻게 될까요. 시간을 창조적인 일에 쓰지 않고 즐기는 일, 그러니까 소비하는 일에만 낭비한다면 삶이 어떻게 되겠어요?"

"제발 생각의 톤을 좀 낮춥시다. 그런 극단적인 생각이 어딨어요? 세상 사람이 그럼 모두 바봅니까? 지구상에 지금 스마트폰 사용자가 얼마나 되는 줄 압니까?"

"그러니 걱정이라는 거죠. 하멜른의 피리쟁이에게 홀려 강물을 향해 죽으러 가고 있는 쥐 떼와 다름없는 그런 불쌍한 사람들이 그렇게 많다니, 하루빨리 디지털 매체들이 펼쳐놓은 감성의 그물을 이 세상에서 걷어치워야 해요."

"그럼 이번 선거 캠페인의 주제를 스마트폰 없애기로 할까요?"

안웅섭은 터무니없다는 듯 픽 코웃음을 날렸다.

"그것 좋겠네요. 그렇게만 한다면 반드시 시대의 선각자로 추앙받을 거예요. 그야말로 시대의 메시아, 구원의 메시아가 될 수 있을걸요."

수나는 일부러 과장된 음성으로 맞장구를 쳤다.

얼마 전의 일이었다.

수나는 어떤 시사 잡지에서 스마트폰에 대한 비판적 에세이를 읽은 적이 있었다. 디지털 문화가 지닌 문제점과 그 한계를 짚어나간 끝에 스마트폰이 지닌 장점과 단점을 예리하게 대비하여 제시하고 있어 인상적이었다. 영상 이미지를 주로 한 디지털 매체와 활자 매체의 가장 큰 차이점을 생각의 소비와 생각의 생산의 차이에서 보고 있었다. 이어서 정보 유통의 최첨단 기기인 스마트폰에 탑재된 수많은 기능과 정보에 관해 그 유효성과 낭비성을 지적하는 것으로 문제점을 파헤쳐나갔다. 생각을 주로 소비하는 영상 매체의 감성적 수용이 인류 문화 발전에 과연 계속 기여할 수 있을 것인가 의문을 강하게 제기하기도 했다. 아울러 생각을 생산해내는 대체로 지루하고 무미건조한 활자 매체의 순기능을 또한 강조해 역설하기도 했다. 무엇보다 금융 신용 분야 또는 관광업종 같은 정보를 주 기능으로 삼는 업종이 아닌 인간의 생활과 직접 관련된 제품을 생산하는 제조공장 같은 데서 스마트폰이 꼭 필요한 것이던가, 그런 의문을 강하게 제기하며 우리가 누리고 있는 문명에 대해 많은 것을 되돌아보게 했다. 세계 경제 위기란 대개 금융신용 산업, 즉 정보를 주로 한 무형의 분야에서 야기된 것이 많은데 그것 또한 스마트폰이 가진 역기능에서 비롯된 것이라 진단하고 있었다. 그걸 읽은 수나는 언젠가 안응섭과 마주 앉아 차를 마실 때 그 이야기를 했었다. 그때 스티브 잡스의 아이디어 제품에 대해 부정적인 견해를 피력해 보였던 것이다.

"됐어요. 어쨌든 앞으로 전화 통화나 하고 지냅시다."

안응섭은 허탈하게 웃었다.

"그런데 아까 엄마가 그러시는데, 공천 탈락을 했다고요? 이제 어쩌면 좋아요."

"어쩌긴 어째요. 계속 가야지요."

"공천을 받아야 당선 가능성이 있는 것 아니에요?"

"공천을 받아야 유리하기는 하겠지만, 그것이 당선 보증서는 아니죠. 최선을 다하면 하늘도 알아줄 겁니다."

"그래도 만일 떨어지면 어떡해요?"

"떨어져도 끝까지 가야 합니다. 선거가 어디 이번뿐입니까. 4년 후에도 있고, 그 4년 후에도 또 있는데, 계속 가야지요."

"그래도 돈은 돈대로 쓰게 될 것이고, 고생은 고생대로 할 것이고, 사람 할 짓 아니잖아요."

"우리 집이 어디 그만한 돈에 눈 하나 꿈쩍 하겠습니까. 그리고 고생을 해도 내가 하지 수나 씨 고생시킬 일 있겠습니까."

"그래도 그렇죠. 적당한 선에서 물러나면 돈도 아끼고 사람 고생도 줄일 수 있을 거 아니에요."

"말만 들어도 고맙습니다. 하지만 걱정 마세요. 이번에는 당선을 목표로 하기보다 나를 알리기 위한 데 더 큰 목적을 두고 있으니, 그 목적을 위해 열심히 뛸 생각입니다."

"하기야 다음을 기약하기 위해서는 그것도 한 방법이기는 하겠네요."

"그러니 틈틈이 좀 도와주세요. 신 대표가 열심히 하고 있지만 디자인이라면 수나 씨도 한가락 하는 솜씨 아닙니까."

"제가 무슨, 가끔 신 선배 사무실에 들러는 보겠어요. 하지만 간섭은 도리어 역효과를 내기도 하니 조심해야 할 거예요."

"수나 씨의 지혜로 그런 역효과쯤 막아내지 못하겠어요? 부탁합니다."

"알았어요."

결코 내키지는 않았다. 그러나 어서 돌려보내야 한다는 생각에 그러마고 쉽게 동의를 한 것이었다.

안응섭이 집을 다녀간 후 한 열흘쯤 지났을까. 신경수 대표로부터 미술관 사무실로 전화가 걸려왔다. 신 대표 디자인 기획실로 전화를 넣었더니, 거두절미하고 좀 오라는 것이었다.

"수나 약혼자고 변호사라는 것은 잘 알고 있어. 그런데 저 안응섭이란 작자 어떤 작자기에 저 모양이야?"

사무실에 들어서자 수나를 반색해 맞이하더니 자리에 앉기 바쁘게 신 대표가 볼멘소리를 했다. 수완이 좋다는 평판을 듣는 사람들은 대개 다른 사람 골탕 먹이는 데 이골이 난 것인가. 안응섭이 무슨 수완을 부려 신경수 대표가 단단히 골탕이라도 먹은 모양이었다.

"왜요. 무슨 곤란한 일이라도 생겼어요?"

"이번 일에 나 손 떼고 싶어."

신 대표는 고개를 절레절레 저었다.

"신 선배, 왜 그래요? 무슨 일 있었어요?"

"저것 봐. 저 쓰레기들 좀 보라고."

사무실 구석 캐비닛 옆에 사람 키 높이만 한 전단지 형태의 종이 뭉치가 서너 덩이나 쌓여 있었다. 신 대표는 그것을 가리키며 분통을 터뜨렸다. 이지러진 미소 때문인지 그의 콧수염이 코믹하게 뒤틀렸다.

"선관위로부터 고발을 당했어. 선거 홍보물에 허위사실 기재 및 그 유포 혐의로 말이지. 안 그래도 그 경력이 하도 화려해서 대단한 인물이다 싶었더니, 대부분이 허위사실이라는 거야. 저런 작자가 우리 시의 시장이 되겠다니 기가 막혀서, 원!"

신경수 대표는 흔들고 있던 홍보물 전단지를 내팽개쳤다. 수나가 그것을 받았다.

학력란은 수나가 잘 알고 있는 그대로 맞았다. 사법고시 합격이며 변호사로 개업하고 있는 것도 사실과 부합했다. 문제는 초 · 중 · 고등학교, 대학을 거치는 동안 매번 학생회장을 역임했다는 것이 수나로서도 의심스러웠다. 초등학교 때 학부모 회장을 오래 독차지한 그 어머니의 치맛바람 덕으로 학급 반장을 여러 차례 한 것은 맞았다. 그러나 학생회장을 했는지, 그건 기억에 없었다. 중학교 때도 그가 학급 반장을 했는지는 모르겠으나 학생회장을 했다니, 모를 일이었다. 고등학교는 같은 학교를 다니지 않아 알 수 없었지만 대학에서 학생회장은 하지 않았었다. 그리고 서울남부지역 발전위원장이며 민주정의실천변호사연대 대표, 법률구조국민연대 이사 등을 역임한 사실도 그 진실여부를 수나로서는 모르고 있었다.

"지난 며칠 이 전단지 회수에 사람을 얼마나 썼는지, 원. 선거구가 얼마나 넓어. 시장이며 길목이며 수십 개의 섬마다 돌아다니며 얼마나 뿌렸겠어. 저것이 뿌린 것의 절반도 안 돼."

신 대표는 담배를 꺼내 물고 거칠게 라이터를 켰다. 라이터 불꽃에 머리를 태울 뻔하며 간신히 담뱃불을 붙였다. 깊이 빨아들였다가 그것을 휴, 뿜어내는 폼이 아무래도 화가 단단히 난 모양이었다.

"그런데 그 친구, 뭐랬는지 알아. 절반이라도 뿌렸으니 다행이라는 거야. 그만하면 자기를 알릴 만큼 다 알린 셈이라나. 글쎄, 그런 철면피가 세상에 어디 있겠어!"

신 대표는 담배를 몇 번 빨지 않고 재떨이에다 신경질적으로 꾹 눌러 비벼 껐다.

"내가 웬만하면 수나에게는 이 사실을 안 알리려 했어. 두 사람, 약혼한 사이 아냐? 그런데 그 친구 한 3, 4일 있다가 좀 잠잠해지면 더 많은 아르바이트생을 써서 단숨에 저 전단지를 확 뿌리겠다는 거야. 그래, 저런 친구와 어떻게 일을 할 수 있겠어. 저 친구 법률 하는 사람 맞아? 법률을 올바로 적용해 사회정의 실현에 공헌하려는 변호사 맞느냐고?"

수나로서는 대꾸할 말이 없었다. 신 대표의 비난이 조금도 그릇된 데가 없었다. 저런 자를 약혼자로 둔 나를 힐책하고 있는 것인가, 아니면 가엾게 여겨 그 상대의 정체를 알게 하려는 속셈인가.

"나, 이런 더러운 시궁창에서 발 빼겠어. 법을 우습게 아는 작자가 사법고시에 패스해 변호사로 활개를 치고 있다니, 이 나라 국민이 너무너무 안됐어. 오늘부로 나 손 뗄래. 그래서 수나를 부르지 않을 수 없었어. 양해해줘."

"선배님, 죄송해요. 이런 일에 끌어들여서. 하지만 최종 담판은 안 변호사와 직접 해주세요. 저는 끼어들고 싶지 않아요."

"그래그래. 그럴 수는 없지. 다만 수나에게 먼저 내 결심을 전한 것으로 충분해. 일을 끝까지 함께 하지 못해 미안해."

신 대표의 디자인 기획실을 나온 수나는 어깨가 축 처졌다. 부끄럽고 창피해 얼굴이 화끈화끈 달아올랐다. 안웅섭이 그런 철면피라니, 그래도 믿고 싶지 않았다. 그러나 지금까지 겪어왔던 일을 되짚어볼 때 그런 야비한 인품을 지니고 있을 개연성이 매우 높았다. 그는 매사 자기중심적이었으며 세상을 우습게 얕잡아보고 있었다.

# 16

"옻칠화는 목태(木胎, 또는 백골), 즉 나무로 만든 판재 위에 옻칠을 하고 그 위에 그림을 그리지만, 캔버스에 그림을 그리는 유화와 아무런 개념적 차이가 없어요. 차이가 있다면 그림을 그리는 재료와 도구의 차이일 뿐이지요. 유화가 표현할 수 있는 것은 옻칠화도 모두 표현해낼 수 있어요."

옻칠 그림에 관한 김 관장의 열정적인 발언은 대개 유화와 옻칠화의 표현의 동질성과 예술성의 강조로부터 시작되고는 했다. 다만 옻칠 그림은 옻칠의 특성상 견고한 표면과 아름다운 광채를 가진 것이 유화와 다르다 했다. 옻칠의 독특한 광택에다, 바라보는 위치와 조명의 차이에 따라 달리 빛나는 자개의 오묘한 광채는 만화경(萬華鏡)을 방불케 할 만큼 변화가 무궁무진하다 했다. 어떤 빛과 색깔이라 할 수 있을까. 꼭 집어 자개 빛이나 색깔을 표현할 수 있는 말은 찾기 어려웠다. 진주 빛 같기도 하고, 무지개색을 연상시키기도 했다. 그 눈부신 정도를 두고 말하자면 보석함에 가득 차 있는 보석들이 제각각 뿜어내는 영롱한 빛과 색깔의 총합이라 할 수 있지 않을까.

나전과 옻칠공예 작품은 과거에는 농, 경대, 빗접, 연상 등 기물(器物)의 장식을 중심으로 제작되어왔다. 그러나 근래에는 옻칠회화, 옻칠조형 등 예술작품으로서 제작되는 경우가 더 많았다. 그러므로 전문가는 이를 칠예(漆藝)작품이라 명명해야 한다고 강조했다.

칠예작품은 가장 일반적인 목태나전칠예(木胎螺鈿漆藝) 기법, 점토나 석고 틀을 이용한 협저탈태(夾紵脫胎) 기법, 그리고 색 옻칠로 무늬를 그리는 묘칠(描漆) 기법 등으로 제작했다.

가장 일반적인 목태나전칠예의 제작과정을 살펴보면, 먼저 백골(柏楺, 나무판·목태)을 고른 후, 같은 목재의 톱밥과 생칠과 쌀풀[糊漆]을 반죽하여 만든 곡수(穀水)로 백골의 흠이나 틈을 메운다. 그것을 건조시킨 다음 사포로 문지르거나 조각도로 면을 고르게 다듬는다. 그렇게 마련한 백골에 정제한 생칠(生漆)을 묽게 배합하여 충분히 스며들게 바른다. 그런 다음 칠장[乾造室]에 넣어 건조시킨다. 그러고 나서 백골에 생칠과 전분질 풀을 1:1 비율로 반죽한 이른바 맥칠(麥漆, 호칠)을 나무주걱으로 바르고 그 위에 삼베를 놓고 편편하게 고른다. 이어서 편편하게 고른 삼베 위에 그 풀을 다시 베 눈이 보일 정도로 골고루 바른 다음 건조장에 넣어 건조시킨다.

그렇게 맥칠 건조를 마친 다음 그 위에 1차 골회(토회칠) 바르기를 하여 칠장에 다시 넣고 건조시킨다. 그리고 그것을 통풍이 잘되는 그늘에서 스무 시간 정도 거듭 건조시키는 것이다. 건조를 마치면 1차 골회 바른 면을 연마용 숫돌로 갈아 고르고 0.5~1mm 정도 두께로 2차 골회 바르기를 되풀이한다. 하루 정도씩 걸려 건조시키고 나서

골회 바르기 한 면을 연마용 숫돌로 물갈기를 하여 고르게 한 다음 그것을 또 건조시키는데, 그 건조 시간도 한나절 넘게 걸린다.

그런 일련의 복잡한 과정을 거친 다음 비로소 나전(자개) 붙이기에 들어간다. 나전의 바탕이나 뒷면에 아교를 칠하여 먼저 디자인한 물체에 붙인 다음 뜨겁게 가열한 인두로 나전 위를 눌러서 고정시킨다. 그다음 뜨거운 물을 적신 솔로 나전 위에 부착된 종이[半紙]와 아교를 씻어낸다. 물체 바탕의 습기가 마르면 칠붓으로 나전 사이에 잘 스며들도록 생칠을 한다. 그런 후 숫돌 갈기, 나전 붙이기, 풀빼기와 나전 손보기, 생칠 메우기, 다시 3차, 4차 두 차례의 거듭된 골회 바르기, 그리고 다시 숫돌 갈기(면 고르기), 중칠과 홈 메우기, 숯 갈기, 2차 중칠, 상칠, 상칠 숯 갈기, 광내기와 칠 땜, 조각과 후패 부착 등을 거쳐 접칠 광내기 과정까지 무려 스물두 가지의 복잡하고 정교한 과정을 거치고 나서야 작품이 탄생한다.

그리고 목태 따위 바탕 재료 없이 옻칠 자체를 주재료로 하고 삼베와 토분을 부재료로 하여 제작하는 협저탈태칠예와 색옻칠로 무늬를 그리는 묘칠기법의 채화칠예도 재료가 가진 특성에 맞추어 조금씩 차이가 있을 뿐 베 바르기, 토회칠 바르기, 상칠 및 숯 갈기와 광내기 등 기본적 공정은 목태나전칠예와 거의 비슷했다.

그 제작공정에 쓰이는 귀얄, 구성붓, 세필, 칠긁기 칼, 각종 주걱, 칼 등 도구 사용도 손에 익혀야 하고, 한지, 삼베, 솜, 사포 등의 사용 요령도 익숙하게 갖추어야 하는 것이다. 그리고 옻칠 그림을 그리기 위해서는 생칠을 정제하여 흑칠과 투명칠을 만드는 과정과 투명칠에 천연 광물성 안료를 배합하여 얻는 흑, 주, 황, 녹, 청, 백 등 안료에 관한 충분한 이해가 선행되어야 하며, 그 안료들과 토분, 목분, 아교, 찹쌀가루, 탄분 등의 혼합 방법과 그 비율 또한 숙지하고 있어야 한다. 그런 기본을 다 갖추고 난 다음에라야 감히 옻칠 그림에 도전할 수 있었다. 그러므로 유화를 하다 옻칠 그림으로 전향한 화가들이 초기에 고생을 많이 겪게 되고 그 고생을 견디지 못한 사람은 중도작파하고 떠나고는 했다.

강희는 그런 힘든 과정을 묵묵히 익혀나갔다. 그 과정을 익히는 동안 그가 들인 공력은 다른 사람들은 흉내 내기 힘들 정도로 극한적인 것이었다. 그의 몰입은 광적이었다. 그에게는 밤과 낮이 따로 없었다. 작업실 맨 구석, 다른 사람의 눈이 닿지 않은 곳에 홀로 작업대를 설치해놓고 눈이 준비한 것을 손이 제대로 받아 이룰 때까지 자주 밤을 하얗게 새우기도 했고 낮에 깊은 잠에 곯아떨어지기도 했다. 그러한 강희의 종잡을 수 없는 모습을 보고도 김 관장은 절제가 없다거나 무질서하다며 핀잔하거나 눈살을 찌푸리지 않았다. 김 관장이 용인하였으므로 다른 사람들도 그냥 그러려니 보아넘겼다. 수나는 그렇게 무리를 하다 탈이라도 나면 어쩌려나 남몰래 속을 태우고는 했다.

강희는 오로지 독자적으로 고립되어 두세 달 거기에 미쳐 있었다. 생칠이나 탄분이나 안료가 필요할 때면 그것을 구하기 위해 얼굴을 들고 나타났고, 건조를 위해 칠장을 찾을 때면 작업실의 다른 화가들과 얼굴을 마주쳤다. 그러나 꼭 필요한 말이 아니면 입을 열지 않았고 다른 화가들의 접근을 저어하는 눈치를 보여 누가 가까이 가거나 말을 잘 붙이지도 못했다. 수나가 가끔 준비해온 도시락을 슬그머니 그의 작업대 위에 가져다 놓기도 하고, 딸기며 귤이며 먹기 좋게 손질한 과일이 담긴 찬합을 가져다 놓기도 했다. 그것을 수나가 베푼 호의임을 알고 있을 것임에도 지나가는 말로라도 고맙다는 인사 한마디 하지 않았다. 하기야 가끔 자신을 쳐다보는 그의 눈길이 그윽함을 느낀 수나 쪽에서 화들짝 놀라며 얼른 피해버리고는 했다. 어쨌든 타인을 향한 그의 무심한 태도는 지나칠 정도로 차가웠고 그것은 그의 타고난 성품 같았다.

그의 일거수일투족은 작업실 식구들의 호기심 대상 1호였다. 옻칠 기예에 관한 그의 솜씨의 진전이 초미의 관심 대상이었다. 그가 과연 옻칠 그림을 그릴 수 있을 것인가에 대한 의구심도 관심의 표적이었다. 가끔 그의 작업과정을 슬쩍슬쩍 살펴보는 눈치인 김 관장의 반응이 싫어하는 것 같지 않아 다른 식구들의 호기심은 날로 커져갔다. 그렇지만 그가 스스로 공개할 날을 기다리고 있을 뿐 구태여 덮어둔 한지를 들추고 그의 작업 상태를 살피려 엄두를 내는 사람은 아무도 없었다. 그러나 인내심이란 어느 경우에나 한계가 있기 마련이다. 사람의 심리라는 것이 그런 한계 구조를 지니고 있었다. 작업실 식구들의 인내심이 드디어 바닥을 칠 즈음, 이제나 저제나 작업의 결실을 공개하기를 기다리고 있을 무렵의 어느 날이었다.

아침에 출근한 정 선생은 작업실에 들어선 순간 으레 강희의 작업대로 눈이 먼저 갔다. 언제나 그가 한발 먼저 와 있었기 때문이다. 그런데 어찌 된 영문인지 그의 자리가 비어 있었다. 어디 화장실에라도 간 것이겠거니 예사롭게 생각했으나 돌아올 시간이 지났는데도 나타나지 않았다. 아니, 바람이라도 쐬려 밖으로 나갔나 고쳐 생각했으나 잠깐 산책 나간 사람치고는 시간을 너무 지체했다. 최 화백과 하 선생,

수나 등 작업실 식구가 다 나오도록 그는 모습을 나타내지 않았다.

그의 작업대는 잘 정돈되어 있었다. 붓은 테레빈유에 깔끔히 씻어 붓꽂이에 꽂혀 있었고 작업하던 화판은 한지에 덮여 작업대 위에 세워져 있었다. 어제저녁 작업을 마치고 정돈을 한 다음 숙소로 돌아간 후 손을 댄 것 같지 않았다.

이런 적이 없었는데, 정오가 지나도록 그는 나타나지 않았다. 지난 서너 달 동안 작업대를 지키고 있는 그의 모습에 익숙해 있던 작업실 식구들은 의외의 사태에 적잖이 놀랐다. 누구도 말은 하지 않았지만 무엇인가 좋지 않은 일이 그에게 일어난 것으로 짐작되어 불안했다. 특히 수나는 불안감에 가슴속이 타들어가는 것 같았다. 자기 과거의 전부라는 그 '도구'를 맡아 간직하고 있는 수나로서는 불길한 생각에 몸을 떨지 않을 수 없었다.

어디 아프기라도 한 것인가. 뒤늦게 강희의 숙소에 연락을 해보았다. 어젯밤 숙소에 오지 않았다는 것이었다. 작업실의 분위기가 어수선해졌다. 어젯밤 숙소에도 오지 않았고 아무 예고도 없이 한나절 넘게 행방을 감추고 연락이 없다니, 전에 없던 일이었다. 이 사실을 뒤늦게 전해 들은 김 관장이 불안한 표정으로 작업실로 들어왔다.

"무슨 징후라도, 징후가 있었을 거 아냐!"

김 관장은 수나를 힐문하듯 다그쳤다.

"저 작업대에 붙박이로 지낸 사람에게 무슨 특별한 징후가 있었겠어요."

속이 타는 것으로 말하면 수나 자신이 몇 배는 더 탈 것이라고 큰 소리로 항변이라도 하고 싶었다.

"그래도 그렇지 손 선생이야 무슨 눈치를 채도 챘을 거 아닌가."

"저 작업대에 코를 박고 얼굴도 잘 안 보여준 사람이었습니다."

혼자 무슨 말인가를 꿍얼거리던 김 관장은 강희의 작업대로 갔다.

작업대 위에 한지로 덮어둔 화판이 세워져 있었다. 김 관장은 한지를 벗겼다. 한지를 벗기자 그림이 나타났다. 화판을 본 김 관장은 저도 모르게 눈을 질끈 감았다. 무엇인가 예상하지 못했던 형상과 강렬한 빛이 확 덤벼드는 것 같았다. 몸과 정신이 동시에 작동을 멈추었다. 한동안 지속되던 정지 상태가 겨우 풀린 순간 이해할 수도 분석할 수도 없는, 전에 느껴보지 못했던 전율이 그를 사로잡았다. 정신을 가다듬은 다음 다시 눈을 뜨고 천천히 화판을 살폈다. 둔중하고 눈부시다는 느낌이 가장 먼저 가슴을 쳤다. 흑칠 바탕의 광택이 얻기 힘든 수준의 것으로 보였다. 그 흑칠 바탕에 이글이글 타오르고 있는 태양이 실제 태양보다 훨씬 더 사실적이고 강렬했다. 갈퀴 같은 발톱을 세워 태양을 꽉 끌어안고 날카로운 부리로 사정없이 그것을 쪼고 있는 불덩이 같은 세 발 달린 핏빛 새, 그 도발적이고 집요한 광태가 놀라웠다. 태양을 쪼고 있는 세 발 달린 핏빛 새, 거기에는 무섭고 관능적이고 열정적인 무엇이 혼재해 있었다. 무엇인가 아름답고 무서운, 그리고 천기를 훔쳐본 자의 혼이 그려져 있었다. 사람에게는 결코 허락되지 않은 하늘의 비밀을 훔쳐본 자의 절망이 그려져 있었다. 노회한 김 관장이지만 몸이 고압전류에 감전이라도 된 듯 얼어붙고 말았다. 어찌 이런 도발적이고 자극적인 상상력이 가능했던 것일까.

잠시 후 가까스로 충격을 가라앉힌 김 관장은 한숨을 내쉬었다. 강희, 이 작자 도대체 어떤 작자인가. 자기와는 다른 독특한 세계를 사유하고 있는 것에 틀림없어 보였다. 손가락 끝으로 힘이 솔솔 빠져나가는 것 같았다. 무력감에 몸이 무너져내리는 것 같았다. 김 관장은 서글픈 마음으로 시샘을 다독였다. 작업대 밑에 등을 돌리고 서 있는 또 다른 화판이 보였다. 그것을 작업대 위로 올려놓았다. 작업대 위에 세워놓은 그 작품 또한 예사롭지 않았다.

옻칠회화는 목리(木理, 나뭇결)를 지우고 그 위에 칠예를 구현하는 것이 그 본령이다. 그런데 이 작품은 칠예의 기본을 도외시하고 도리어 목리를 살려 표현하고 있었다. 이 땅의 나무들은 험준한 돌산이나 장마나 가뭄에 시달리는 토산에서 사철 다른 기후에 단련되며 생장한다. 기후가 한결같은 한대나 열대지방에서 생장하는 나무들처럼 목리가 한결같지 않고 쉽지 않은 자연환경을 내면 깊이 견뎌온 인고의 내력이 구부러짐과 어긋난 나이테를 통해 아름다운 목리를 나타내고 있기 마련이다. 예부터 조상들의 목공예작품이 우수한 평가를 받아온 것은 바로 이런 목리를 잘 살려낸 데 기인하기도 했다. 강희의 작품은 바로 그렇듯 목리를 잘 살려내고 있었다. 그런데 이 작품은 목리를 잘 살려내는 것에 그치지 않았다.

푸른색 종(鐘)이 허공에 걸려 있었다. 푸른색 종 표면의 비천상을 머리로 치고 있는 까치와 이어 종을 치기 위해 다음 차례를 기다리고 있는 까치와 또 그다음 차례, 그다음 차례를 기다리고 있는 까치들이 한 줄로 길게 이어져 있었다. 방금 목숨을 바쳐 종을 치고 아래로 떨어지고 있는, 이미 소임을 마친 까치와 그보다 먼저 떨어져내려 쌓여 있는 수북한 까치의 끔찍한 사체더미가 그려져 있었다. 이 그림 역시 김 관장의 눈에는 한 번도 상상해보지 못했던 낯선 세계를 연상시켰다. 김 관장은 그림에서 눈을 뗄 수가 없었다. 어리둥절한 기분으로 입을 꾹 다물고 어금니를 꽉 깨물었다.

우매한 세상을 깨우기 위해 종을 치고 죽은 까치 떼!

두 작품 다 면 고르기나 자개 끊음질이 거슬리는 데가 없지 않았다. 청색 종의 비천상을 그려나간 목상감 부분도 매끄럽지 않은 데가 보였다. 작업을 시작한 지 얼마나 되었다고 기술적 완성도를 기대하겠는가. 앞으로 훈련을 더 쌓아가면 얼마든지 해결 가능한 일이었다. 거기에 비해 그가 구사하고 있는 색이며 작품 주제, 그것은 누가 흉내내기 힘든 독창성을 지녔다고 할 수 있었다.

김 관장의 심상치 않은 표정을 본 작업실 식구들이 모두 김 관장 뒤로 조용히 다가가 강희의 그림을 구경했다.

"스트라빈스키의 불새를 그렸군요."

정 선생이 무거운 침묵을 깼다.

"제가 보기에는 그렇지 않아요. 태양 속에서 산다는 삼족오(三足烏)예요. 알타이 신화권이 공유하고 있는, 즉 먼 옛날 중앙아시아와 바이칼 일대를 거쳐 압록강을 건너고 백두산을 넘어온 우리 조상들이 해속에서 산다며 존숭하고 상서롭게 여겨온 세 발 까마귀를 그린 걸 거예요."

수나는 그림을 본 순간 가슴이 쿵 내려앉았다. 자신의 미학적 상상력이나 정서로서는 감히 미칠 수 없는 작품이었다. 현상의 어떤 것도 닮아 있지 않으나 그 이상의 것을 충격적으로 느끼게 하고 각인시켰다. 언젠가 자기는 조상의 신화를 작품으로 나타내볼 것이라며 삼족오에 관한 이야기를 하던 강희의 모습을 상기하며 수나는 속으로 거듭 질투의 도리질을 했다.

"우리 조상들이 존숭하며 상서롭게 여겼다는 세 발 까마귀!"

수나의 해석을 들은 김 관장이 수나를 쳐다보며 되뇌었다.

"하지만 강 선생의 뜻은 거기에만 있는 것 같지 않아요."

"그럼?"

"제 짐작이 맞는지 모르지만, 우리 조상들에게 도전장을 내고 있는 듯해요."

"맞아. 그러지 않고서는 저렇듯 도발적인 충격을 던질 수는 없을 테지."

"우리 조상들은 세 발 까마귀를 태양 속에서 산다는 상서로운 존재로 숭앙했지만 강 선생의 까마귀는 그 반대 아니에요? 태양을 쪼고 있는 것이 마치 태양을 파괴하려는 것처럼 보이잖아요. 신화를 깨려는 의도를 나타내려는 것 같아요."

"신화를 깨려는 의도!"

김 관장은 이번에도 수나의 말을 그대로 받아 되뇌었다.

'13인(人)의아해(兒孩)가도로(道路)로질주(疾走)하는(오) 모습을 지켜보며 그 질주하는 절박한 이유를 꿰뚫어 알아낸, 그리하여 태양을 쪼고 있는 삼족오(三足烏)!' 수나의 머릿속에서는 그런 생각이 떠돌고 있었다. 세상에는 지나치게 진리와 정의를 갈망하는 자가 있다. 지나치게 진리와 정의를 갈망한 나머지 자기가 살고 있는 세상의 기반마저 무너뜨려버리려고 하는 자들이 있다. 제발, 강희가 그런 사람이 아니기를 순간 속으로 간절히 바랐다. 그러나 입을 열어 그런 생각을 말로 나타내지는 않았다.

"아무튼 참 별난 작품 같다!"

정 선생의 촌평에 수나는 빙그레 웃었다. 사람이 저렇듯 단순해야 하는데 도대체 강희라는 사람은 왜 그토록 복잡하고 의문투성이인지, 생각만 해도 골머리가 지끈지끈 아파오는 것 같았다.

그런데 저 선을 좀 보라지. 뒤늦게 수나의 관심이 선에 집중되었다. 처음에는 작품의 강렬한 인상에 혼이 쏙 빠진 듯했다. 그렇듯 강렬한 인상에서 받은 충격이 가까스로 가라앉고 나자 비로소 작품의 선들이 눈에 들어온 것이었다. 저 두 작품의 선이라니! 두 작품의 선 역시 외형으로 봐서는 선행하는 모든 선과 조금도 다를 바 없어 보였다. 그러나 쉽사리 그 차이가 느껴졌다. 저 작품의 선들은 모두 안으로 응축되며 단단히 결속하고 조화를 이루고 있는 것으로 보였다. 그래서 그림이 저토록 강렬한 인력을 발휘하는 것 아니겠는가. 원근법이 회화 기법의 위대한 발견 중 하나였다면, 안으로 응축된 힘을 발휘하며 조화를 이루어내는 저 그림의 선은 그럼 무엇이란 말인가. 형태도 없고 소리도 없고 존재하지도 않는 정신, 진리와 정의를 갈망하는 그러한 정신이 외치는 소리 없는 함성인 것인가! 그런데 저것은 모필(毛筆)로 그린 선이 아니지 않은가. 저 강렬한 힘과 두터움이라니. 저것은 죽필(竹筆)이 아니면 목필(木筆)로 그린 것이 아닐까. 언제 그는 죽필과 목필을 준비한 것일까.

수나는 속으로 강하게 질투의 도리질을 거듭했다. 그러나 거부할 수 없는 강렬한 힘이 그녀를 결국 굴복시키고 말았다. 수나는 분하고 억울했으나 자기 작품에 대한 강희의 혹독한 비판의 근본을 받아들일 수밖에 없었다. 수나는 자신의 작품에 구현되어 있는 선은 하나하나 따로 노는 듯 산만한 느낌을 주고 있다는 사실을 인정하지 않을 수 없었다. 한 점으로 응축되는 어떤 기운을 형성해내지 못하고 있으니 작품의 인상 또한 강렬할 수가 없는 것 아니겠는가. 강희의 작품은 수나가 품고 있는 질문 가운데 가장 비중이 큰 질문에 웅변으로 대답을 하고 있는 셈이었다.

작업실에서 벌어진 그런 해프닝을 아는지 모르는지 강희는 그날 해가 지고 어두워질 때까지 모습을 나타내지 않았다. 다른 사람을 배려하는 성격이 아닌 줄은 알지만 사무실에라도 전화를 걸어 기다리는 사람들의 불안감을 씻어주는 것이 도리 아니겠는가. 그에게서는 전화도 한 통 없었다. 사무실 전화번호를 외우지 못한다 하더라도 114 안내를 통해 얼마든지 통화가 가능할 터였다.

"어디 연락을 하거나 찾아가볼 데가 없을까?"

충격적인 해프닝을 겪은 다음 퇴근할 무렵이었다. 찾는다기에 아트 숍으로 갔더니 기다리던 김 관장이 수나를 쳐다보며 초조한 표정으로 물었다.

"강 선생에게는 연락할 데나 찾아볼 만한 데가 없어요?"

수나는 더 속이 탔다. 어디서 그를 찾아낸단 말인가. 그가 연락을 해오거나 스스로 돌아오지 않는 한 이쪽에서 손을 쓸 방법은 아무것도 없었다. 그것이 답답하여 견딜 수 없을 지경이었다.

"손 선생이 그렇게 말하면 어떡하나."

"저는 강 선생에 대해 아는 것이 아무것도 없어요."

"손 선생이 강 선생에 대해 아는 것이 아무것도 없다니, 그게 웬 뚱딴지같은 말인가요?"

"저도 관장님이 알고 계시는 정도밖에 강 선생에 대해 아는 것이 없어요."

"강 선생은 손 선생 지인 아닌가요?"

"관장님께서 오버하셨어요. 제가 강 선생을 미술관에 데려온 것은 맞지만, 제가 강 선생을 본 것은 그것이 세 번째였어요."

"허 참, 그럼 미술대학 동기나 유학 동기생이 아니었단 말이에요?"

"네, 전에는 일면식도 없었어요. 다만 별난 사람이다, 그런 생각은 갖고 있었지만."

"일면식도 없던 사람을 어떻게 별난 사람이다, 생각했단 말이죠?"

"첫 대면 때 그렇게 느꼈다는 말입니다. 그가 던진 말 몇 마디에 제가 충격을 받고 정신을 잃을 정도였으니까요."

첫 대면 때의 일을 장황하게 설명하고 싶지 않았다. 그리고 그가 자기 과거의 전부라고 말하며 맡겨둔 '도구'에 관한 것도 발설하고 싶지 않았다.

"그가 던진 말 몇 마디에 충격을 받고 정신을 잃을 정도였다!"

김 관장은 잠시 생각에 잠긴 눈치였다. 아마 그의 작업대에서 본 작품을 연상한 모양이었다. 수나의 말을 어떻게 생각했는지 머리를 끄덕였다.

"어쩔 수 없지, 기다려볼 수밖에. 먼저 들어가요. 나는 좀 더 기다리다 들어갈 테니."

수나야말로 더 기다리고 싶었다. 그러나 김 관장이 더 열성을 보이고 있는 것이 기껍기도 하고 안도도 되는 한편, 굳이 다른 티를 내 속을 보일 필요는 없는 것 아니겠느냐는 생각이 들었다. 먼저 들어가겠다는 인사를 남기고 수나는 아트 숍을 나왔다.

이튿날 저녁, 집으로 돌아가는 차 안에서 수나는 병수에게 전화를 넣었다.

"존경하는 손 화백께서 또 웬일로 전화실까?"

이죽거리는 병수를 몇 마디 인사로 다독거린 다음 수나는 한숨을 크게 내쉬었다.

"왜, 무슨 걱정 있어?"

"전에 여객선터미널에서 네가 잡아다 준 그 작자, 또 행방을 감췄어."

"행방을 감춰?"

"이번에도 좀 찾아줬으면 해. 이번에야말로 톡톡히 사례할게."

"사례야 뒷일이고, 무슨 단서라도 될 만한 것 있으면 말해."

"없어. 그냥 미술관에서 작업 잘 하다 아무 징후나 예고도 없이 자취를 감추고 말았어."

"알았어. 온 시내 감시카메라를 다 뒤져서라도 내가 우리 손 화백 고민 해결해드리지. 그런데 그 작자 우리 손 화백이 그렇게 속을 썩여도 좋을 만한 데가 있기는 해?"

"아주 특별한 사람이야. 우리 관장님이 홀딱 반했어."

"그래? 그럼, 알았어. 내가 꼭 찾아줄게."

병수의 장담이 미덥지는 않았으나 거기밖에 기댈 데가 없는 것이 답답했다.

## 17

"잠깐, 저 좀 볼까요."

강희의 숙소는 산양읍 언덕 위에 있었다. 숙소로 가려면 버스에서 내려, 창고처럼 생긴 기다란 간이건물을 지나 비탈진 숲길을 올라가야 했다. 인가가 별로 없는 야산 기슭이어서 인적이 드물었다. 차량이 왕래하는 콘크리트 포장도로는 숙소 어름에서 끝이 나고 이어진 오솔길을 따라 곧장 올라가면 산꼭대기에 이르렀다. 아침이면 등산객이 가끔 있었으나 대체로 인적이 드문 한적한 곳이었다. 버스에서 내려 언덕길로 접어드는 길목에서 한 건장한 사내가 강희의 앞을 가로막고 걸음을 제지시켰다.

"신분증 좀 봅시다."

"신분증요? 저는 그런 것 없는데요."

세상이 왜 갑자기 내게 관심을 갖는 것인가, 새삼스럽고 신기한 일이 아닐 수 없었다. 강희는 빙그레 웃으며 상대방을 쳐다봤다.

"주민등록증 없어요?"

"주민등록증이요, 그런 것 다 버렸습니다."

"주민등록증을 버려요?"

스마트폰 액정을 켜고 강희의 얼굴을 쳐다보고 있던 사내는 떨떠름한 표정으로 어이없다는 듯 픽 웃었다.

"지난날에는 그것이 필요하기도 했습니다만, 앞으로는 제 삶이 그런 걸 필요로 하지 않을 것 같아 버렸습니다."

"대한민국 국민임을 포기했다, 그런 말입니까?"

"그런 뜻이 아니라, 앞으로는 제 삶을 제도와는 아무런 상관없이 살아가리라 결심했다는 그런 뜻입니다."

"그게 말이 됩니까. 이 땅에서 숨 쉬고 있는 것 자체가 바로 제도적이며 법률적인 행위입니다. 모르셨습니까?"

"숨 쉬는 것까지 제도적 행위라는 말은 어느 책에서도 읽은 적 없습니다."

"됐습니다. 책은 그런 것 적으라고 있는 게 아닙니다. 일이 귀찮게 됐지만 신분 조회가 필요하니 저와 함께 서로 가주셔야겠습니다."

"왜, 경찰서로 가자는 것입니까?"

강희는 완강히 고개를 저었다.

"신분 확인을 할 수 있는 가장 용이한 데가 경찰서니까요."

"싫습니다."

"경찰서에 가기 싫으면 신분증을 제시하세요."

"신분증이 없다고 하지 않았습니까."

"그러면 할 수 없습니다. 함께 갑시다."

잠시 실랑이 끝에 강희는 사내의 완력을 감당하지 못하고 길가에 세워둔 승용차 뒷좌석에 태워졌다. 사내는 곧 운전석으로 올라가 시동을 걸고 차를 출발시켰다.

"어제 저 산 위에서 변사체가 발견되었습니다. 버스정류소 CCTV를 확인한즉 선생이 몇 차례 보였습니다. 그래서 신분 확인을 하지 않을 수 없는 것입니다."

가는 차중에서 사내는 자신이 그 사건을 맡은 형사로서 마땅히 해야 할 임무를 수행하고 있다는 사실을 밝히고 협조를 부탁했다.

"협조는 하겠지만, 저는 사건과는 무관합니다. 그리고 답답한 일이지만 저는 어떤 신분증도 가진 것이 없습니다."

"휴대폰이라도 가지고 있을 거 아닙니까?"

"휴대폰, 없습니다. 과거에 관한 기억도 모두 지워버렸습니다."

"경찰관을 상대로 할 말은 아닌 것 같습니다. 현명하게 행동해주시기 바랍니다."

경찰서에 도착한 형사는 강희를 자기 자리로 데리고 가 의자를 내주며 앉게 했다.

"외양이나 말하는 것으로 봐 교양 있는 분으로 짐작됩니다. 설령 사건과 관련이 없는 분이라 하더라도 신분 확인을 하지 않을 수 없습니다. 협조 부탁드립니다."

이름, 주소, 생년월일, 주민등록번호, 휴대전화 번호, 집 전화번호 등을 적어내라면서 형사는 종이와 볼펜을 건넸다.

"형사님, 제 말을 잘 이해하지 못하신 모양입니다. 저는 정말 그런 것 하나도 가지고 있지 않습니다."

"여기 경찰서에서는 그런 농담 통하지 않습니다. 현명하게 행동하시라고 이미 말씀드렸습니다."

형사는 눈에 심지를 세워 쏘아보았다.

"제 말을 농담으로 듣지 말아주시면 고맙겠습니다. 제가 적어낼 수 있는 것은 지금 묵고 있는 숙소 주소와 낮에 작업을 하고 있는 옻칠미술관 주소밖에 없습니다. 그렇지만 지금은 그것을 외우지 못합니다. 옻칠미술관 전화번호도 역시 모릅니다."

"이런 답답한 인사 봤나. 그럼 가까이 지내는 친구 연락처나 전화번호라도 적어내세요."

"미술관 작업실에서 함께 작업하는 분이 몇 분 있기는 합니다만, 그분들의 전화번호를 외우지 못합니다."

그는 진중한 음성으로 정중히 말했다. 형사는 그러한 그를 험상궂은 눈으로 쏘아봤다.

"안 되겠군요. 농담은 여기까지입니다. 여기서 하룻밤 지내시고, 내일 아침 다시 볼 때는 생각이 달라져 있기 바랍니다."

형사는 강희를 청사 안쪽에 마련된 유치장으로 데리고 가 입감시켰다. 이튿날 아침 형사에게 불려나간 강희는 어제와 똑같은 요구를 받았다. 그러나 어제 하지 못한 것을 오늘이라고 어찌 할 수 있겠는가.

"형사님, 이건 아닙니다. 개인의 인권은 보장받아야만 합니다."

"제가 권력을 남용하여 인권을 탄압하고 있다는 겁니까? 범행 현장 인근 CCTV에 나타난 용의자의 신분 확인을 하려는 것에 지나지 않습니다. 그러지 않고 그럼 제가 직무유기라도 해야 한다는 말입니까?"

"인권은 신체 자유의 보장을 첫째로 하고 있는 것입니다. 그런데 아무 죄도 없는 사람을 유치장에 구류하다니, 이건 인권침해라도 정도가 심한 것 아닙니까?"

강희도 지지 않고 날을 세웠다.

"그것이 제 탓입니까? 선생께서 신분만 확인해주었다면 간단히 조회하고 혐의여부를 판단하여 조처했을 것 아닙니까?"

형사는 날카롭게 면박을 주었다.

"사람에게는 제각기 말 못할 사정이 있는 것입니다. 그 개인사정을 침해하려는 것이 바로 인권침해인 것입니다."

국으로 당하고 있으려니 화가 났다. 항변을 했으나 형사는 시큰둥할 뿐이었다.

"이런 시비 그만둡시다. 만약 범죄현장과 무관한 사람이라면 왜 연행했겠습니까. 범죄와 관련해서는 개인사정을 보호해드릴 수가 없지 않습니까. 지금이라도 신분 확인에 협조해주기 바랍니다."

"드러내놓고 사는 자유는 주어져 있지만, 잠적할 자유는 주어지지 않았다는 것이 저는 아무리 생각해도 이해가 되지 않습니다."

"사회에 떳떳한 사람이 잠적할까요?"

"세상과 격절하여 조용히 살고 싶은 사람도 있을 것 아닙니까."

절박한 심정으로 외치다시피 말했으나 형사는 귀담아듣는 기색이 아니었다.

"그런 사람이라고 신분증 없으란 법 있습니까?"

"아 참, 사람에게는 중대한 결단의 시기가 있기 마련입니다. 일생일대의 대전환을 필요로 하는 절박한 순간 말입니다. 저는 바로 그런 절체절명의 순간을 맞아 저의 모든 것을 버린 사람입니다. 제 기억도 다비웠다고 어제 말씀드리지 않았습니까."

강희는 곱지 않은 눈으로 형사를 노려보며 절박하게 외치다시피 말했다. 형사는 도리어 혐오감을 갖고 그를 매섭게 노려보았다. 미간에 주름이 깊게 패었고 얼굴이 험상궂게 일그러졌다.

"그렇다면 할 수 없군요. 지문 채취를 하겠습니다."

"저는 거기에 응할 수 없습니다."

강희는 굳은 얼굴로 단호히 말했다.

지문 채취를 위해 용지와 잉크를 준비하려던 형사는 책상을 쾅 내려쳤다.

"공무집행을 방해하면 어떤 처벌을 받는지 압니까?"

"거기에 처벌이 따른다면 기꺼이 받겠습니다. 하지만 지문 채취에는 응할 수 없습니다. 그리고 미리 말씀드려두는데 휴대전화 같은 것으로 저를 촬영하는 것, 절대 용납할 수 없습니다."

강희는 강경한 어조로 주의를 주었다.

"지문 채취는 물론 용모파기 또한 해서는 안 된다, 원 세상에 이런 인사 봤나."

형사는 어이가 없었는지 뜨악한 얼굴로 혀를 차며 도리질을 했다.

"다시 부탁드리지만 옻칠미술관에 연락 좀 해주시면 고맙겠습니다."

표정을 가다듬고 강희는 정중하게 부탁했다.

"그것은 신분 파악을 먼저 한 다음에 생각해봅시다."

"제발 부탁입니다. 미술관 사람들로부터 들을 수 있는 것으로 저에 대한 신분 파악을 대신해주시기 바랍니다."

강희는 부드럽게 간청을 했다.

"그렇게 할 수는 없습니다. 정 그렇게 고집을 피울 생각이라면, 생각이 바뀔 때까지 고생 좀 해야겠습니다."

형사는 강희의 부탁에 귀를 기울일 눈치가 아니었다. 다시 유치장으로 데리고 가 구류시켰다.

\* \* \*

수나의 부탁을 받은 병수는 지각의 안테나를 최대가용 높이로 올린 다음 눈과 코와 귀를 한껏 열고 시내를 돌고 또 돌며 그의 행방을 찾았다. 그는 기능하는 모든 촉수를 동원하여 시내 곳곳을 더듬어나 갔다. 불량배들을 상대로 탐문을 하고 다녔고 청소원들로부터도 수소문을 했다. 공원과 관광객이 많이 꼬이는 명소를 기웃거리기도 하고 심지어는 행려 시체안치소를 찾아가보기도 했다.

이제 안 가본 데가 없군, 그렇게 생각한 순간 불현듯 경찰서가 떠올랐다. 막상 경찰서가 떠오르자 왜 가장 먼저 생각했어야 할 경찰서를 이제야 생각해냈는지 자신의 불민함에 화가 치밀어 올랐다. 경찰관으로 재직하고 있는 고등학교 동기에게 연락해 경찰서를 찾아갔다. 수나로부터 부탁받은 사실의 자초지종을 이야기한 다음 찾는 사람의 인상착의를 설명했다. 인상착의를 듣고 난 친구는 무엇이 우스운지, 빙그레 웃었다.

"지금 유치장에 구류되어 있는 사람이 그 비슷한데, 그런데 도대체 수나가 찾는 사람이 경찰서 유치장에 구류되어 있다니, 어떻게 된 거야? 교장선생님의 영애에다 최고 학부를 나오고 유학까지 다녀온 유망한 화가님이 그런 노숙자와 다름없는 사람을 찾고 있다니, 어울리는 일이냐고?"

"싱거운 소리 작작하고 그 사람 좀 빼내줘."

"산양읍 변사체 유기 사건의 용의자로 이 형사가 구류시켰다는데, 나로서는 어쩔 수 없어."

"지금 옻칠미술관이 발칵 뒤집혔어. 미술관 관장님 보증이면 풀어줄까?"

"글쎄, 지금 이 형사가 안 보이는군. 내가 연락해볼게."

친구는 이 형사에게 전화를 걸었다.

"이 형사가 곧 들어온다니까, 기다려봐."

전화를 끊은 친구가 병수에게 말했다.

"일단 그 작자가 맞는지 유치장에 가서 확인부터 해보자."

친구의 안내로 유치장으로 간 병수는 철책 밖에서 한눈에 그 작자임을 알아보았다. 몸피와 입고 있는 점퍼가 눈에 익었다. 무릎을 세워 머리를 그 무릎 사이에 파묻고 유치장 구석자리에 쪼그리고 앉아 있었다.

"맞아. 저 친구야."

병수는 수나에게 작자를 찾았다는 통보를 했다.

"경찰서에 갇혀 있어?"

수나는 믿을 수 없었는지 깜짝 놀란 목소리로 되물었다.

"곧 갈게. 경찰서에서 봐."

전화를 끊고 10분도 채 지나지 않아 김 관장을 앞세우고 수나가 경찰서에 모습을 나타냈다.

연락을 받고 경찰서로 돌아온 이 형사는 일이 귀찮게 됐다고 생각했는지 부루퉁한 얼굴로 미간에 주름을 깊게 팠다. 이 일을 이대로 종결지을 수는 없었다. 아무 소득도 거두지 못하고 수중에 넣은 물건을 국으로 내놓을 수는 없는 일 아니겠는가. 처음에는 모르고 시작한 일이었으나 캘수록 수상한 놈이었다. 게다가 놈이 굳게 닫고 있는 입을 열게 해 그의 과거 행적을 캐내서 그것을 의뢰인에게 넘겨주기로 약속한 터였다. 그런데 그는 한사코 입을 열지 않고 버텼다. 그리고 의뢰인은 어떻게 해서든 놈에게 골탕을 먹이라는 당부였다. 3일간의 유치장 감금이 그에게 충분히 골탕을 먹였다고 할 수도 없었다. 그래서 옻칠미술관에 연락을 해달라는 놈의 부탁을 못 들은 척해왔는데, 이것이 어찌 옻칠미술관에 알려져 김 관장이 달려왔다는 것인가. 놈이 지난밤 함께 구류당했던 취객에게 부탁해 이루어진 일인가.

"제가 신분 보증을 서면 안 되겠습니까?"

이 형사로부터 강희를 연행하게 된 연유와 그 자초지종을 다 듣고 난 김 관장이 간청했다.

"신분을 밝히지 않겠다니, 수상한 사람이 아니면 그럴 리 있겠습니까. 뭔가 구린 데가 있으니 한사코 신분을 숨기려는 것 아니겠습니까."

"그렇지 않습니다. 강 선생은 정신으로 사는 사람입니다. 물욕도 명예욕도 없는 사람입니다. 그런 사람이 세상에 어떤 죄를 지었겠습니까. 절대 그럴 리 없습니다."

"관장님, 사람 속을 어찌 안다고 그러십니까?"

"저는 팔십 평생을 예술에 몸 바쳐온 사람입니다. 작품을 보면 그것을 그린 사람의 인품이며 생애 전부를 알아봅니다. 저, 강 선생 작품을 봤다면 형사님도 절대 다른 의심은 하지 않을 것입니다."

"관장님께서도 잘 아시다시피 어디 제도나 법이라는 것이 개인만을 위하고 보호하기 위해 있는 것입니까. 개인이 속한 사회 전체의 안녕과 질서를 위해 존재하는 것 아닙니까. 개인만을 놓고 보면 얼마든지 용인할 수 있는 일도, 더불어 살아가는 사람의 안녕과 질서를 위해서는 그러지 못하는 경우가 있는 것입니다. 그의 신분 확인이 반드시 필요합니다."

김 관장의 간곡한 부탁에도 형사는 계속 고개를 저었다.

"형사님 말씀이 맞습니다. 그렇지만 만약 강 선생이 남에게 해를 입힐 경우 그 책임은 전적으로 제가 다 진다고 하지 않습니까."

"하지만 지난 허물을 숨기려고 신분을 밝히지 않으려는 수작인지 어찌 압니까?"

"그럴 리도 없지만, 만약 그런 허물이 있다면 그 형사상, 민사상 책임 모두를 제가 기필코 다 지겠습니다. 제 보증으로 강 선생을 풀어주시면 고맙겠습니다."

"저도 관장님의 명망을 익히 들어 알고 있습니다. 관장님께서 그렇게 간곡히 부탁하시니 저로서도 거기에 따를 수밖에 없습니다. 하지만 경찰은 향후에도 저 사람에게 각별히 신경을 쓸 것입니다."

이 형사는 더 버틸 수가 없었는지 가까스로 물러섰다. 그를 유치시켜 조사한 자신의 행위를 정당화시키기는 어렵지 않았다. 형사가 범죄 용의자를 조사하는 것은 당연한 임무였다. 더구나 한사코 신분을 감추려는 수상한 자가 아닌가. 그러나 자기가 풀어주지 않으면, 필경 김 관장은 서장을 찾아가 부탁을 할 것이고, 서장으로 안 되면 더 높은 단계로 부탁의 수위를 높여갈 것이 명약관화했다. 일이 그렇게 확대되다 보면 의외의 곳에서 어떤 동티라도 나지 말란 법이 없었다. 동티가 나면 내가 살기 위해서는 의뢰인을 밝히지 않을 수 없을지도 몰랐다. 의뢰인을 밝혀 그에게 타격을 입히는 것도 못할 짓이겠지만 허위사실을 꾸며 조사를 빌미로 애먼 사람을 고생시킨 자신의 행위는 옷을 벗는 것은 말할 나위 없고 거기에 따른 형벌이 기다리고 있을 터였다. 동티를 내 그런 곤경을 겪느니 이만하고 손을 터는 것이 현명하리라 판단되어 못 이기는 척 이 형사는 김 관장의 부탁을 들어주는 것으로 종결지었던 것이다.

사흘 만에 풀려난 강희는 무감각한 표정으로 김 관장과 수나를 쳐다보았다.

## 18

"모두 여기로 오세요. 차나 한잔 합시다."

김 관장이 작업실로 들어와 창가 테이블에 앉더니 가까이 있던 정 선생에게 차를 준비시켰다. 제각기 자기 작업대에서 작업을 하고 있던 서 선생, 최 선생, 하 선생, 수나 등이 작업하던 손길을 멈추고 작업대를 정리한 다음 일어났다. 그들은 김 관장이 기다리고 있는 테이블로 와 자리를 잡고 앉았다. 정 선생이 미리 보트에 내려놓은 커피를 머그잔에 따르고 준비되어 있던 케이크를 잘라 접시에 담아 테이블로 가져왔다. 정 선생이 자리에 앉을 때까지 강희는 자기 작업대에서 꼼짝 않고 있었다.

"강 선생, 강 선생도 이리 오세요. 다과나 듭시다."

으레 자기는 열외라 생각했는지 강희는 구석진 자기 자리에서 화판에 머리를 박고 작업에 열중하고 있었다. 김 관장의 부름을 받은 그는 의외라 여겼는지 놀란 듯 벌떡 일어났다. 테이블을 둘레로 앉아 있는 작업실 식구들을 일별한 그는 내키지 않은 몸짓으로 쭈뼛쭈뼛 다가와 비어 있는 김 관장 옆 의자에 앉았다.

"여러분께서 잘 알다시피 오는 9월 열릴 '갤러리 창조' 초대전은 우리 옻칠회화의 장래 명운이 걸린 중대한 전시횝니다. 명망 높은 갤러리 창조의 초대를 받은 것 자체가 우리에게는 대사건이며 크나큰 영예가 아닐 수 없습니다. 그런 점을 잘 인식하고 계시는 여러분께서 거기에 부응하기 위해 노고를 아끼지 않고 있다는 사실을 잘 압니다. 오픈 날짜가 이제 두어 달밖에 남지 않았습니다. 더욱 피치를 올려주기 바랍니다."

불시에 소집하는 이런 회의에서 김 관장은 으레 격려로 시작해 옻칠회화의 미래에 관한 무지갯빛 전망을 화려하게 펼쳐 보이고는 했다. 언제나 옻칠회화에 관한 자부심과 열정으로 넘치고 있었다. 기회 있을 때마다 세계 화단으로의 진출과 비상을 낙관하며 김 관장은 자신감을 보이고는 했다.

"이번 전시회에 강 선생도 작품을 출품해주기 바랍니다. 한 분당 석 점에서 다섯 점까지이니 최소한 석 점은 출품해야 할 것입니다."

김 관장의 말에 좌중이 깜짝 놀랐다. 당사자인 강희는 담담했으나 다른 사람들은 믿어지지 않았는지 모두 귀를 의심하며 서로를 쳐다보았다. 수나도 놀란 눈으로 관장을 쳐다보았다. 지난번 강희의 작품을 본 김 관장의 반응이 예사롭지 않았던 것은 사실이었다. 그러나 강희는 옻칠회화를 시작한 지 이제 겨우 네댓 달밖에 되지 않았다. 그동안 김 관장의 지적과 힐책이 만만치 않았다.

기본이 되는 각종 도구 사용법은 일찍 익힌 눈치였다. 옻칠회화를 그리기 위해서는 옻칠과 나전용 도구 사용법을 먼저 익혀야 하고, 끊음질, 줄음질, 타찰법, 타발법, 할패법, 시패법, 조패법 등 나전칠기의 시문(施紋)에 필요한 칠예의 표현기법 또한 숙지하고 손끝에 익혀야 한다. 옻칠의 물성이며 목태 제작, 안료 배합 등에 관한 이해와 그 활용 또한 기본적으로 갖추어야 할 바탕 기예였다. 이런 기본적 기예만을 갖추기에도 네댓 달이란 턱없이 짧은 기간이었다. 남모르게 혼자 열심히 노력해온 것은 다 알고 있었으나, 그래도 그의 출품을 결정하다니, 그의 작품에 대한 인정이 전제되지 않고서는 언감생심 꿈도 꿀 수 없는 일이었다. 김 관장의 깐깐한 성격에 비추어보아 파격적인 대우가 아닐 수 없었다.

"저는 아직 멀었습니다. 미처 기초도 다 닦지 못했습니다."

"압니다. 자기 솜씨가 서툴다는 것을 잘 인식하고 있는 줄도 알아요. 하지만 그 아마추어적 솜씨를 나는 더 사고 싶어요. 그것이 바로 신선한 매력이 되지 않을까, 그렇게 생각하는 겁니다. 사양하지 말고 그냥 출품하세요."

"그렇지만 저는 지금까지 작품다운 작품 한 편 완성하지 못했습니다."

"무슨 그런 겸양의 말씀을! 여러분, 여러분도 다 아셨지요? 강 선생도 이번 전시회에 출품합니다."

김 관장의 결정은 단호했다. 김 관장은 자신의 결정을 마음먹고 작업실 여러 식구들에게 공개적으로 천명한 것이었다. 그 결정을 누가 반대하겠는가. 옻칠회화를 시작한 당사자이며 전시회를 주관하고 있는 것이 김 관장 아닌가. 그의 의견은 절대적 권위를 지니고 있었다.

김 관장으로부터 갤러리 창조의 전시회에 작품 출품을 권유받은 그날 저녁 수나는 강희에게 시간을 좀 내달라고 청했다. 거절할 이유를 찾지 못한 강희는 그 청을 승낙했다. 정 선생도 동행한다고 말했다. 대체로 이른 7시경 미술관을 출발한 수나의 승용차에는 강희와 정 선생이 동승하고 있었다. 시청을 거쳐 해안으로 내려간 수나는 강구안 주차장에 차를 주차시키고 낯익은 카페로 향했다.

"저는, 거기는 가고 싶지 않습니다."

또 그 카페로 가는 것이 아닐까 걱정을 한 강희가 수나에게 말했다.

"또 산조 연주를 시킬까 봐 그러세요? 걱정 마세요. 오늘은 금요일이 아니어서 라이브 음악 서비스는 없는 날이에요."

수나는 웃으며 경쾌하게 말하고 앞장을 섰다. 잠자코 뒤따를 수밖에 없었다. 다른 카페도 있으련만 수나는 유난히 그 카페를 좋아하는 것 같았다. 문화마당 광장을 가로질러 충무김밥집, 로또 매점, 24시간 편의점, 누비점, 꿀빵집 등을 지나 수나는 이윽고 그 카페로 들어갔다. 목조 계단을 딛고 2층으로 올라가는 동안 은은한 음악소리가 들려오기는 했으나 생음악은 아니었다. 손님도 한 테이블만 있을 뿐 홀 안은 한산했다. 수나와 강희가 올라가자 카페 주인이 앉았던 자리에서 벌떡 일어나며 호들갑스럽게 반색했다. 수나는 목례를 보내고 창가 좌석으로 가 앉았다.

"손 선생은 여기 오면 늘 이 자리에 앉더라?"

스파게티로 저녁식사를 간단히 하고 맥주로 목을 축이자는 수나의 제안에 강희와 정 선생 둘 다 좋다고 했다. 스파게티와 맥주를 주문하고 난 직후 정 선생이 수나에게 은근한 말투로 빈정거리듯 말했다.

"강구안 풍경이 제일 잘 보이는 자리잖아요."

"다른 속셈은 없고요?"

수나의 응대에 정 선생은 다시 시비를 걸어왔다.

"다른 속셈이라니, 무슨 뚱딴지같은 말을 하고 그래요!"

"누가 모를 줄 알고. 강 선생님, 고개를 좀 들어보세요. 그래요. 바로 맞은편 벽에 걸린 그림 보이시죠? 저것 손 선생님 작품이에요."

"싱거운 소리 그만해요. 오늘 여기 온 건 강 선생님 축하해주기 위한 거예요. 딴죽 걸어 분위기 망치지 말라고."

수나는 당황한 기색을 감추지 못했다.

"그래도 그렇지, 자리가 자리이니만큼 내가 한마디 안 할 수 없지. 우리 손 선생님 피알도 해드릴 겸."

"아, 정 선생님, 그만 좀 해요. 함께 축하자리를 갖자고 한 내가 잘못이지, 원."

수나는 바늘방석 위에 앉아 있는 것 같았다. 지난번 여기 왔을 때 그가 기타로 산조 한바탕을 타고 나자 저 그림 앞으로 이끌고 가 시비 걸듯 퉁명스럽게 그림에 관한 의견을 묻지 않았던가. 그때 무르춤해 하던 그의 모습이 지금도 생생한데, 이 일을 어쩌면 좋단 말인가. 반드시 짚고 넘어가야 할 일이지만 이렇듯 불시에 시작되어서는 안 될 일이었다.

강희는 강희대로 당황해하고 있었다. 지난번 저 그림의 선에 관한 손 선생의 지적을 들으며 자기 속마음을 그대로 나타낸 것과 어쩌면 그렇게 똑같은지 의아했었다. 그런데 그 일의 단초가 자기로부터 비롯된 것이 아니었나, 하는 걱정이 어리마리 뒤늦게 찾아든 것이다.

잠시 무거운 침묵이 흘렀다. 주문한 식사와 술이 나왔고 묵묵히 맥주를 따 목을 축이고 식사를 마쳤다. 침묵이 거북스러워 수나가 먼저 축배를 제의했다. 세 사람은 각기 맥주병을 들고 소리 나게 부딪치며 강희의 전시회 작품 출품을 축하했다. 축하의 덕담을 주고받은 다음 수나가 정 선생을 지그시 쳐다보았다.

"일이 이렇게 된 마당에 내가 털어놔야 할 것 같아 하는 말인데, 정 선생님, 내가 왜 강 선생님을 거뒀는지 알아요?"

수나의 말에 정 선생이 미간을 좁히고 수나를 바라보며 다음 말을 재촉했다.

"저 그림 때문이었어요."

수나의 말에 강희는 정신이 번쩍 났다. 금세 얼굴이 홍당무가 되었다. 아니, 그럼 그게 과연 사실이었단 말인가.

"저 그림이 왜?"

"저 그림을 두고 재판을 받았거든요."

"저 그림을 두고 재판을 받았다니?"

"저 그림을 손가락으로 가리키며 선 하나하나의 출처를 밝히잖아요. 저 선은 쿠르베에게서 꿔온 거고, 저 선은 음울한 것이 세잔이 아니면 그릴 수 없는 거고, 저 선은 마티스가 그의 드로잉에서 쓰다 버린 것이라나 뭐라나. 그리고 중국의 석도, 러시아의 레핀, 심지어 일본 판화에서 빌려온 선도 있다나. 결론은 강남에 있는 아파트 한 채 값은 들여 공부한 사람이 아니고서는 그릴 수 없는 것이고, 그린 사람이 자기 소유임을 주장할 만한 독자적인 것은 작은 선 하나도 찾아볼 수 없는 허섭스레기라고 이죽거리잖아요. 그걸 내가 바로 여기 이 자리에서 들었거든요."

그날 저녁의 굴욕적인 기억이 징그러운 뱀처럼 온몸을 휘감아왔다. 심기가 뒤틀린 수나는 생각나는 대로 퉁명스럽게 주워섬겼다.

　강희는 눈을 질끈 감고 말았다.

　"누가 그래. 그런 미친놈을 그냥 뒀어요?"

　"그 굴욕감이라니, 내가 치가 떨려 견딜 수 있어야죠. 총이 있었다면 그 자리에서 쏴 죽이고 말았을 거야."

　강희는 입술을 꽉 깨물었다. 이 일을 어쩌면 좋담. 어디 숨을 쥐구멍도 없지 않은가.

　"그걸 어떻게 참아. 그래 어떻게 했어요?"

　"마침 나가는 걸 보고 뒤를 따라갔죠. 순순히 그냥 보낼 수 있나? 확실히 따져야지. 그런데 노숙이 어떻다느니, 비진도가 어떻다느니, 선유대로 가야 한다느니 그런 종잡을 수 없는 말을 횡설수설 지껄이더니 얼마 가지 못하고 은행 앞에서 픽 쓰러져버리잖아요. 동행이 있었지만 그도 원래 아는 사람이 아니었던가 봐. 한동안 난처해하며 허둥거리는 눈치더니, 자동지급기가 있는 은행 24시간 코너에다 끌어다 놓고 손을 털며 나와 골목길로 표표히 사라져버리는 거예요. 난들 어떻게 해. 거의 다 죽어가는 시체에 진배없는 취객을 상대로 따지고 죽이고 할 수 없잖아요. 그래서 분을 삭이지 못하고 발길을 돌렸죠."

　"그래요? 별 해괴한 봉변을 다 당했었네요."

　"그렇지만 생각할수록 분해 견딜 수가 있어야죠. 어떻게든 앙갚음을 하지 않고서는 하루도 견딜 수 없겠는 거 있죠. 그래서 찾아 헤맸어요. 그가 쓰는 말투로 봐 서울 쪽 어디에서 내려온 것이 맞는 것 같고, 그리고 이곳 통영을 굉장히 마음에 들어하더라고요. 그래서 쉽게 뜨지 않았을 거라는 생각에 사람까지 사서 찾아다녔죠."

"그래서?"

"그래서, 여객선터미널 선착장에 앉아 계시는 걸 내 친구가 찾아주었어요."

"그래서, 어떻게 됐어요?"

"어떻게 되긴, 바로 앞에 앉아 계시잖아요."

수나가 눈으로 강희를 가리키자 정 선생은 그제야 정황을 알아차리고 혼비백산 놀랐다. 정 선생은 묵묵히 눈을 감고 있는 강희를 쳐다보았다.

"강 선생님을 거둔 이유가 바로 그거였구나!"

수나가 고개를 끄덕여 응대했다.

이윽고 강희는 눈을 떴다. 오랫동안 손에 잡힐 듯 말 듯 애를 태우던 것이 모습을 확연히 드러낸 것이다. 이 곤경을 피해갈 생각은 아예 접었다. 때리면 맞고 찌르면 찔릴 수밖에 다른 도리가 없었다. 어찌하겠는가. 우선 사과부터 해야 할 것 같았다. 눈가에 애써 웃음을 띠고 수나를 쳐다보았다.

"앙갚음을 하려고 저를 손아귀에 넣었군요. 그러고 보니 제게 알아차리라고 손 선생이 몇 번이나 빌미를 제공했는데도 미련한 저는 까맣게 몰랐습니다. 죄송합니다. 제가 그렇게 천방지축 경솔한 편이 아닌데, 그날 못 마시는 소주를 서너 병이나 마셔 인사불성이 되었었습니다."

강희는 민망스럽고 겸연쩍어 뒷머리를 벅벅 긁었다.

"술기운을 빌려 한 말이 아니었어요. 확신에 넘친 비평이었죠. 저도 그 재판을 전적으로 부정하지는 않아요. 제가 공부한 것이 어디로 가 겠어요. 작품마다 저도 모르게 하나하나 나타날 수밖에 없었겠지요."

수나는 한마디 한마디에 힘을 주어 또박또박 말했다.

"총이 없어 다행이었지, 강 선생님, 큰일 날 뻔했습니다. 앞으로 조 심하셔야 되겠어요."

정 선생의 말에 겸연쩍은 표정으로 강희는 다시 머리를 벅벅 긁었다.

"제가 죽을죄를 지었습니다. 늦었지만 용서를 빌어도 되겠습니까?"

"그럴 필요 없어요. 저는 도리어 고맙게 생각하고 있어요. 만약 삼 족오와 머리를 깨고 죽어 떨어지는 까치를 보지 않았다면 모르겠지 만, 지금은 그런 재판을 담당할 만한 충분한 자격을 갖춘 분의 합당한 지적이라 생각하고 진심으로 승복하고 있어요."

수나의 어투에 풀기가 가시지는 않았으나 나쁜 감정이 섞여 있지 는 않은 것 같았다. 강희는 안도의 한숨을 내쉬었다.

"손 선생님이 꼬리를 다 내리고, 세상 참 오래 살고 볼 일이네."

"내가 언제 내릴 꼬리나 가지고 있었나요."

"겸손이라는 것도 늘 하늘이 곱게만 보는 것은 아니라던데!"

# 19

거리에만 나가면 선거 포스터가 눈을 어지럽혔다.

벽에 부착된 시장 출마자 여섯 명의 포스터 여섯 장이 다 비슷비슷했다. 커다란 인물사진을 두드러지게 앉히고 주먹 크기의 고딕활자로 구호를 박아놓았으며 그 옆에 출마자의 화려한 경력이 소개되어 있었다. 여당과 제1야당 후보자의 경우에는 기호도 포스터 구성에 한몫 단단히 차지하고 있었다.

수나는 가급적 선거 포스터를 보지 않으려고 피해 다녔다. 먼발치로 선거 포스터가 보이면 일부러 그곳을 피해 돌아갔다. 선거 포스터 여섯 장 가운데 네 번째를 차지하고 있는 안응섭의 터무니없이 당당해 보이는 얼굴 사진을 쳐다보고 싶지 않았다. 열 번 백 번 아무리 생각을 고쳐먹으려 해도 안응섭이 거기에 떡 버티고 있는 것이 못마땅했다. 거기는 그가 있을 자리가 아니었다. 남을 배려하며 살아본 적이 없는 그였다. 자선냄비에 돈 한 푼 넣은 적이 없었다. 사회봉사 활동을 했다는 말도 들어본 적이 없었다. 어려운 사람을 위해 무료 변론을 해본 적 또한 없었다. 보수가 적다 하여 국선변호도 한사코 멀리해온 그였다. 그러한 그가 시민을 위해 헌신하겠다니, 물정 모르는 개라면 모를까, 누가 곧이듣겠는가. 하느님께서 눈을 감고 있지 않는 한 그럴 리도 없겠지만, 만약 안웅섭이 시장이 된다면 시민의 이익보다는 자기이익 챙기느라 정신없이 설칠 것이 뻔했다. 그러한 그가 저 선거 포스터 중 하나를 차지하고 있다니, 수나의 마음이 편할 리 없었다.

선거 홍보업무에서 손을 떼겠다고 단호히 선언했던 신경수 대표를 안웅섭이 어떻게 구워삶았는지, 신 대표가 그 업무를 계속 맡아하고 있었다. 가끔 전화를 걸어 수나의 조언을 구하는 신경수 대표도 별로 유쾌하지 않았다. 걸핏하면 약혼자 일을 그렇게 나 몰라라 하면 되느냐고 핀잔을 주기도 했는데, 그 이죽거리는 말투가 마치 구더기처럼 징그럽게 느껴지고는 했다. 지금 판세가 적극적으로 도와도 될까 말까 한데 도와주기는커녕 사무실에 발걸음도 한번 하지 않는다고 안 변호사가 서운해하더라는 말을 전할 때는 까닭 모르게 의기양양한 빛을 띠기도 했다.

"수나, 큰일 났어. 아무래도 끝까지 가보지도 못하는 것 아닌가 걱정이야."

누가 그런 전화를 받고 싶다고 했나. 약혼자라면 당연히 알아야 하는 내용이라고 생각한 것인가. 신경수 대표는 걸핏하면 수나에게 전화를 걸어 그런 걱정을 늘어놓기 일쑤였다.

"죽림 아이파크아파트 부녀회에 돈봉투를 돌리던 운동원이 그만 선관위에 덜미를 잡힌 모양이야."

그런 일에 수나로서는 보탤 말이 없었다. 선거도 치러보지 못하고 중도하차하든, 고발된 건으로 안응섭이 법적 제제를 받든, 일이 어떻게 꼬여가든 털끝만큼의 관심도 없었다.

"수나, 큰일 났어. 전 시의원 둘을 매수하려고 거금을 제시했다가 약속 이행을 하지 않아 봉변을 당하게 됐어."

수나가 관심을 갖든 말든 신 대표는 지치지도 않고 그런 전화를 해댔다. 법을 전혀 모르는 무지렁이도 아니고 변호사라는 사람이 어쩜 그런 범법행위를 밥 먹듯이 저지를 수 있느냐고, 속이 상해 죽겠다고 하소연하기도 했다. 수나로서는 한 귀로 듣고 한 귀로 흘려버릴 수밖에 다른 도리 없이 묵묵부답으로 일관했다. 그러나 한편, 네 약혼자라는 사람, 이런 사람이니 조심하라는 경고처럼 들리기도 했다.

욕지면 노인회 어른들을 접대한 건도 다른 후보 선거운동원에게 적발되어 고소당했고, 선거 포스터의 허위사실 기재도 뒤늦게 말썽이 되어 있다고도 했다. 정의사회실천연합 이사장을 역임했다고 기재되어 있는데, 정의사회실천연합이라는 단체가 전국 어디에도 등록된 바 없는 유령 단체임이 다른 후보 진영에 의해 드러났다는 것이었다. 게다가 여론조사 업체와 지역신문사를 매수하여, 유선전화 80대를 다섯 곳에 마련해두고 안 후보를 지지한다는 응답을 하게 함으로써 여론을 조작한 사실이 들통 나 문제가 커지고 있다고도 했다.

신 대표로부터 그런 전화를 받는 것이 지긋지긋했다. 견딜 수 없을 만큼 짜증이 났다. 그럴 무렵 마침내 선거운동이 마감되었다. 그리고 드디어 투표일이 되었다. 세상이 마침내 평온을 되찾은 듯 조용해졌다.

"그걸 뭣하러 보고 있어?"

개표방송에 눈을 박고 있는 문 여사를 향해 손 교장이 핀잔을 날렸다.

"사위가 당선하기를 비는 것은 당연한 일 아니에요?"

"바랄 걸 바라야지. 쓸데없는 짓 말고 다른 데로 돌려요."

"다른 데도 다 같은 방송인걸요."

"그럼 텔레비전 꺼요."

"어쩜 사위 일에 저렇게 무심하실까."

"무심하지 않으면, 여당, 야당 후보 다 제치고 무소속 후보가 당선되는 것 봤어요? 공연히 속만 태우다 허탈해질 짓을 왜 하고 있어."

"그래도 나는 봐야 해요. 당신은 서재에서 책이나 보시구려."

그날 밤 늦게 개표가 끝날 때까지 문 여사는 텔레비전 앞을 떠나지 않고 지켰다. 결과는 예상했던 대로 낙선이었다. 여사가 기대했던 등수도 4등이 아니라 5등에 그쳤다. 꼴찌를 면한 것이 다행이라면 다행이었다. 득표율도 형편없었다. 10퍼센트도 얻지 못해 선거비용 보전도 무망했다.

이튿날 아침 밥상머리에 앉은 세 식구는 무거운 침묵 속에서 숟가락질만 묵묵히 계속하고 있었다. 어제의 선거결과에 대한 말은 일언반구도 꺼내지 않았다.

미술관으로 가는 길에 거리 곳곳에 나붙은 당선 사례 포스터를 보고 새로운 시장의 탄생을 알았다. 선거기간 동안 내내 불편했던 마음이 편안히 가라앉는 기분이었다. 사필귀정이라 하지 않았던가.

새 시장이 탄생한 지 며칠 지나지 않아서였다. 신경수 대표로부터 전화가 걸려왔다. 대뜸 볼멘소리를 했다.

"수나, 안웅섭 그 사람 정말 몹쓸 사람 아냐?"

안웅섭 그가 몹쓸 사람인 줄 이제야 알았느냐고 이죽거려주고 싶은 충동을 지그시 눌러 가라앉혔다.

"선거가 끝났으면 그 뒤처리가 깨끗해야 하잖아."

그래 이번에는 또 무슨 일을 저질렀다는 것인가.

"내가 손을 떼려 할 때 안웅섭 그자가 내게 얼마나 매달렸게. 수나와의 관계를 봐서라도 재고해달라고 애걸복걸하더니 엄청난 금액을 사례비로 제시하더군. 수나 얼굴도 있고 이래저래 일을 계속하기로 했지. 그런데 선거를 마치자 사람이 어떻게 그렇게 싹 달라지는지, 약속했던 사례비를 절반밖에 내놓지 않는 거야."

그럼 그럴 줄 몰랐느냐고 핀잔이라도 해주고 싶었다.

"그가 약속한 사례비를 감안하여 경비를 펑펑 쓴 내가 잘못인가. 수나, 이 일을 어떻게 하면 좋을까?"

수나는 잘코사니다 싶었다. 그런 무뢰배 같은 파렴치한을 난들 어떻게 할 수 있겠는가. 수나로서는 어떤 말도 하고 싶지 않았다.

"우리 사무실 문 닫게 생겼어. 수나가 안 변호사에게 말 좀 잘 해줘."

창피하고 분했다. 이런 사람을 결혼상대로 정한 어머니가 원망스러웠다. 손 교장의 반대를 무릅쓰고 약혼에 성공한 문 여사의 의기양양해하던 모습이 기억에 역력했다. 수나는 수치심에 얼굴이 홧홧 달아오르는 것을 느끼며 말없이 전화를 끊었다.

다음 날 수나는 미술관에 나가지 않았다.

전에 언젠가 한번 찾아가 한나절을 보내고 왔던 한산도 봉암 몽돌

해변을 찾았다. 자두 크기의 까만 몽돌로 덮인 해안선이 수백 미터 길게 펼쳐져 있는 곳이었다.

몽돌은 모래와는 다른 구체적인 시간의 흐름을 느끼게 했다. 모래는 무한대의 막연한 시간을 연상시키지만 몽돌은 시간의 흐름을 몸에 무늬로 새기고 있었다. 모래가 무한대의 영원한 시간을 직유하고 있다면 몽돌은 구체적이고 직접적인 시간을 환유하고 있었다. 몽돌이 몸에 무늬로 새기고 있는 시간은 지구의 나이를 상념하게 했고, 그 상념이 주는 무한한 상상력은 우주의 운행을 이해할 수 있는 혜안을 갖추게 했다.

게다가 바다는 언제 시작했는지 모를 이야기를 볼 때마다 새로 계속 이어나가고 있었다. 바다는 이야기를 그치는 법이 없었다. 대안의 섬들은 말이 없었으나 바다가 속삭이는 이야기를 듣는 것만으로도 귀는 맥을 놓고 느꺼울 수 있었다. 수나는 하루 종일 몽돌해변에 앉아 바다가 속삭이는 이야기에 귀를 기울였다. 모자를 쓰지 않아 이마가 뜨거웠다. 손가방에 있던 얇은 손수건을 꺼내 머리를 가렸더니 견딜 만했다. 온몸이 바다 이야기로 충만해지자 수나는 그때서야 몽돌 밭에서 몸을 일으켰다. 어느새 해가 기울었는지 서녘 하늘이 노을로 붉게 물들어 있었다. 가까스로 시간을 맞추어 막배로 섬을 떠나 뭍으로 나왔다.

다음 날 미술관에 나갔지만 작업이 잘 되지 않았다. 작업대 앞에 멍하게 넋을 잃고 앉아 있었다. 오후에 수나는 안응섭에게 문자 메시지를 보냈다.

'안응섭, 손수나 두 사람 간에 맺어졌던 혼약, 오늘 이 시간부터 무효임을 통고합니다. 하늘의 가르침과 인륜에 따른 조처임을 명백히

밝힙니다.'

전화기를 끄고 미술관을 일찍 나왔다. 갈 데가 마땅치 않아 익숙한 도서관을 찾았다. 눈에 들어오지 않는 책을 앞에 펼쳐놓고 시간을 죽였다. 시간이 그렇게 느리게 흐르는 것인 줄 처음 경험하며 문 닫을 때까지 도서관에서 죽치고 앉아 있었다. 집에 들어갈 일이 더 끔찍하게 여겨져 느린 시간을 겨우 견뎌낼 수 있었다. 그러나 도서관 문을 닫아 어쩔 수 없이 집으로 돌아갔다.

아니나 다를까. 예상했던 대로 안응섭이 기다리고 있었다. 응접 소파에 마주 보고 앉아 있던 손 교장, 문 여사, 안응섭 세 사람이 현관을 들어서는 수나를 험상궂은 눈으로 쏘아보았다. 수나는 그런 세 사람을 거들떠보지도 않고 방으로 쪼르르 들어가 문을 잠가버렸다. 여사가 문을 두드렸으나 못 들은 척했다.

"애야, 어서 나와봐라. 이야기 좀 들어보자."

"이야기할 것 없어요. 그냥 돌려보내세요."

"그래도 그러면 안 되지. 그리고 무슨 일인지 영문이나 알자."

"다음에 다 말씀드릴게요. 오늘은 만사 귀찮아요."

"그래도 그러면 안 되지요. 저도 영문을 알아야 돌아가고 말고 할 거 아닙니까."

안응섭도 방문 앞에서 문을 두드렸다.

"문자 외에 더 할 말 없어요."

"그래도 나와보거라. 알아듣게 말이라도 시원히 해줘야지."

교장선생님까지 방문 앞에 와서 애원을 했다.

수나는 마지못해 문을 열고 거실로 나왔다. 방을 나오는 수나를 안응섭은 초조한 눈으로 쳐다봤다. 소파로 가 안응섭의 건너편에 앉았다. 안응섭 옆에 문 여사가 앉고 수나 옆에 손 교장이 앉았다.

"부모님과 상의도 드리지 않고, 수나 씨 독단적인 결정에는 동의할 수 없습니다. 양가 합의하에 정식 절차를 밟아 맺은 혼약입니다."

"양가 합의는 형식적인 것에 지나지 않아요. 결혼은 두 사람의 일이에요. 그런데 그중 한 사람이 그것을 받아들일 수 없게 되었는데 파혼에 꼭 양가 합의 여부가 전제될 필요가 있을까요. 저도 부모님과 의논드리고 싶었지만, 굳이 그럴 필요가 없다고 생각했습니다. 이 문제는 제 문제이므로 제 선에서 종결지어야 한다고 믿은 것입니다."

"좋습니다. 그렇지만 거기에는 합당한 이유가 있어야 합니다. 그렇지 않을 경우 약혼식으로 하여 발생한 모든 비용을 약속 파기하는 쪽에서 부담해야 된다는 사실을 알고 계시겠지요. 그뿐만이 아닙니다. 파혼으로 인한 정신적 피해에 대한 위자료도 반드시 발생하는 것입니다. 이것이 법이 정한 바이고 사회적 관례이기도 합니다."

누가 변호사 아니랄까 봐 안응섭은 손해배상에 관한 이야기부터 들고 나왔다.

"파혼에 따른 상당한 이유를 듣고 싶다 이 말이군요. 좋아요. 결혼이 뭐라고 생각하세요? 두 사람이 서로 좋아하고 신뢰하는 것을 기본 조건으로 하는 것 아닌가요. 서로 좋아하고 신뢰하려면 거기에는 호감과 존경의 염이 전제되어야 해요. 그런데 한쪽이 다른 한쪽을 실망시키고, 심지어 혐오감마저 심어주었다면 그 결합이 하늘의 축복을 받을 수 있을까요?"

"이야기인즉슨, 제가 수나 씨를 실망시키고 혐오감을 갖게 했다는 것인데, 그게 무슨 말입니까? 제가 언제 수나 씨를 실망시켰다는 말입니까?"

"그것을 꼭 제 입으로 주워섬겨야겠어요?"

"저는 그런 일이 없었으니, 오해의 소지가 어디 있는지 들어나 봅시다."

"그런 더러운 일을 제 입에 담게 되다니, 내키지는 않지만 말하죠. 선거과정에서 저지른 갖가지 천박한 행태가 다 제 귀에 들어왔습니다. 각급 학교 학생회장을 역임했다는 허위사실 기재로 선거전단이 회수된 사실이 있었지요. 또 유령 단체를 만들어 그 단체의 이사장으로서 사회봉사 활동을 했다는 허위사실도 나중에 다른 후보 진영에서 밝혀내 고발당한 일도 있었고요. 여론조사 업체와 지방 신문사를 매수하여 여론조작을 해 선관위로부터 고발당한 사실도 있었습니다. 그런 사례를 일일이 들자면 열 손가락이 모자랄 지경인데 계속 지껄일까요?"

"그런 것이 왜 문젭니까? 선거판에 그런 것은 관례로 통하는 것입니다. 좀 세상을 잘 알아보세요."

"변호사라는 분이 법을 어겨놓고 그것을 선거판의 관례로 떠넘기려들다니, 그걸 말이라고 해요?"

"수나 씨는 세상 물정을 몰라도 너무 모릅니다. 그런 비정상 없이 세상이 제대로 돌아가는 줄 압니까? 다만 그것을 여하히 요령껏 행사하느냐가 문제인 것입니다. 발각되지 않은 비정상으로 이 세상이 돌아간다는 사실을 모르고 있었습니까? 발각된 것만 늘 문제가 되는 것이지요."

"세상을 허위로 살아갈 궁리로 머리가 꽉 차 있군요. 저희 혼약도 그런 것이겠어요."

"아니, 그런 것을 왜 우리 혼약과 관련짓습니까. 그것이 수나 씨에게 무슨 피해를 주는 것도 아니고, 으레 선거판마다 있기 마련인데."

"으레 선거판마다 벌어지는 일인지는 모르지만, 저를 실망시키기에는 넘치고도 남음이 있는 일들입니다."

"수나 씨의 감성에 우리 혼약이 흔들릴 정도로 허약한 것이었던가요. 저는 이성으로 판단하고 이성으로 살아가고 있는 사람입니다. 제 이성은 수나 씨의 감성에 공감도 동의도 할 수 없습니다."

"그런 만용과 독단을 어떻게 이성적이라 할 수 있겠어요. 제가 감성적인 데가 있기는 하겠죠. 하지만 누구나 지닌 정도의 수준을 결코 넘어서지는 않을 겁니다. 더 말을 길게 늘어놓고 싶지 않아요. 그럼 이성적으로 살아간다는 변호사님께 묻겠습니다. 왜 신경수 대표에게 약속했던 사례비를 반밖에 지불하지 않은 겁니까?"

안응섭은 속이 뜨끔한 모양이었다. 자리를 고쳐 앉으며 홱 고개를 돌려 쏘아보았다.

"저에게 부탁해 소개해드린 신 대표도 기망한 사람을 제가 어떻게 믿고 평생을 맡기겠어요. 그런 기망행위도 선거 낙선자로서는 흔히 저지르는 일이라 핑계를 대고 싶겠지요. 모든 것을 선거판의 관행으로 말이죠."

"그, 그건 곧 지불할 것입니다."

안응섭은 당황한 빛을 감추지 못하며 급히 얼버무렸다.

"그런 금액 정도를 미룰 만큼 안 변호사님 금고가 비어 있었을까요.

지불할 마음이 있었다면 결코 그러지 않았을 거예요."

"선거판 뒤치다꺼리가 정말 복잡했습니다. 곧 지불하겠습니다."

"좋아요. 늘 가진 건 돈밖에 없다고 큰소리치고 다녔으니, 그런 정도야 어렵지 않게 지불하겠지요. 그런데 미술관 강 선생님은 왜 강제연행해 유치장에 불법 감금하도록 사주했죠?"

안응섭의 눈에 불이 번쩍 일어났다. 두 주먹을 불끈 쥐었다. 좌우로 고개를 저었다.

"산양읍 야산에 변사체 유기사건이 일어난 적도 없는데 그것을 조사한다는 구실로 강 선생님을 경찰서로 연행해 신분을 캐고 신분 밝히기를 거부하자 조사에 불응한다는 명목으로 유치장에 구류하고, 사흘이나 고생시키다니 그게 올바른 사람이 할 짓이에요? 관장님께서 그 사실을 알아내시고 얼마나 노발대발하셨는지 압니까. 그 형사도 가만두지 않을 거지만 중간 심부름을 한 선거운동원도 가만두지 않을 것입니다. 안 변호사님이야 증거를 남기지 않았을 것이므로 교사죄 입증이 불가능하겠지만 말이에요."

"저는 무슨 말을 하고 있는지 전혀 모르겠습니다. 왜 제게 그런 터무니없는 누명을 씌우고 있는지 이해가 가지 않습니다."

"자기 머리와 입이 한 일을 모른다고 하는 그런 사람 인품을 저는 믿을 수 없습니다. 그런 인품을 지닌 사람과 어찌 평생을 함께할 수 있겠어요. 그러므로 우리 혼약은 성립이 불가한 겁니다. 이 점을 명확히 인식해주기 바랍니다."

수나는 소파에서 벌떡 일어나 쌩 찬바람을 일으키며 자기 방으로 들어가 문의 잠금 버튼을 힘주어 콕 눌렀다.

## 20

"요사이 작업실에서 통 뵐 수가 없군요."

아트 숍 불도 꺼지고 작업실의 다른 식구들이 모두 집으로 돌아간 늦은 시간에 강희가 작업실에 들어섰다. 마침 소등을 하고 나가려던 수나는 깜짝 놀랐다. 반가웠다. 작업대를 비우고 그가 보이지 않을 때마다 그의 부재가 서운하고 마음이 무엇인가에 걸려 자꾸만 쓰러질 것 같았다. 행선지를 짐작할 수 없는 그의 출타는 불안했고 신분이 불확실한 만큼 그의 안위가 걱정되어 견딜 수 없을 지경이었다.

"잠깐 계세요."

자기에 대한 수나의 관심 따위는 안중에 없다는 것인가. 강희는 그렇게 짤막하게 한마디 던지고는 작업대로 바삐 달려갔다. 스탠드 불을 켜고 급히 스케치북을 펼친 그는 작업대에 머리를 박고 무엇인가를 빠르게 스케치하기 시작했다. 궁금증에 이끌려 몸이 그쪽으로 휘어지는 것 같았으나 경우가 있지 그리로 가서 살펴볼 수는 없는 일이었다. 이번에는 또 무엇을 그릴지 궁금해 속이 탔지만 침을 꿀꺽 삼키며 참는 수밖에 없었다. 마침내 스케치북을 덮고 스탠드 불을 끈 다음 작업대를 등지고 그가 돌아섰다. 들어올 때의 초조한 빛이 사라지고 평온한 얼굴로 돌아와 있었다.

"관장님께서 하루 몇 번씩이나 강 선생님 작업대를 살피러 오시는 줄 아세요?"

김 관장을 내세워 자기 마음을 대신하게 하면서 수나는 속으로 쓴웃음을 지었다.

"강 선생님 어디 갔느냐고 물을 때마다 제가 곤란해 죽겠어요. 행방을 대지 못하고 머뭇거리면 관장님이 얼마나 불안해하고 걱정하시는 줄 아세요? 전처럼 어디 가서 봉변이라도 당하는 게 아닌지 여간 걱정이 아니세요."

수나는 김 관장을 빙자해 자신의 불안감을 그대로 나타냈다.

"걱정 끼쳐 죄송합니다. 저는 지금 지난번 봉변이 문제가 아닙니다. 훨씬 더 심각한 난관에 부딪혀 있습니다."

그는 겸연쩍은 얼굴로 더부룩한 머리를 긁적거리며 덧붙여 말했다.

"지난 한 달 동안 저는 마음 닿는 곳마다 가보지 않은 데가 없습니다. 그러나 아무리 찾아 헤매도 제가 찾는 것이 보이지 않는데 어떡합니까. 엄청 큰 봉변을 당하더라도 제발 찾는 것만 나타난다면 사흘 아니라 몇 달 유치장에 감금된다 해도 저는 더 바랄 것이 없겠습니다."

그동안 그가 행방을 대지 않고 하루 이틀 자리를 비우는 이유를 어렴풋이나마 짐작은 하고 있었다. 그의 출타는 짐짓 작품 소재 탐색을 위한 방황으로 짐작되었다. 무엇을 그릴 것인가. 그리고 어떻게 그릴 것인가. 그 문제는 화가의 목숨을 건 탐색과 번민과 방황으로도 해결이 난망한 일인 것이다. 그것은 화가를 깎아지른 듯한 낭떠러지로 내몰아 마침내 죽음과 맞서게 할 만큼 절박한 것이다. 수나는 그의 번민을 이해하고도 남음이 있었다.

"제가 관장님께 그런 취지의 말씀을 드렸어요. 아마 작품 때문에 그럴 것이라고. 그래도 관장님은 무슨 사달이라도 날까, 여간 걱정이 아니십니다."

"하루에도 죽고 싶은 적이 한두 번이 아닙니다."

"그러다 정말 큰일 내겠어요. 오늘 제가 저녁 사도 될까요?"

수나의 제안에 대답도 하지 않은 채 강희는 수나의 뒤를 따라와 승용차 조수석에 탑승했다.

"매운탕으로 할까요? 뭘로 할까요?"

미늘고개를 넘어 롯데마트 쪽 내리막길에 들어설 무렵 수나가 물었다.

"손 선생님의 취향을 따르겠습니다."

"강 선생님은 왜 그렇게 주관이 없으세요?"

"주관! 뭐 그런 일에 신경 쓸 필요 있겠습니까. 간명한 것이 좋지 않습니까?"

"주관이란, 공연히 일만 귀찮게 만드는 것쯤으로 여기고 계시는군요!"

"일상의 주관이란 그런 괴물 아니던가요?"

수나는 통영대교를 건너 해변으로 내려갔다. 판데목 부근의 빌딩 앞에 차를 세웠다. 그 빌딩 5층에 레스토랑이 있었다. 그들은 5층 레스토랑으로 올라가 창가에 자리를 잡고 앉았다. 창밖에 보석을 뿌린

듯 반짝이는 도시가 펼쳐져 있었다. 멀리 가까이 명멸하고 있는 불빛이 그리운 이를 향해 흔드는 손짓 같았다. 저 불빛이 가리키는 곳 어디쯤에 그리운 이라도 있다는 것인가. 불빛을 따라가면 마침내 그리운 이를 만날 수 있다는 것인가.

눈 아래 펼쳐진 운하의 야경이 아름다웠다. 긴 불을 끌고 통영대교를 건너고 있는 차량들과 물비늘을 일으키며 운하를 내왕하고 있는 소형 동력선들도 경관의 운치를 더해주고 있었다. 쉴 새 없이 반짝이는 도시의 야경과 운하의 경관을 가끔 바라보며 그들은 주문한 식사를 마쳤다. 식사에 곁들여 제공되는 차를 마시며 이윽고 수나가 먼저 입을 열었다.

"그동안 찾아 헤매던 것을 오늘 드디어 찾은 모양이죠?"

아까 작업실에서 서둘러 스케치를 하던 강희의 모습을 상기하며 궁금증을 내비쳤다.

"일단 밑그림은 대략 잡아두었는데, 아직 잘 모르겠습니다. 며칠 더 고민을 해볼 생각입니다."

"강 선생님은 완벽주의자 같아요. 적당히 넘기는 일이 없으니."

"적당히라는 것이 우리에게 뭘 가져다주는 게 있던가요? 최선을 다해도 늘 모자라는 것이 작품 아니던가요?"

"그래도 강 선생님은 정도가 지나쳐요. 보고 있는 옆 사람까지 필경 태워버리고 말 것 같아 불안하니까요."

"정도가 지나치다니요, 아닙니다. 늘 모자랍니다. 전에 제가 세병관과 씨름해보겠다 하지 않았습니까."

"네, 기억나요."

"그동안 세병관을 붙들고 씨름을 해왔는데, 영 결판이 나지 않습니다. 그래서 백기를 들고 말까, 그런 고민에 봉착해 있습니다."

"강 선생님 성격에 백기를 들 리 있나요. 이번에도 관장님을 깜짝 놀라게 할 작품을 보여주리라 믿어요."

"하지만 그게……."

강희는 무슨 말인가를 하려다 말고 입술을 깨물었다.

내가 찾고 있는 그림의 모티프는 도대체 어디에 잠적해 있는 것일까. 세병관 아름드리 기둥 속에 들어 있는 것일까. 토성고개 어름에 있는 어느 굿당의 신대에 깃들어 있는 것일까. 서피랑 정자 주춧돌 밑에 숨어 있는 것일까. 별신굿 애기 사당의 춤사위 가운데 너울너울 바람을 타고 흐느적이고 있는 것일까. 그럴 만한 곳마다 싸돌아다니며 눈을 부릅뜨고 찾아 헤매도 그것은 쉽사리 발견되지 않았다. 찾다 지쳐 발길을 돌리고 나면 그것이 내 눈이 미처 닿지 않은 어딘가에 숨어 있지 않았을까 의심이 들고는 했다. 이쪽의 통찰력 부족으로 그것을 놓치지나 않았을까 고개를 갸웃거리며 자책과 미련을 도무지 떨쳐버릴 수가 없었다. 그래서 갔던 곳을 또 가고 또 가기를 수없이 되풀이하고 다닌 것이다.

그러던 어느 겨울이었다. 저 모퉁이만 돌아나가면 반드시 찾고 있던 그림의 소재를 발견할 수 있으리라 기대하고 있는 자신을 발견하고 기시감에 적잖이 놀랐다.

한때 그는 거리를 걸을 때마다, 저 앞 모퉁이만 돌아나가면 무슨 새로운 일이 일어나리라는 기대로 가슴 두근거리고는 했던 적이 있었다. 매번 모퉁이를 돌아나가 아무리 두리번거려도 어떤 새로운 일도 일어날 기미가 보이지 않았다. 그래도 그 기대를 버리지 못하고 걷기를 계속했고, 그사이 저 앞에 또 다른 새로운 모퉁이가 보이면 가까스로 마음을 가다듬고, 그래 저 모퉁이일 거야, 저 모퉁이만 돌아나가면 무슨 새로운 일이 나를 기다리고 있을 거야, 하고 마음을 다독이고는 했다. 그러나 언제나 서두르지는 않았다. 저 모퉁이를 돌아나가도 역시 아무 일도 일어나지 않을 것이라는 사실을 알고 있었기 때문이다. 그래서인지 매번 다른 모퉁이를 돌아나가도 역시 새로운 일은 일어나지 않았다. 그는 기대의 무산에 익숙해 있었고 실망한 적 또한 없었다. 매번 기대와 다음을 기약하는 것을 반복하며 지치지도 않고 거리를 배회하고는 했었다. 희망은 거창했지만, 희망을 이루기 위해 뚜렷이 발휘할 적당한 수단이 없었던 그에게 서글프지만 그것이 가장 맞춤한 행위인 셈이었다.

새로운 그림, 내가 그려내야 할 천 년의 가치를 지닌 그림, 물상의 본질적 기운을 형상화해낼 수 있는 옻칠회화의 구현, 아무리 궁리해도 오리무중 손에 잡히는 것이 없었다. 어찌해야 이 자욱한 안개를 걷어내고 찬란한 서광을 맞이할 수 있을 것인가. 역사와 궤적을 같이해온 인류의 오랜 숙원인 최상의 아름다움을 어떻게 실현해낼 수 있을 것인가. 궁극의 완미한 작품을 만나리라는 보장은 어디에도 없었다. 답답하여 시도 때도 없이 길을 나선 것이었고 거리를 배회했던 것이었다. 그러니까 오랫동안 잊고 지냈던 기벽에 기대게 된 것은 어찌할 수 없는 답답한 암중모색의 방편이었다.

이런 속내를 어떻게 보여줄 수 있겠는가. 차라리 잠자코 있는 것만 같지 못할 것이란 생각에 강희는 입술만 깨물었다.

어쨌든 옻칠회화는 강희에게 있어 새로운 세계였다.

목재에 옻칠을 몇 차례 올린 다음 그 위에 자개를 박아 꽃, 구름, 나비 등의 문양을 새겨내는 장롱이나 함 따위 나전칠기 제품은 아무리 강조해도 지나치지 않은 우수한 우리 전통공예품임에 틀림없었다. 옻칠의 기술도 고도의 전문성을 요하였지만 자개를 붙여 각종 문양을 그려내는 끊음질 등은 더욱 섬세함과 정치한 기술을 필요로 했다. 그래서 나전칠기 공예품은 전통적으로 귀물로 여겨지고 고가로 거래되어왔다. 그런데 그런 전통적인 기예를 공예적 차원에서 예술적 차원으로 승화시키다니, 김 관장의 발상이 여간 신선해 보이지 않았다.

옻칠미술관에 전시된 작품을 서너 차례 관람한 강희는 '세상을 거느리고 하늘로 솟구쳐 오르는 봉황'을 표현한 「웅비」라는 작품을 볼 때마다 넋을 잃다시피 했다. 「천지창조」의 웅대한 스케일과 넘쳐나는 에너지에 가슴이 한동안 먹먹하기도 했다. 땅으로 떨어지는 낙뢰를 하늘로 되돌려 쏘아올리는 '비상'의 상상력이 그를 흔들어대며 매혹시켰다. 바람에 오른쪽으로 기울어지고 있는 하얀 해바라기며 실제보다 몇 배는 더 아름다운 튤립 앞에서 한동안 발을 떼놓을 수 없었다. 그리고 무엇보다 황적색이 기묘하게 하모니를 이루고 있는 작약이 파노라마처럼 전개되어 있는 대형 화면은 그의 작은 정서적 주머니로서는 수용이 불가능할 정도로 감동이 격렬했다.

그는 두 번째 관람 후 더 망설이지 않고 옻칠회화에 도전하기로 결심했다. 새로운 의욕에 가슴이 뛰었고 희망은 그를 마냥 설레게 했다. 그는 '우연'이 자신에게 가져다준 행운을 확신하며 작업 준비에 열을 올렸다. 그러나 그런 설렘은 오래가지 못했다. 작업 준비를 해나갈수록 여러 가지 기획이 머릿속에 떠올랐다. 새로운 기획은 늘 그를 초조하게 만들었다. 그 초조감은 전에 느껴보지 못했던 새로운 충동으로 자신을 부추겼고 그 부추김은 에너지로 전환되어 그를 추동했다. 거듭 말하거니와 그는 매우 행복했다. 작품의 성공이 예비되어 있는 것 같아 들뜨기도 했다. 그러나 그런 설렘과 희망이 오래가지는 않았던 것이다.

옻칠미술관에서 옻칠회화 작품을 관람하고 나오던 어느 날 저녁, 마침 이마 위에서 시뻘겋게 타오르고 있는 노을과 마주쳤다. 저녁노을을 처음 봤을 리 없었다. 노을이라면 수없이 많이 봐왔었다. 그러나 그날 저녁 마주친 노을처럼 가슴까지 흥건히 적셔본 기억은 아직 없었다. 노을에 넋을 잃고 있던 그는 옻칠회화에 관한 새삼스런 상념과 만났다. 옻칠회화는 저 노을처럼 장차 눈부시게 타오를 것 같았다. 발전의 가능성이 무궁무진해 보였다. 그러나 지금 미술관에 전시되어 있는 작품들은 대개 물체의 형자(形姿), 즉 생김새나 모양만을 그려놓은 데 그친 감이 없지 않았다. 물상의 본질은 생김새나 모양에 있지 않을 것이었다. 물상의 근본을 이루고 있는 바탕은 눈에 보이지 않는 기운으로 운동하고 있기 마련일 터였다. 그렇다면 물체의 생김새나 모양만을 아름답게 나타낼 것이 아니라, 눈에 보이지 않는 물체의 본질적 기운을 표현해내는 데 이르러서야 비로소 옻칠회화는 활짝 꽃을 피우게 될 것이리라. 그런 생각에 이어 3만 년 나이를 먹은 동굴벽화가 떠올랐다. 그것은 왜 3만 년의 나이를 먹었음에도 불구하고 아직 소멸하지 않은 것인가. 그것의 가치는 왜 불변인가. 신문사에 근무하는 선배의 취재팀에 묻어가서 눈을 부릅뜨고 살폈던 지안[輯安] 고구려 고분벽화들이 그 뒤를 이어 떠올랐다. 1천5백여 년 전 우리 조상들이 남긴 예술혼에 흠뻑 젖어 돌아온 후 내가 어떻게 달라졌던가. 거기 어디에 내가 찾는 답이 있으리라. 따라서 현재 전시되어 있는 작품보다 장차 출현할 작품이 훨씬 더 중요하리라는 상념에 사로잡혀 노을이 스러진 줄도 모르고 한동안 같은 자리에 기둥처럼 서 있었다.

그래, 김 관장의 말대로 옻칠회화는 아직 시작 단계에 있다. 지금의 성과로서도 세상 사람들의 관심을 끌고 평가를 받기에 부족함이 없어 보였다. 하지만 자신의 작업은 현재의 성과에 만족해서는 안 되리라는 깨달음이 그를 찾아온 것이다. 자신의 작품은 옻칠회화의 미래를 열어 보여야 하리라는 사명감이 그를 강렬하게 휘어잡은 것이다.

오래 잊고 지냈던 옛날 기벽이 되살아난 것은 바로 그 무렵의 일이었다. 시간만 나면 뭍이나 섬을 가리지 않고 돌아다니는 것이 일과처럼 되었다. 바꿔 말하면 새로운 불운이 그를 찾아왔다 할 수 있었다.

천 년을 지속한다는 옻칠의 성질은, 어떤 물감이나 안료보다 내구성이 강하다고 하지 않았는가. 그렇다면 그 성질에 어울리는 장구한 세월 변하지 않는 어떤 아름다움이나 가치를 지닌 작품을 그려내야 하지 않겠는가. 거듭 말하거니와 궁극적인 완벽한 아름다움, 그것은 눈에 보이는 생김새나 모양에 있는 것이 아니라 눈으로 볼 수 없는 사물의 본질적 기운에 있는 것이 분명하리라. 옻칠회화의 미래를 좌우할 사물의 본질적 기운을 그려내려면 어떻게 해야 한단 말인가. 거기서부터 강희의 번민은 깊어지기 시작했던 것이다.

아무튼 그것이 자신을 이토록 힘들게 할 줄은 몰랐다.

그는 이전에 갖추고 있던 모든 지식을 호출해 번민의 자료로 삼았고 그 번민의 자료를 바탕으로 옻칠 그림의 미래를 구상했다.

미술의 역사를 돌이켜보면 중세 유럽 미술작품이 가장 눈부셨다. 그리스 회화와 조각 등 시각예술의 자연주의적 이상을 수백 년 동안 추종해온 근대 유럽의 회화는, 원근법을 비롯하여 빛과 음영(陰影)에 의한 시각적 인상을 표현하는 각종 방법을 고안해 작품에 투영했다. 이런 노력이 묘사의 적확함, 채색의 현란함, 공감을 이끌어내는 사실적 힘, 깊은 종교적 함의 등 하나하나의 작품이 예술작품의 성취로서 부족함이 없도록 해왔던 것이다. 그러나 중세를 정점으로 만개한 유럽 미술은, 도시의 발달과 신분사회의 해체 및 종교개혁 등 여러 역사적 변화가 초래한 경쟁과 갈등으로 인하여 아름다움과 소박성을 상실하고 점점 피폐의 길을 걷기 시작했던 것이다. 게다가 오랫동안 추구해온 비범한 예술적 기교를 통해 실물과 똑같이 표현해내려는 꾸준한 인간의 욕구는 드디어 사진술 자체의 발명으로 이어졌다. 이와 같이 화가들은 그들의 오랜 꿈인 실물 재현의 기법을 과학기술에 가로채이고 말았던 것이다.

근대 서구 과학기술이 화가들로부터 훔쳐다가 사진사에게 준 낡은 사실(寫實) 세계에 대신하기 위해 화가들은 새로운 길을 개척하지 않을 수 없었다. 새로운 길의 개척은 새롭게 등장한 심리학의 세계를 탐구하려는 방향으로 돌아섰다. 그리하여 사실을 떠난 계시적, 추상적 화파(畵派)의 무리가 일어났고, 시각적 인상이 아니라 정신적 경험을 표현하기 위한 실험을 계속하게 되었던 것이다. 그 실험은 마침내 모든 기존의 가치를 의심하기에 이르렀고 그 의심은 가치의 분석으로 이어졌다. 그런 일련의 실험과정이 초래한 환경 속에서 이루어진 그림은, 따라서 아름다움의 정체를 알아내기 위해 분석하고 해석하고 철저히 해체하였던 것이다.

다시 말하면, 작품 제작의 방편은 수없이 많은 시험과 시도의 일련의 과정으로 이어져 나왔고, 마침내는 일상용품이나 아우라를 상실한 복제물을 예술작품의 자리에 대신 올려놓게 되었던 것이다. 그리고 한 도시의 모든 양화점에 진열되어 있는 구두가 자기 작품이라는 터무니없는 주장을 담은 팸플릿을 만들어 배포한 화가가 등장하기도 했다. 뿐만 아니라 밤중에 다른 화가의 전시장을 급습하여 거기 전시된 작품을 훔쳐다 자기 전시장에 전시한 저돌적인 화가도 출현했다. 그뿐인가, 작품 한 점 없이 텅텅 빈 전시장 입구에 '나는 곧 돌아오리라'라는 패찰 하나만을 전시기간 내내 달아둔 해괴한 화가도 등장했던 것이다. 지난 1백여 년 유럽 화단이 걸어온 거듭된 새로운 시도의 역사를 염두에 두지 않고서는 이런 화가들의 돌출적인 행위를 어찌 이해하고 수용할 수 있겠는가. 선행하는 역사적 사실들이 이들의 행위를 이해하고 수용할 수 있게 도움을 준다 하지만, 그렇지만 이들의 행위를 어찌 예술작품 그 자체로 인정하고 수용할 수 있단 말인가.

강희는 이런 일련의 새로운 사조나 시류에 현혹되지 않고, 그러나 사물의 본질적 기운을 그려낼 수 있는 방법을 터득하기 위해 모색과 탐색을 계속 이어나갔다. 그래서 그는 도시를 배회하기를 게을리하지 않았던 것이다.

아, 나는 장차 어떻게 이 난제를 풀어나갈 것인가.

## 21

작업실로 뛰어들다시피 들어온 정 선생이 손짓으로 급히 수나를
불렀다.

"아트 숍에서 관장님이 찾으세요."

작업을 하던 도중 손을 떼려니 내키지 않았으나 정 선생이 안료와
붓 손질은 자기가 하겠다고 나섰다. 오른손 엄지를 곧추세워 흔드는
것이 무슨 중대한 일이라도 생겼다는 의미 같았다.

"미국에서 온 아트디렉터야."

두 사람의 손님과 마주 앉아 이야기를 나누고 있던 김 관장이 수나
가 아트 숍으로 들어서자 손짓으로 앞자리에 앉으라는 시늉을 하며
말했다. 의자에 앉기 전에 두 손님이 지갑에서 네임카드를 꺼내 수나
에게 건네며 인사를 했다. 서울에서 외국인을 대동하고 이곳까지 내
려온 동그스름한 얼굴의 김현희라는 여자는 문화예술기획 전문가라
는 직함을 가지고 있었다. 대리석으로 깎은 듯 오똑한 코를 가진 갸름
한 얼굴의 외국인은 피터슨이라는 이름의 미국인으로 뉴욕 소울미술

관 아트디렉터였다. 수나는 큐레이터 직함이 찍힌 자기 명함을 두 손님에게 건네며 악수를 나누었다.

"피터슨은 자주 서울로 날아와 한국 화가들 작품을 구매해 갑니다. 고마운 문화 전령사지요."

수나를 향해 얼굴 가득 미소를 띠고 김현희가 피터슨에 대한 보완 설명을 곁들였다. 우호적으로 대해야 할 중요한 상대임을 강조해두고 싶은 모양이었다.

"고마운 분이군요."

"이번에는 오자마자 대뜸 옻칠 그림을 보러 가자고 하잖아요. 지인으로부터 옻칠회화에 관한 이야기를 들었는데, 그것에 필이 콱 꽂히더라나 뭐라나. 아무튼 좀 보태 말한다면 반했다, 그런 식이었어요. 그래서 옻칠 그림을 볼 수 있는 곳을 알아봤더니 이곳 통영 옻칠미술관 외에는 전국 어디에도 볼 수 있는 데가 있어야지요."

"옻칠회화 나온 지가 얼마 되지 않아서 그래요."

"우리 고유의 전통기예 아닌가요?"

김현희는 의아한 눈으로 수나를 쳐다보았다.

"옻칠공예 작품의 전통은 몇천 년의 역사를 지녔지요. 하지만 옻칠회화가 세상에 나온 지는 겨우 20여 년밖에 되지 않았습니다."

"옻칠 그림은 전통 옻칠공예와 다르다는 말이군요?"

"그렇습니다. 옻칠공예, 이른바 나전칠기는 용(用)과 미(美)를 갖춘 생활공예품으로 쓰여왔지요. 하지만 옻칠 그림은 전통적인 공예와 다른 순수한 회화로서 독립한 새로운 장르입니다."

"제가 옻칠회화에 대해 아는 게 있어야지요. 그래서 피터슨을 궁금

증에 시달리도록 했는데, 손 선생님께서 피터슨의 궁금증을 속 시원
히 좀 풀어주세요."

"전시장은 둘러보셨나요?"

"아직 못 봤습니다."

김현희가 피터슨에게 전시장을 구경하자고 말했다.

수나가 앞장서고 바로 뒤를 피터슨이 따르고 그 뒤에 김현희와 김
관장이 따라 아트 숍을 나왔다.

미술관 입구 반자동 대형 유리문을 들어서면 곧장 부딪치기라도
할 듯 바투 서 있는 「칠예의 문」 앞에서 걸음을 멈춘 피터슨이 수나를
불러세웠다. 관장의 최근 작품 중의 하나였다. 옻칠회화의 미래를 전
망하는 의미의 상징으로 가득 차 있는 작품이었다. 그 작품의 이해를
도와달라고 피터슨이 청했다.

"맨 앞쪽 이중 창호는 우리 전통가옥의 얼굴과 다름없는 존재다. 누
구나 집 안으로 들어가려면 가장 먼저 열어야 하는 문이다. 그 문 안
으로 들어가야만 우리의 생활이 안전하게 보장되는 방이 있는 것이
다. 그 방이야말로 우리 삶을 고스란히 가꾸어주는 보금자리다. 창호
안쪽의 비상하는 역동적인 암수 한 쌍의 봉황은 영원한 존재인 태양
을 향하고 있다. 화제 「칠예의 문」은 바로 우리 전통을 열고 들어가 우
리의 영원한 예술세계를 펼쳐 보이게 되리라는 옻칠회화의 미래를
상징하고 있는 작품이다."

수나는 피터슨이 알아듣기 좋게 자상한 설명을 곁들여 들려주었
다. 피터슨은 수나의 설명을 듣고 고개를 끄덕이기 시작하더니 사무
실 옆 제3전시실로 들어설 때까지 그 고갯짓을 멈추지 않았다.

초입의 제2, 3전시실은 옻칠 그림만을 전시하고 안쪽 제일 큰 제1전시실은 다양한 옻칠공예 작품들을 전시하고 있었다. 피터슨은 세 곳 전시실에 전시된 작품을 구경하는 동안 묵묵히 침묵을 지켰다. 눈만 유달리 살아 광채를 내뿜으며 작품을 살펴나갔다. 새로운 경험으로 인한 정서적 충격을 견디고 있기라도 한 듯 줄곧 입술을 꾹 다물고 있었다. 제1전시실에 전시된 공예품까지 세세히 뜯어 살핀 피터슨은 제2, 3전시실로 다시 돌아가자고 했다.

"이곳에 전시되어 있는 작품들은 다 매력적이다. 그리고 공예품에 그려져 있는 문양들 또한 그에 못지않게 매우 아름답다."

피터슨은 그 차이를 알고 싶은 모양이었다.

"공예품에 그려진 그림은 작품으로서 독립적으로 존재하는 것은 아니다. 꽃이나 새, 십장생 등으로 소재도 일반인 누구나 알고 있는 범상한 것으로 제한되어 있고 아름다워야 하는 것이 그 제1조건이다. 그리고 그것은 장식적인 것으로 그친다. 하지만 그 제작기법은 무궁무진하여 어떤 것도 표현해낼 수 있다. 그런데 그 장식적인 것에 그친 것이 안타까워 그것을 예술작품으로 격상시키기 위해 옻칠회화를 창안하고 독립하기에 이른 것이다."

"옻칠회화가 장식성으로부터 독립을 외치고 나온 것은 이해하겠는데, 옻칠회화가 그 가치를 인정받고 존재하려면 필연적으로 유화와 다른 어떤 고유한 특성이 있어야 할 것이다. 그 점에 대해서는 어떤 고민을 하고 있는지 알고 싶다."

"중세 유럽의 찬란한 예술문화는 전통으로 응고되어 있을 뿐이고 유화는 쇠퇴기를 지나 소멸기로 접어들었다. 지금 새로운 예술의 출

현에 대한 기대는 필연적이다. 그 새로운 예술의 세계를 옻칠회화는
열어갈 것이다."

언젠가 강희로부터 들은 말을 되뇌고 있는 자신을 발견한 수나는
얼굴이 붉어졌다.

"그런 꿈이야 누군들 갖고 있지 않겠는가. 한국에서 옻칠 그림을 보
고 온 친구가 바로 그런 취지의 말을 한 것을 듣고 관심을 갖게 되었
지만, 좀 더 자세히 알 수 있었으면 좋겠다."

"아까도 말했지만 옻칠회화는 시작한 지 얼마 되지 않았다. 우리는
옻칠과 자개를 표현의 주 수단으로 삼고 있다. 안료 사용은 옻칠과 자
개의 보조적 수단이다. 바로 이 점이 옻칠 그림과 유화가 다른 것이다."

피터슨은 고개를 수나 쪽으로 기울이고 듣기에 열중했다.

"옻칠은 수명이 몇천 년을 지속하는 특성을 지녔고, 자개 또한 그러
하다. 옻칠의 특성은 수명에만 있는 것이 아니다. 광택 또한 어떤 유
화 재료로서도 얻기 힘든 견고한 것이다. 빛의 변화와 보는 각도에 따
라 각기 색을 달리하는 자개 역시 어떤 안료나 물감에서도 얻기 힘든
특성을 지니고 있다. 이 둘의 특성을 살려 작품을 제작하되 작품 소재
또한 천 년 후에도 변함없이 사랑받을 수 있는 것을 구하기 위해 노력
하고 있다. 그러한데 어찌 유화작품과 그 좋고 나쁨을 견주겠는가.

전복이나 소라와 같은 조개껍질은 세월을 따라 성장하면서 투명한
층으로 조금씩 두꺼워진다. 안쪽의 진주층은 빛을 받으면 그 층 속에
서 파동의 특유한 현상 중 하나인 빛의 간섭현상이 생긴다. 이 간섭현
상은 오색영롱한 빛깔을 띠게 되며, 보는 각도에 따라서 그 빛깔이 변
하여 신비로운 느낌을 준다. 그런 자개의 빛깔은 비눗방울이나 물에

뜬 얇은 기름막에 아롱진 빛깔과 같은 원리의 '간섭색(干涉色)'이다. 이는 빛의 혼합색이므로 무지개에는 없는 자줏빛도 나타난다. 그러한 간섭색의 영롱한 아름다움 때문에 자개를 세계 여러 민족들은 고대로부터 생활기물의 재료 또는 기물의 장식 재료로 사용해왔던 것이다. 나전칠기를 처음 발전시킨 중국에서는 열대지역인 중국 남해 연안에서 많이 잡히는 소라보다 진주광택이 좋은 대형 소라의 한 종류인 야광패를 써왔다. 그 때문에 자개를 한자로 소라 라 자로 써서 나전(螺鈿)이란 단어를 쓰는 것이다."

수나는 자개의 특성을 자상히 소개했다. 영어로 표현이 막히는 부분은 불어를 곁들여 설명했다. 피터슨은 수나의 말을 잘 알아들었다.

"자개를 안료 대신 사용하여 특수한 색을 얻는다, 좋다. 그럼 그런 재료의 특성에 알맞은 소재라면 어떤 것을 말하는 것인가?"

"옻칠은 천 년을 유지하는 물성을 지니고 있다 했다. 어떤 안료보다 수명이 길고 변함이 없다. 그렇다면 그 물성에 어울리는 가치를 지닌 내용의 작품을 그려내야 되지 않겠는가. 인류가 동경해온 궁극적 아름다움, 그것은 외면에 나타난 생김새나 모양에 있는 것이 아니라 눈에 보이지 않는 물체의 본질적 기운에 있다고 우리는 믿고 있다. 그런 물상의 본질적 기운을 우리는 그려내려 한다."

수나는 강희로부터 들은 말을 그대로 인용해 말했다.

"그것이 가능할까?"

"우리는 그림의 르네상스를 기원한다. 아까 말했듯 중세를 기점으로 그림은 하강곡선을 그려오지 않았는가. 레디메이드 도입과 무한복제는 예술 고유의 아우라를 말살시켜왔다. 우리는 예술 고유의 아우라 회복을 추구하려는 것이다."

그림의 르네상스를 기원한다는 말도 강희로부터 들은 것이었다. 수나로서는 깊이 생각해본 적이 없었으나 그 당위성과 필연성에는 충분히 공감하고 동의하고 있었다.

"중세로 퇴행하겠다는 것인가?"

"중세 문예부흥운동을 그리스시대로의 퇴행운동이라 하는가?"

"지금 우리가 중세처럼 문명의 암흑기를 살고 있는 것은 아니지 않는가?"

"그 무렵 최상위 가치를 누리며 인간을 억압하던 것이 무엇이었나. 종교 아니었나. 요즘 최상위 가치를 누리며 인간을 꼭두각시로 만들고 있는 것이 무엇인가. 과학기술 아닌가. 중세가 종교로서 잃고 있는 것의 회복운동이 필요했다면 요즘은 과학과 기술로 인해 잃어가고 있는 것을 지키기 위한 운동이 필요한 것 아니겠는가."

과학과 기술로 인해 잃어가고 있는 것을 지키기 위한 운동이 필요한 것 아니겠는가, 하는 것 또한 강희의 주장을 빌려온 것이었다.

"생각의 비약 아닌가?"

"어떻든 근래 세계 미술시장을 좌우하는 작품들이 이상한 개념의 소산물 아닌 것이 드물다는 사실은 부정할 수 없을 것이다. 그렇다면 우리가 해야 할 당위적 작업은 방향이 정해진 것 아닌가. 우리는 그 방향으로 작업을 해나갈 것이다."

"예를 들면?"

"좀 거창하게 들릴지 모르겠지만, 우리는 새로운 신화를 창조해나갈 것이다."

"신화 창조!"

"그렇다. 우리는 지구상에서 몇 안 되는 조상들이 남긴 벽화를 지니고 있는 민족이다. 현대미술의 표현양식이 아무리 다기다양하다 하더라도 족보를 따져 거슬러 올라가면 결국 벽화에 닿아 있음을 알 수 있다. 우리 옻칠회화는 조상이 남긴 벽화의 전통을 살려 미래의 예술작품을 창작해나갈 것이다."

수나는 이야기를 하는 내내 강희로부터 들었던 말을 자기도 모르게 거듭 되풀이 말하고 있음을 자각하고 찔끔했다. 하지만 새삼스럽게 강희의 주장에 더 공감하며 자신 있게 말했다. 피터슨은 몇 번이나 갈색 눈을 껌벅거리며 고개를 갸웃거렸으나 결코 도리질을 하지는 않았다. 공감을 하거나 동의는 하지 못한다 할지라도 부정하는 것은 아니라는 눈치 같았다. 깊이 생각에 잠기는 표정이었다.

"여기 와서 내가 새로운 과제를 얻어간다. 앞으로 신중히 잘 생각해보겠다."

피터슨은 매우 겸손한 태도로 수나에게 친근한 눈길을 보냈다. 그리고 다시 전시실을 천천히 한 바퀴 돌아본 다음 작품 두 점을 찍으며 구입하고 싶다는 의사를 나타냈다. 관장의 작품 한 점과 최 선생의 작품 한 점을 선택한 것이다. 작품 한 점당 5만 불씩을 제시했다. 피터슨은 망설이지 않고 좋다고 했다.

피터슨에게서 전화가 걸려온 것은 그로부터 2주일쯤 후였다.

작품을 받아본 그곳 소울미술관 대표가 매우 흡족해하고 있는데, 그날 수나로부터 들은 옻칠회화의 전망에 대해 들려주자 그 주장에 미술관 대표가 공감을 나타냈고, 그런 공감의 바탕이 이루어져 있기 때문에 그림에 더욱 만족해하는 것 같다는 말도 곁들였다. 피터슨은 가까운 장래에 다시 찾아볼 수 있기를 희망한다는 인사를 여운처럼 남겼다.

## 22

"집에 진 여사가 와 있다. 파혼은 절대 안 된다고 펄펄 뛴다."

해질 무렵 어머니로부터 전화가 걸려왔다. 근심 어린 음성으로 안응섭의 어머니 진 여사가 집에 와 있다고 했다.

"오늘은 집에 안 들어오는 것이 좋겠다. 친구 집에라도 가서 하루 지내거라."

어머니 문 여사는 수나와 진 여사가 부딪치지 않게 하려는 것 같았다. 이해가 첨예하게 대립되는 사람끼리 맞닥뜨리면 감정이 몸을 빌려 직접적으로 작동할 우려가 없지 않았다. 이해관계자는 감정의 직접적 대상이기 때문에 경우에 따라서는 상대방으로 하여금 흥분을 유발시키거나 자제심을 잃게 할 수도 있는 것이다. 이해 당사자를 배제해두고 감정 작동의 직접적 대상이 되지 않는 사람끼리 의견을 나누고 모아 원만하게 해결할 수 있기를 바라고 있는 모양이었다.

"곧 돌아가겠지요."

"아니다. 널 꼭 만나 확답을 들어야겠다는구나."

"확답은 전에 안 변호사에게 충분히 알아듣게 말했는데 뭐가 모자란다는 건가요."

"파혼은 절대 안 된다는 게지."

"어쨌든. 알았어요. 그런 사람을 피한다고 문제가 해결되겠어요."

안응섭이 무슨 불결한 물건처럼 생각되었다. 자기 인품에 관한 모욕을 참담할 정도로 가혹하게 퍼부었는데도 그 사실을 잊었다는 것인가. 그 정도로 당했으면 이쪽에 정나미가 떨어져도 열 번은 떨어졌을 게 아닌가. 속에 칼을 품어도 열 자루도 더 품었을 그가 파혼을 하지 않겠다니, 그 속을 알다가도 모를 일이었다. 정녕 법적으로 묶어두고 요리조리 보복을 감행하겠다는 속셈이 아니고서는 파혼을 받아들이지 않을 이유가 없었다. 어쨌든 피한다고 피할 수 있는 일은 아닌 것 같았다. 과감히 정면 돌파 해나가기로 수나는 결심하였다.

"정 선생, 오늘 우리 집에 가서 저녁 먹어요."

친구 집으로 가려던 어머니 문 여사의 당부와는 정반대로 수나는 정 선생을 집으로 초대했다.

"무슨 좋은 일 있어요?"

"정 선생님 도움이 필요해서 그래요."

"제가 손 선생님에게 도움 될 때도 있어요? 아닌데!"

"그냥 함께 있어주기만 하면 돼요."

진 여사는 거실 소파 가운데 자리에 버티고 앉아 있었다. 문 여사와 나누고 있던 이야기를 멈추고 현관을 들어서는 수나를 차가운 눈으로 쏘아보았다. 뒤따라 들어서는 정 선생을 본 진 여사의 미간이 좁혀지고 골이 깊게 팼다. 진 여사를 향해 고개를 약간 숙여 목례만 하고 정 선생을 안내하며 수나는 자기 방으로 들어갔다.

"저 험악한 인상은 누구야?"

"안 변호사 모친이셔."

"그러면 시어머니 되실 분?"

"미쳤어. 시어머니라니 번지수가 틀려도 한참 틀렸어요."

"그게 무슨 말이에요?"

"일이 그렇게 됐어요."

어머니 문 여사가 방문을 두드려 열고 수나에게 나오라고 손짓을 했다. 고개를 끄덕이며 속으로 각오를 굳혔다. 어떤 경우에도 이성을 잃어서는 안 된다. 가장 낮은 톤의 음성으로 응대할 것이며 상대방을 자극하지 않도록 최대한 노력한다. 사실만을 말하되 확고한 자세를 끝까지 유지해나가야 한다. 후퇴는 절대로 없다.

"나, 잘 싸우고 올게. 여기서 기다려줘요."

정 선생에게 방에서 꼼짝하지 말라고 당부한 다음 가슴을 한차례 쓸어내리고 수나는 방을 나섰다. 양손을 앞에 모아 잡고 소파로 간 수나는 음전하게 진 여사의 맞은편 자리에 앉았다. 눈을 들어 쳐다보는 대신 테이블 모서리에 시선을 고정시키고 상대방의 말을 기다렸다. 속에서 들끓고 있는 분노를 다스리는 데 시간이 걸리는 것인가, 진 여사는 예상보다 뜸을 많이 들였다.

"나, 이 말만 하마. 파혼은 절대 안 된다."

이윽고 진 여사의 입에서 그런 말이 터져나왔다. 절대 권력을 쥔 자의 단호한 선언으로 오로지 복종만이 허용된다는 일방적인 통고인 셈이었다.

"제가 안 변호사님께 충분히 말씀드렸습니다. 우리는 안 됩니다."

두 사람을 좌우 측면에 두고 수심에 찬 얼굴로 앉아 있는 어머니 문 여사를 곁눈질하며 수나는 단호하게 말했다.

"이것이 두 사람만의 일이냐. 아니지, 이것은 두 집안의 일이야."

이렇게 나올 줄 예상했지만 참 어처구니없었다. 결혼을 두 집안의 일이라니, 지금이 무슨 조선시대라도 된다는 것인가. 가문의 명예를 최우선에 두고 개인의 존재 따위는 응당 거기에 종속되는 것을 당위로 여기는 시대가 우리에게 없지 않았다. 그러나 그것은 옛 기억으로 존재할 뿐 현실에서는 통용될 수 없는 구습에 지나지 않았다. 하기야 가진 자들이 자기주장을 펴는 도구로써 지금도 사용하는 사례가 종종 있기는 하지만 그것이 통할 리 없는 것이다.

"두 집안의 명예가 걸린 일이지."

"두 집안 어른들께서 저희 두 사람의 일을 결정지은 것은 맞습니다. 그러나 결혼은 당사자 두 사람의 일생일대의 중대사입니다."

"우리 두 집안이 어떤 집안이냐. 이 일대에서는 내로라하는 명문가 아니냐. 돈으로 치면 이 지방 최고 갑부 반열에 들고, 학문으로 쳐도 어디 하나 손색이 없는 집안이다. 선대로부터 내려온 벼슬 내력도 여간한 줄 아니. 그런 두 집안의 혼사이니만큼 이미 일대에 소문이 널리 퍼져 이 사실을 모르는 사람 누가 있니."

"안 변호사님께서 말씀드리지 않은 모양인데, 저도 안 변호사님께 실망만 하지 않았다면 이런 생각 털끝만큼도 하지 않았을 겁니다."

"사람이 살다 보면 좋은 일도 있고 궂은일도 있기 마련이지, 세상 일이 다 좋기만 하겠니. 모자란 데가 있으면 채워주며 살아가는 것이

부부인데, 실망 좀 시켰다고 파혼 운운하다니, 어디 한두 살 먹은 애들도 아니고. 다시 말하지만 그런 일은 절대 용납할 수 없다."

"이미 안 변호사님께 다 말씀드렸습니다. 그 외에 달리 더 드릴 말씀은 없습니다. 그런 사람에게 저를 평생 맡길 수는 없습니다."

"지금 뭘 잘못 생각하고 있는 모양인데, 우리 안 변호사에게 청혼이 얼마나 많이 들어오고 있는 줄 아니? 일류대학 졸업에 사법고시 패스한 변호사라면 열쇠 셋을 들고 줄을 선다 하지 않니. 그런데도 옛정을 생각해서 집안끼리 맺은 혼사야."

"저도 잘 알고 있습니다. 아무리 좋은 상대라도 인연이 안 되면 어쩔 수 없는 일 아니겠습니까. 저같이 보잘것없는 것이 물러나준다 하니 도리어 잘되지 않았습니까."

"그리고 내가 할 말은 아닌 것 같지만, 지금 처녀 나이 마흔 다 된 주제에 뭘 더 망설일 계제나 된다고, 쯧쯧."

안 변호사 모친 아니랄까 봐 야비한 성품을 그대로 다 드러냈다.

어머니 문 여사는 묵묵히 듣고만 있었다.

"네, 저도 제 주제를 잘 알고 있습니다. 그럼 이만 친구한테 가보겠습니다."

"그렇지만 이것만은 잘 알아두거라. 우리 두 집안 사이에 파혼은 절대 없어."

말로야 무슨 일인들 못하겠는가. 그러나 속으로는 이미 정나미가 떨어져 천리만리 도망쳐 있을 것임에 틀림없었다.

"아이, 끔찍해. 손 선생님, 생각보다 용감하네!"

"사람이 막다른 곳에 몰리면 못할 짓이 없는 거죠. 우리 나가서 저녁이나 먹어요."

정 선생을 앞세우고 거실을 나오면서 소파에 앉아 있는 진 여사를
향해 고개를 숙여 목례만 하고 현관을 나왔다. 이제 그들의 보복에 대
처할 일만 남은 셈이었다.

# 23

새로 시장으로 당선된 김재복의 당선 사례 포스터가 시내 곳곳에
붙어 있었다. 당선 사례 포스터에는 선거운동 당시 제시한 통영시 발
전 공약이 간략하게 담겨 있었다. 죽림과 무전동, 중앙시장, 서호시장,
미수동 등 인구 집결지마다 가로를 건너질러 대형 플래카드가 걸려
있기도 했다. 시의원 당선자의 당선 사례 포스터도 심심찮게 보였다.
그리고 다음을 기약하는 낙선자의 간곡한 인사 포스터도 곳곳에서
볼 수 있었다. 다섯 명의 낙선자 중 네 명이 낙선 인사를 하고 있었으
나 안응섭 변호사의 낙선 인사 포스터는 어디에도 보이지 않았다. 다
음을 기약한다고 하더니 포기라도 한 것일까.

그 무렵 옻칠미술관은 서울 전시회 준비로 정신이 없었다.

작가마다 작품 마무리 손질로 분주했고, 사무실에서는 전시회와 관
련된 준비로 서울을 부지런히 오르내렸다. 메일과 팩스도 불이 났다.

서울 갤러리 창조 쪽 전시회 담당자가 꼼꼼한 성품인 모양이었다.
팸플릿 제작 관련 서류에 걸핏하면 퇴짜를 냈다. 작품 사진에 관한 시

비가 잦았다. 선명도가 낮다. 작품을 잡은 카메라의 위치가 잘못된 것 같다. 여러 각도에서 다시 촬영하여 메일로 보내달라. 초대전이 아니라도 팸플릿 제작 등 관련 준비는 신경을 많이 쓰기 마련이다. 초대전은 갤러리의 요청에 철저히 응해주어야 한다. 갤러리 측은 전시회 성패 여부에 따라 손익이 좌우되기 때문에 준비에 빈틈이 없도록 노력하는 것이다.

아니나 다를까, 강희 문제로 전시회 준비를 담당한 부관장이 곤혹스러운 일을 연이어 겪어야 했다. 먼저 인물사진 때문에 소동이 벌어졌다. 갤러리 측에서 다른 작가들과 똑같이 팸플릿에 인물사진을 게재해야 한다고 강조했다. 그러나 강희 당사자는 한사코 자기가 제공한 캐리커처로 대신해달라고 주장했다. 그리고 갤러리 측은 작가 약력 또한 더 상세히 적어줄 것을 요청했다. 그러나 강희는 이미 제시한 경력 외에는 아무것도 더 적을 게 없다는 입장이었다. 출생연도와 출생지, 고등학교 졸업 사실만 달랑 적어보내다니, 그림을 출품하는 작가라면 작가로서의 경력이 이렇게 하얀 칸으로 비어 있을 수 있겠느냐고 담당자는 볼멘소리를 했다. 없는 사실을 지어서 내느냐고 항변하는 강희의 말을 전해들은 갤러리 측은 아무 경력도 없는 이런 작가의 작품을 전시해도 되겠느냐고 역공을 펴고 나왔다. 그러나 아무리 간청을 해도 한번 제시한 것을 마지노선으로 뒤로 넘어져 버티는 강희를 부관장은 물론 수나도 관장도 끝내 설득하지 못했다. 관장의 자상한 설명을 듣고 난 갤러리 창조 측에서 그럼 그대로 진행하겠다고 물러서서 그나마 한숨을 돌렸다.

드디어 전시회가 내일로 바투 다가왔다.

부관장은 작품을 싣고 벌써 서울로 올라갔고 전시회에 대비한 준비를 위해 수나와 정 선생도 먼저 올라갔다. 관장을 비롯한 다른 작가들은 개관 하루 전날 모두 서울로 올라가기로 되어 있었다. 참가 작가들은 서울 전시회에 기대가 컸기 때문에 한 사람도 빠지지 않고 개관식에 참석하려고 했다.

출발 시간을 앞두고 다시 소동이 벌어졌다. 강희가 보이지 않았던 것이다. 관장은 으레 함께 올라가려니 여기고 별로 신경을 쓰지 않았는데 정작 출발 시간이 임박해 찾아보니 그가 보이지 않았던 것이다. 미술관 곳곳을 샅샅이 살폈으나 어디에도 없었다.

"관장님, 강 선생은 가지 않을 모양입니다."

"최 선생한테 그랬어?"

"꼭 그렇게 명확히 밝혀 말한 것은 아니고, 며칠 전 자기는 전시회에 갈 입장이 안 된다고 말한 적이 있습니다."

최 선생의 말에 관장의 얼굴이 붉어졌다. 최 선생은 강희가 가든 안 가든 별 관심이 없었으나 관장으로서는 출품 작가가 개관식에 참석하지 않다니 납득하기 힘든 모양이었다.

"관장님, 무슨 사정이 있겠지요. 공연히 시간 허비하지 말고 출발하셔요."

최 선생의 말에 관장도 짚이는 것이 있었는지 고개를 끄덕이고 말았다.

세 대의 승용차에 분승한 참여 작가들은 서울을 향해 출발했다.

「1000년 그림, 옻칠회화 특별초대전」은 순조롭게 막이 올랐다. 작품 선정에 까다롭기로 정평이 난 갤러리 창조 초대전이므로 각 언론사 미술담당 기자들은 거의 빠짐없이 취재에 나섰고, 중요 신문마다 지면을 크게 할애해 전시회 소식을 알렸다. 종편이나 인터넷 방송 등 여러 방송사에서도 서운하지 않게 보도를 해주었다. 그런 매스컴의 보도 덕을 본 것인가. 관람객의 발길이 계속해서 이어졌다. 어찌 인상파 전이나 마그리트 전처럼 관람객이 전시장 밖까지 길게 줄을 서서 입장을 기다리는 성황을 기대하겠는가. 국내 유명화가의 전시장에도 대개 듬성듬성 몇 안 되는 관람객이 서성거리고 있는 것이 현실인데, 하루 2백여 명이 찾아들었으니 서운하지는 않은 수준이라 할 수 있었다.

2주간의 전시기간 중 수나와 정 선생 두 사람이 계속 남아 전시회 관련 일을 보도록 하고 관장을 비롯한 참여 작가들은 모두 통영으로 내려갔다.

수나는 주로 전시장을 찾아온 인사들을 영접하며 방명록에 서명을 권유하는 일을 맡아했다. 미술관 측 직원에게 맡겨두어도 될 일이지만 관람자들의 성향을 나름대로 직접 파악하고 싶었던 것이다. 화단에 잘 알려진 인사가 나타날 경우 반갑게 영접을 하고 방명록에 서명을 권유한 후 직접 전시 작품의 안내를 하기도 했다. 미대 동기들 가운데 아직 그림과 관련을 맺고 지내는 몇몇 친구들이 찾아왔을 때는 얼싸안고 반가워하며 우르르 카페로 몰려나가 오랜만에 만난 회포를 풀었다. 미술대학 은사들도 몇 분 전시장을 찾았다. 은사들을 맞아서는 유화에서 옻칠 그림으로 전향하게 된 계기를 일일이 설명해야 했다. 거기에는 반드시 옻칠회화의 특장과 미래 전망도 곁들여 설명하게 되었고, 긍정적인 반응을 얻어낼 수 있도록 갖은 열성을 다 쏟았다. 은사들은 일단 관심을 보이기는 했지만 썩 공감하는 것 같지는 않았다.

"손 선생님, 나 속상해 죽겠어요."

전시장 문을 내리고 갤러리에서 제공한 건물 내 숙소로 돌아가 씻고 났을 때였다. 정 선생이 새침한 얼굴로 종알거렸다. 볼이 잔뜩 부어 있었다. 영문을 알 수 없어 막연히 쳐다보았다.

"관람객들 반응이 왜 그런대?"

"관람객들이 왜?"

"지난 며칠간 쭉 살펴봤는데, 글쎄 내 작품은 그냥 쓱 지나쳐버리잖아요. 아니면, 한 1, 2초간 쳐다보는 것이 고작이었어요."

속으로 웃음이 나왔으나 내색하지는 않았다. 수나는 전시회의 성패 여부에 관심이 쏠려 있었으므로 관객이 얼마나 찾아오나 오로지 그것에만 온 신경이 집중돼 있었다. 하루 관람객 수의 집계 여부에 따라 수나의 기분은 상승하기도 하강하기도 했다. 그리고 화단의 유명 화가가 들렀을 때는 자기가 공연히 기분이 달뜨기도 했다. 유명 평론가를 안내하던 중 그로부터 작품에 관한 긍정적 평가를 들었을 때는 옻칠회화를 택한 자신에게 자부심을 느끼기도 했다. 그런 자기와는 달리 정 선생은 자신의 작품에 대한 관람객들의 반응을 살피는 것으로 대부분의 시간을 보낸 모양이었다.

"관장님의 작품 앞에서는 대개 한 30초 정도 서 있을까, 손 선생 작품 앞에서도 길게는 40초, 짧게는 20초 정도 서 있기 마련인데, 왜 내 작품은 그냥 쓱 지나쳐버리거나, 아니면 기껏 1, 2초냐고요?"

만약 그런 사실을 눈여겨봤다면 속이 상할 만도 했을 것 같았다.

"욕심이 눈을 흐려 잘못 본 것 아니에요?"

"그게 무슨 말이에요?"

"욕심이 앞서 사실을 왜곡한 게 아니냐고요."

"욕심이 앞서 사실을 왜곡하다니?"

"일테면 정 선생님 작품 앞에서 4, 50초 정도 서서 감상하고 간 사람을 왜 좀 더 잘 보지 않고 벌써 돌아서느냐고 서운해한 것이 아니냐는 거예요. 그리고 내 작품 앞에서는 겨우 10초 정도 살펴보고 간 것인데 정 선생님이 그것을 4, 50초 정도로 길게 본 것 아니냐고요."

"내가 그렇게 심보 나쁜 사람인가요. 내일 보라고요. 단박 알 수 있을 테니."

"그만해요, 사람 욕심은 한정이 없는 거예요."

"그런데 말이예요, 손 선생님. 전시장을 한 바퀴 돌고 난 관람객이 반드시 다시 찾아가는 작품이 있어요."

정 선생이 얼굴빛을 달리하고 음성을 낮춰 속삭이듯이 말했다.

"그건 또 무슨 말이에요?"

"전시 작품을 다 보고 나서 반드시 다시 찾아가는 작품이 있다니까요."

정 선생이 무슨 말을 하려는지 수나도 짐작이 갔다.

"관람객이 강 선생님 작품 석 점 앞으로 다시 돌아가 한참 고개를 끄덕이며 서 있는 것을 보면 얼마나 속이 상하는지, 원."

"정 선생님, 그렇게 생각하면 안 돼요. 그건 옻칠회화를 하는 우리 복이에요."

"그렇지만 하늘은 왜 한 사람에게만 다 주는 거냐고? 나한테도 좀 재주를 나눠주지, 내가 그렇게 밉상인가."

투정을 하는 것이 어린애 같아 웃음이 나오고 말았다.

전시회 일주일 만에 드디어 경사가 벌어졌다. 관장의 작품 두 점
에 빨간 리본이 달렸다. 롯데그룹 홍보실 이사가 리본을 붙이고 간
것이다.

수나로부터 그 소식을 전해들은 관장은 롯데그룹과는 전부터 인연
이 있었다며 별로 대수롭지 않게 받아넘겼다. 그러나 '청와미술관'의
큐레이터가 두 번이나 방문했다는 말에는 금세 음성이 상기되었다.
재벌그룹이 운영하는 청와미술관은 미국과 유럽의 화상들도 출입이
잦은 국내 유명 미술관 중의 하나였다. 청와미술관의 큐레이터가 거
듭 방문했다는 사실은 불원간 그쪽으로부터 우호적인 손길이 뻗쳐올
가능성이 있다는 청신호로 봐도 틀리지 않을 것으로 짐작되었기 때
문이다.

정 선생으로부터 말을 듣고 난 터라 수나의 눈길도 자연 관람객들
의 동선을 살피게 되었다. 과연 정 선생의 말이 틀리지 않았다. 관장의
작품 앞에서는 대개 3,40초 정도 서서 감상을 했다. 정 선생의 작품은
그냥 먼눈으로 살피며 지나가거나 몇 초 감상하지 않았다. 자기 작품
에 관한 관람객들의 반응은 가급적 살피지 않으려는 것이 수나의 방
편이었으나 정 선생의 말이 상기되어 그렇게 되지 않았다. 정말 정 선
생 말마따나 한 30초 이상 서서 감상하는 사람이 더러 있었다. 정 선
생이 속이 상할 만도 했겠다는 생각에 속으로 웃음이 났다. 그리고 전
시장을 한 바퀴 돌고 난 관람객의 대부분은 다시 강희의 작품 앞으로
돌아가 한참 고개를 끄덕이며 서 있고는 했다.

관람객들의 반응을 살피던 수나는 새로운 사실을 발견했다. 남녀 간에 선호하는 작품이 각기 달랐던 것이다. 여자들은 주로 관장의 작품 앞에서 시간을 많이 보내는 편이었다. 다른 작가의 작품은 남녀 간에 어떤 선호의 차이가 있어 보이지 않았으나 유독 관장의 작품 앞에는 반드시 몇 명의 여자가 서성이고 있었다. 강희의 작품은 남녀 모두 관심을 보였지만 여자는 한 20초 정도 관심을 보이는 편이었고, 남자는 여자보다 배 이상의 시간을 들여 감상하는 것으로 보였다.

전시회 8일째 되던 날 오후였다. 우려했던 일이 드디어 벌어졌다. 안응섭이 전시장으로 찾아온 것이었다. 전시장을 들어서는 안응섭과 얼결에 눈이 마주친 수나는 소스라치게 놀라 외면했다. 그리고 서둘러 전시장 안쪽 다용도실로 들어가 몸을 감추었다. 정 선생에게 안응섭이 돌아가면 알려달라고 전화로 부탁해놓고 숨을 죽였다.

"손 선생님, 빨리 나와봐요."

"갔어요?"

"그래, 근데 손 선생님 작품에 리본이 붙었어."

아, 이런 쓸데없는 일이 일어나다니. 일어나서는 안 될 일이 일어난 것이다. 이런 사태가 벌어질 줄 알았으면 몸을 감추지 않고 그가 돌아갈 때까지 지켜보고 있었을 것. 오물이라도 뒤집어쓴 듯 더러운 기분으로 나갔더니, 정 선생은 신이 나 있었다.

"안 돼. 저 리본은 떼줘요."

"안 된다니. 돈도 2천만 원 다 받았고, 배달할 주소도 받았는데."

무력감이 전신을 휘감았다. 다리에 힘이 쏙 빠지고 허공을 쥐고 있는 것처럼 손도 허허로웠다. 갤러리 쪽에서 이미 알고 있는 일이므로 물릴 수도 없는 일이었다. 불운을 감내하는 기분으로 참을 인(忍) 자를 수없이 머릿속에 그려보았다.

때마침 얼마 전 미국 뉴욕의 아트디렉터 피터슨을 대동하고 옻칠미술관을 방문했던 문화예술기획자 김현희가 전시장으로 들어서는 것이 보였다. 수나는 금세 표정을 가다듬고 얼굴에 활짝 미소를 띤 채 달려가 맞았다.

"어서 오세요."

"서울서 뵈니 반가워요."

입구 테이블로 안내하고 방명록에 서명을 권유했다. 방명록을 넘기며 다녀간 인사들을 대략 훑어본 다음 김현희는 방명록에 축하의 글을 쓰고 서명을 했다. 전시장을 둘러보는 동안 김현희는 상기된 표정을 짓고 있었다. 수나는 그녀의 표정을 살피며 내내 곁을 떠나지 않고 함께 돌았다.

"전에 보지 못했던 작품이 많이 전시되어 있네요. 피터슨이 관심을 보일 만한 작품이 여러 점 보였어요. 제가 연락해 곧 들어오도록 해볼게요."

김현희의 얼굴에 감돌고 있는 진지한 표정으로 보아 겉치레로 그냥 하는 인사가 아닌 것 같았다. 지난번 옻칠미술관에서 구입해간 작품 두 점을 뉴욕의 소울갤러리 대표가 매우 흡족해했다는 반가운 소식을 피터슨이 보내온 것에 대해 서로 이야기를 나누었다. 작품 보는 눈이 까다롭던 피터슨이 관심을 보일 만한 작품이 여러 점 눈에 띈다니 고무적인 반응이 아닐 수 없었다.

김현희가 돌아가고 얼마 되지 않아서였다. 청와미술관 큐레이터가 다시 나타났다. 이번이 세 번째 방문이었다. 혼자가 아니었다. 서양인 두 사람과 또래로 보이는 여자 한 명도 함께였다. 수나는 작심하고 서양인 두 사람에게 활달한 음성으로 환영인사를 하고 방명록에 서명해줄 것을 부탁했다.

방명록의 서명을 지켜보고 있던 수나는 순간 숨이 턱 막혔다. 청와미술관의 큐레이터는 화단의 미다스 손이라는 소문이 자자한 심은하였다. 심은하가 세 번이나 찾은 전시장이라면 그 사실 하나만으로도 화단의 화제가 되고도 남을 만한 영예였다.

그러나 다음 외국인의 서명을 지켜본 수나는 더 큰 충격을 받았다. 전신이 무슨 쇠사슬에라도 결박된 듯 숨이 답답하고 손가락 하나 꼼짝할 수 없었다. 런던의 도버갤러리 큐레이터 제임스 오트라는 서명을 본 순간 수나는 자기 눈을 의심하지 않을 수 없었다. 도버갤러리가 어떤 곳인가. 사치갤러리와 화이트큐브갤러리 등과 자웅을 겨루는 영국 최대의 갤러리 중 하나가 아닌가. 그런 유명 갤러리의 큐레이터가 옻칠회화 전람회를 찾아온 것이다.

서명을 마친 그들은 심은하의 안내를 받으며 전시장의 작품을 감상해나갔다. 수나는 숨을 죽이고 그들의 뒤를 따르며 반응을 예리하게 살폈다. 전시장을 한 바퀴 도는 동안 그들 중 아무도 입을 열어 말하는 사람이 없었다. 속으로 무슨 생각을 하고 있는지 칼로 째서 들여다보고 싶었지만 그럴 수 없는 것이 한없이 답답했다. 전시장을 묵묵히 한 바퀴 돈 다음 그들은 잠시 서서 의견을 나누었다. 제임스 오트의 입에서 "원더풀!"이라는 반응이 나오는 걸 옆에서 들은 수나는 찌르르 전율을 느끼지 않을 수 없었다.

제임스 오트가 움직이기 시작하자 일행이 모두 그의 뒤를 따랐다. 오트는 관장의 작품을 지나고 최 선생의 작품 앞에서도 걸음을 멈추지 않았다. 정 선생의 작품은 그냥 지나쳤고 수나의 작품에도 눈을 주지 않았다. 그의 발걸음이 마침내 멈추었다.

강희의 「세 발 까마귀[三足烏]」 앞이었다. 다리 셋 달린 불새가 이글거리는 태양을 꽉 끌어안고 맹렬히 쪼고 있는 작품이었다. 태양 표면에는 불새의 부리 자국이 낭자했다. 태양과 겹쳐 있는 부리와 머리, 몸통은 새까맣고 태양 둘레 밖의 다리 셋과 꼬리 부분은 태양보다 더 강렬한 진홍빛으로 타오르고 있었다.

작품을 살피고 있는 오트의 시선이 어찌나 강렬했는지 그 시선에 이끌려 작품이 그의 눈 속으로 빨려들어갈 것만 같았다. 그는 숨을 멈추고 한동안 작품을 뚫어지게 살폈다. 그러더니 그는 강희의 또 다른 작품 「갈망」 앞에서도 선과 세세한 결까지 하나하나 뜯어 살폈다. 강희의 또 다른 작품 「축제」 앞에서도 그는 걸음을 오래 멈추고 서서 지켜보았다. 그리고 마침내 고개를 크게 끄덕였다. 그는 옆에 서 있던 심은하에게 무슨 말인가를 속삭이고 있었다. 심은하는 수나를 돌아보았다.

"제임스 오트가 이 작품의 작가를 만나고 싶다고 합니다."

"지금 서울에 없어, 당장은 만날 수 없습니다."

심은하가 오트를 향해 그 사실을 알렸다. 오트의 표정이 금방 어두워졌다. 그는 심은하에게 그럼 언제 만날 수 있는지 알아봐달라고 했다. 옆에서 그 말을 들은 수나는 심은하가 나서기 전에 먼저 입을 열어 오트를 향해 말했다.

"저 작품의 작가는 사람들 앞에 나서는 것을 꺼린다. 개관식 때도 오지 않았다. 아마 만나기 쉽지 않을 것이다."

"당신은 그를 잘 아는가?"

"함께 옻칠 그림을 하는 동료다."

"그럼, 당신 작품은 어디 있는가?"

수나가 자기 작품을 손가락으로 가리키자, 오트는 눈을 둥그렇게 뜨고 바라보았다.

「물속에서 한바탕」, 역동적인 선이 인상적이었다. 저 작품의 작가가 당신이라니 반갑다."

그는 커다란 손을 불쑥 내밀어 악수를 청했다. 수나는 그 큰 손을 가볍게 잡았다. 악수를 나눈 제임스 오트는 다시 강희의 작품 「세 발 까마귀」를 향해 몸을 돌렸다.

"나는 이 작품을 가장 인상 깊게 봤다. 작가의 작의를 들을 수 있다면 작품 이해에 더 도움이 되지 않을까 생각하여 만났으면 한다."

"지금은 먼 지방에 있을 뿐만 아니라 병적으로 사람을 피하고 있어 만나기 힘들 것이다."

"그럼 당신이라도 내게 작품에 대해 설명을 좀 해줄 수 있겠나?"

오트는 수나에게 도움을 청했다.

"작가도 아닌데 그 작의를 어찌 알고 말을 함부로 할 수 있겠나."

"그래도 옻칠 그림을 함께해온 동료라면 몇 마디라도 도움을 줄 수 있지 않겠나?"

"저 작품을 본 느낌을 말하라면 몇 마디 못할 것은 없지만, 혹시 작의를 왜곡해 작품 가치를 훼손하지는 않을지 우려된다."

"설마 동료 작가의 작품을 훼손할 까닭이 있느냐. 다만 내가 저 작품을 이해하는 데 도움을 받을 수 있다면 고맙겠다."

오트의 부탁이 간곡했다. 수나는 내키지 않았으나 자기 느낌을 들려주기로 마음먹었다. 그러나 옻칠회화의 이해가 선행되어야 할 것 같아, 유화와 옻칠 그림의 차이점을 먼저 간명하게 설명했다. 옻칠의 특성과 내구성, 자개의 신비한 간섭색의 특색을 강조해 말했다.

"저 그림의 작가는 내게 이런 말을 했다. 옻칠의 수명이 천 년을 더 가기 때문에 천 년 후에도 사랑받을 수 있는 그림을 그리겠다고."

"그런 꿈을 꿀 수 있다니 한국 작가들은 아직 행복한 모양이다."

제임스 오트는 그러나 터무니없다는 표정을 짓지는 않았다.

"「세 발 까마귀」란 작품은, 알타이 신화권이 공유하고 있는 삼족오(三足烏)를 그린 것이다. 태양을 상징하는 상서로운 존재로 우리 고구려 고분벽화에도 몇 군데 그려져 있는데, 이상이라는 우리나라 현대 시인이 일찍이 「오감도(烏瞰圖)」라는 작품으로, 일제 지배하의 무력한 지식인의 불안한 모습을 조망한 적이 있다. 이 작품은 그 시인의 대표작 「오감도」에서 착안한 것 같다."

수나의 말에 오트가 심은하를 돌아보자 심은하가 고개를 끄덕였다."

13인의 아이가 도로로 질주하고 있는데 제1의 아이부터 제13의 아이까지 한결같이 무섭다고 그리오. 그리고 13인의 아해는 무서운 아해와 무서워하는 아해와 그렇게뿐이 모였소. 그런 내용의 시인데, 시 작할 때는 '길은 막다른 골목이 적당하오'라고 했다가 끝에는 '길은 뚫린 골목이라도 적당하오' 하고 뒤집는다. 그리고 맨 끝 연은 '13인의 아이가 도로로 질주하지 아니하여도 좋소'라고, 시작했던 사실을 거듭 뒤집는다. 바로 이 아이들, 일제 탄압하의 전망 부재의 지식인 내지는 태양 아래 살고 있는 모든 인간의 불안한 질주를 지켜본 존재, 즉 해 속에 살고 있다는 우리 조상들이 숭상해온 태양 새, 바로 그 삼족오를 그린 것으로 나는 생각했다."

"신화와 현대 시인의 불안한 세계관을 그림으로 결합시켰다!"

제임스 오트는 심은하를 돌아보며 고개를 크게 끄덕였다.

"내 느낌이 그렇다는 것이다."

"좋다. 훌륭한 해석으로 생각되며 이해에 많은 도움이 되었다."

오트는 「갈망」에 관한 수나의 의견을 또 듣고 싶다고 했다. 역시 내키지 않은 일이었다. 작가로부터 작품에 관한 어떤 언급의 일단도 들은 바 없었다. 그 작품을 처음 봤을 때 놀랐던 기억은 아직도 생생하다. 입 밖으로 표현하지는 않았지만 속에서는 거듭 탄성이 터졌었다. 수나 자신이 평생 찾아 헤맸으나 찾지 못했던 어떤 것이 거기에 있었다. 자기로서는 상상도 할 수 없었던 어떤 낯선 충동이 거기에 나타나 있었다. 그렇듯 강렬했던 첫인상을 어찌 제대로 다 표현할 수 있단 말인가. 무한한 공간성, 영원한 시간성, 인간 실존에 관한 절박한 인식, 그냥 막연히 가슴으로 느낀 이런 것들을 말로 표현하기는 지난한 일인 것이다. 그러나 제임스 오트는 이해를 도와달라고 거듭 부탁했다.

"단 한 번 종을 울리기 위해 귀한 목숨을 기꺼이 바치는 까치들. 기꺼이 목숨을 바쳐 종을 울리기 위해 길게 꼬리를 이어 차례를 기다리는 까치들. 목숨을 바쳐 종을 울린 다음 피를 토하며 떨어져 종 아래에 쌓여 있는 까치들의 주검. 나는 저런 희생을 기도라고 생각했는데, 어떤가?"

망설이고 있는 수나를 기다리지 못했는지, 오트가 먼저 그렇게 미끼를 던졌다.

"우리는 오랜 고난의 역사를 살아왔다. 현실에서 구해지지 않는 것을 하늘에서 구하면서 자기를 희생해온 사람들의 시체를 딛고 우리의 현재가 서 있다. 그런 우리의 슬픈 역사적 사실을 저 작품은 환유하고 있다고 나는 생각한다."

"그래! 군청색 종 위에 옷자락을 구름처럼 뒤로 날리고 있는 하프를 연주하는 여인이 환상적이다. 빨간 몸통의 까치 머리에 빛나는 자개의 영롱한 빛도 인상적이다. 비극적 사실을 아름다움으로 승화시켜내는 작가의 재능이 놀랍다."

오트는 이쪽이 듣고 있기에 겸연쩍을 정도로 작품에 대한 칭찬을 길게 늘어놓았다.

작품 「축제」 앞으로 옮겨간 오트는 작품을 유심히 살필 뿐 이번에는 수나의 의견을 구하지 않았다.

"저 작품의 색에 대해 심은하로부터 들었다. 빨강, 파랑, 노랑, 검정, 하양 이 다섯 가지 색은 동서남북, 중앙 등 다섯 방위를 가리키는 색으로 민속신앙과 각별한 관련을 갖고 있다고 했다. 신앙이란 구원에 대한 기도를 그 중심에 두는 것이다. 오방색 리본을 단 대나무 원 안을 길베 자락을 날리며 너울너울 춤추고 있는 미녀의 춤사위가 간절하다. 이는 현재의 번영과 평안이 영원히 지속되기를 기원드리는 것으로 받아들일 수 있겠다."

"그렇게 생각해준다면 작가가 매우 고마워할 것 같다. 거기에 덧붙여 말하자면 이것은 전적으로 내 생각인데, 작가가 무용총을 염두에 두고 제작한 것이 아닌가 생각했다."

"무용총이라면?"

"역시 우리 조상들이 남긴 고구려 고분벽화를 말한다. 다음에 기회가 닿으면 도록을 보여주겠다."

수나의 말에 오트가 미소를 보냈다.

"오늘 런던에 연락해 의논을 할 것이다. 이미 심은하와 이야기를 나눈 바 있다. 그러나 런던의 의견이 중요하니, 내일이나 모레 다시 들르겠다. 저 작품 석 점은 도버갤러리에서 구입할 예정이다."

제임스 오트는 기분 좋은 미소를 남기고 전시장을 떠났다.

런던에 본사를 둔 도버갤러리는 사치, 화이트큐브, 가고시언 갤러리 등과 자웅을 겨루며 세계 미술시장을 쥐락펴락하는 대형 갤러리 중의 하나이다. 그런 저명한 도버갤러리에서 작품 구입 의사를 밝히다니 놀라운 일이 아닐 수 없었다.

정 선생은 관장님께 이 사실을 알리자고 서둘렀다. 그러나 수나는 내일까지 기다리자고 만류했다. 당장 알리고 싶은 빅뉴스임에는 틀림없었다. 그러나 소식을 듣고 요란을 떨며 기대를 걸었다가 그 기대가 어긋나면 실망이 얼마나 크겠는가. 기대가 크면 클수록 어긋났을 때 그 실망 또한 큰 것이다. 미리 호들갑을 떨어 좋을 것 하나 없었다. 수나 자신도 기대가 어긋날까 가슴 졸이고 있지 않은가. 수나의 처사를 못마땅하게 여긴 정 선생은 볼이 잔뜩 부어 있었다. 그러나 수나의 의견을 받아들일 수밖에 없었다. 내일, 늦어도 모레까지만 기다리면 그 결과를 알게 될 터였다. 그때 알려도 늦지 않을 것이라고 하지 않는가. 공연히 미술관 사람들을 들뜨게 만들었다가 실망을 안기게 되면 그 충격의 여진이 얼마나 오래가겠는가. 그러므로 자기한테 맡겨달라는 수나의 말에 정 선생은 고개를 끄덕이면서도 속으로는 글쎄, 하고 고개를 갸웃했다.

그러나 제임스 오트는 이쪽의 속을 오래 태우지 않았다. 이튿날 오전 그는 심은하와 함께 다시 전시장을 찾았다. 그들은 갤러리 휴게실에 수나와 마주 앉았다.

"도버갤러리에서 강희의 작품 석 점을 구입하기로 결정을 봤다. 심은하는 그럴 필요 없다고 강조하지만 나는 저 세 작품을 한국에서 지불했던 최고 가격으로 구입할 생각이다."

파는 쪽에서는 가급적 높은 가격을 제시하고 사는 쪽에서는 깎고 깎아 최대한 싸게 사려는 것이 흥정의 일반적인 관례 아닌가. 그런데 이쪽에 판매 가격을 물어보지도 않고 자기들이 사고 싶은 가격을 제시하겠다는 것이었다.

"런던에서, 이메일로 보낸 작품을 보기는 했지만 실물을 본 것은 아니니 내게 다 일임하겠다고 했다. 그러나 아무리 마음에 든다 해도 석 장 이상이라면 다시 의논하자고 했다. 한 점당 석 장씩이면 어떻겠느냐?"

석 장이라니, 그게 어떤 단위를 두고 하는 말인지 알아듣기 쉽지 않았다. 수나는 심은하를 쳐다보았다.

"30만 달러."

심은하는 동의할 수 없는 가격이라 생각했는지, 고개를 희미하게 저어 보였다. 수나는 순간 숨이 턱 막혔다. 자기 귀를 의심하지 않을 수 없었다. 지금 꿈을 꾸고 있는 것이 아닌지 살이라도 꼬집어보고 싶었다.

"나는 30만 달러씩에만 구입해도 고맙게 생각할 것이다."

수나의 어리둥절해하는 모습을 옆에서 지켜보던 제임스 오트가 거듭 사실을 확인해주었다. 오트의 확인에도 불구하고 수나는 아직 꿈을 꾸고 있는 것은 아닌지, 의심을 풀지 못했다.

"오늘이라도 계약하겠다. 다만 작가 본인과 계약을 해야 한다. 대리인을 내세우려면 거기에 합당한 법적 절차가 선행되어야 한다. 그런 복잡한 절차를 거칠 필요 뭐 있느냐. 본인과는 그냥 준비된 계약서에 서명하는 것만으로 마칠 수 있다."

"일단 통영에 연락을 하겠다. 가급적 본인이 올라오도록 해보겠지만 여의치 않을 수도 있다."

"우리는 작품을 구입할 경우 작가와의 미팅을 필수 요건으로 생각하고 있다. 인터뷰 등 작품 전시에 필요한 사항을 모두 준비해야만 한다."

"알았다. 노력하겠다. 작가가 올라오면 바로 연락하겠다."

흥분이 쉽사리 가라앉지 않았다. 분할 때만 살이 떨리는 줄 알았는데, 지나친 기쁨에도 몸이 잘 다스려지지 않고 살이 떨리는 것인 줄 처음으로 경험했다. 기쁨의 함성을 참고 있으려니 온몸이 고무풍선처럼 부풀어오르고 금방이라도 터질 것만 같았다. 관장에게 전화를 걸어놓고 흥분 때문에 잠시 입을 열지 못했다.

"손 선생, 손 선생."

김 관장의 부름을 두어 차례 듣고 난 후 비로소 수나는 입을 열 수 있었다.

"관장님, 런던 도버갤러리에서 작품 석 점을 구입하겠다고 했습니다."

"어디서 작품을 구입하기로 했다고?"

"런던의 유명 갤러리 도버에서 강 선생님의 작품 석 점을 구입하기로 결정했습니다."

"런던 도버갤러리에서 강희의 작품 석 점을!"

"작품 한 점당 30만 달러씩을 저쪽에서 제시했습니다. 당장 강 선생님이 올라와 계약서 작성을 해야 합니다."

김 관장 역시 놀란 모양이었다. 잠시 전화기 저쪽이 조용했다. 충격을 다스리려면 적당히 뜸 들일 겨를이 필요할 것이리라. 잠시 짬을 둔 다음 관장을 다시 찾았다.

"그래, 알았어. 강 선생이 지금 안 보이는 것 같던데 내가 찾아 함께 서울로 올라가지."

"강 선생님이 서울에 안 올라오려 할지도 몰라요. 하지만 계약서 작성은 본인과만 한대요. 그리고 작품 전시에 필요한 자료를 다 확보해 런던에 보내야 하기 때문에 본인과 꼭 인터뷰를 해야 된대요. 코를 꿰어서라도 데려와야 해요."

"알았어요. 내가 출발할 때 전화할게."

## 24

갤러리 창조 사무실은 전시실 한 층 위 3층에 있었다. 창밖에 삼각산이 가까이 내려와 있었다. 삼각산 암벽과 소나무 위 하늘에 구름 몇 점이 낡은 편지처럼 떠 있었다. 구름은 날마다 새로 구성되는 것일 텐데 볼 때마다 옛 모습으로 보이는 것은 무슨 까닭일까. 구름이 자신의 옛 모습을 기억하고 있을 턱이 없지만 사람의 기억은 한사코 옛것을 기억하려 든다. 기억의 고집 때문에 겪지 않아도 될 고통을 겪는 사람도 있는 것이다. 기억의 고집을 어찌 꺾을 수 있단 말인가.

안쪽에 컴퓨터가 설치된 사무용 책상이 디근자 꼴로 놓여 있고 중앙에 응접용 테이블과 소파가 놓여 있었다. 벽에는 젊은 작가들 작품 몇 점이 걸려 있고 삼각산을 가두고 있는 창으로는 구름이 천천히 흐르고 있었다. 테이블을 사이에 두고 한쪽 소파에는 제임스 오트와 심은하가 앉아 있고, 그리고 맞은편 소파에는 강희를 가운데 두고 수나와 관장이 양옆에 나란히 앉아 있었다.

강희는 턱에 거친 털이 듬성듬성 나 있고, 머리는 텁수룩했다. 검은 뿔테 안경은 우중충한 인상을 한층 더 어둡게 했다. 빛에 익숙하지 않은 듯 눈을 자주 감았고 잠시도 정면을 바로 보는 법이 없었다. 낡고 추레한 청바지에 검은 셔츠 차림의 그는 쓰레기 하치장에서 쓰레기 분류작업이라도 하다 금방 나온 사람처럼 구지레한 행색이었다.

오트는 아까부터 강희에게서 눈을 떼지 못하고 있었다. 세계 곳곳을 다니며 별의별 사람을 다 겪어본 오트였으나 강희가 유난히 별나다는 느낌을 지울 수 없었다. 안에다 자기 자신을 가두고 살기 때문인가. 아무리 세상을 개의치 않아도 저런 오불관언은 지나친 것 같았다. 저런 태무심 속 어디라야 범속을 초탈한 예술적 혼이 타고 흐를 수 있다는 것인가. 어수룩한 겉모습에도 불구하고 그가 감추고 있는 예술적 열정을 오트는 분명히 알아보았던 것이다. 통역을 위해 심은하를 대동하고 왔으나 몇 마디 나누지 않아서 강희가 오트의 말을 모두 알아듣고 있음을 눈치챌 수 있었다.

영문으로 작성된 계약서를 받아든 강희는 그것을 천천히 검토해나갔다. 표정의 변화가 없는 무감각한 얼굴로 계약서를 테이블 위에 내려놓은 강희는 턱을 끄덕였다.

어제 수나로부터 들은 내용과 다른 점이 없었다. 저쪽에서 제시한 조건을 이미 다 알고 왔으므로 다른 말을 더 보탤 것이 없었다. 계약금조로 10만 불을 선지급하고 작품 인수 시 나머지 금액을 완불하겠다는 조건이었다. 오트가 제시한 계약 조건을 수락한 강희는 수나에게 필요한 절차를 밟아나가자고 말했다. 강희가 먼저 계약서에 서명을 하고 오트가 도버갤러리 담당자로서 거기에 서명을 했다. 계약서 한 부씩을 각각 나누어 가짐으로써 계약을 마친 것이었다.

계약서 작성에 이어 작가 인터뷰에 들어갔다.

오트가 질문을 하고 강희가 거기에 답변을 하는 형식으로 인터뷰가 진행되었다.

인터뷰는 그러나 순조롭게 진행되지 못했다. 작가의 대답이 자주 막혔기 때문이다. 의례적인 학력과 경력에 관한 것뿐만 아니라 언제 그림을 시작했으며 어떤 과정을 거쳐 화가가 되었는지 인터뷰의 가장 기본이 되는 그런 사항에 대해 작가는 한사코 입을 다물었다. 현재 하고 있는 옻칠 그림에 관한 질문에는 대답이 자연스럽고 시원했지만 자신의 과거 경력에 대해서는 신경질적으로 방어적인 태도를 보이며 입을 굳게 다물었다. 작가는 오트를 바로 쳐다보지 못하고 줄곧 테이블을 오른손으로 쓰다듬으며 힘없는 궁색한 어조로 현재의 자기만을 봐달라고 오트에게 간청하다시피 했다.

"뿌리 없는 나무가 어디 있고, 성장과정 없는 사람이 어디 있습니까?"

옆에서 지켜보고 있던 심은하가 답답했는지 그렇게 쏘아붙였다.

순간 고개를 번쩍 쳐든 강희가 심은하를 노려보았다.

"고쳐 태어난 사람도 있는 것입니다."

제임스 오트를 대할 때와는 달리 경직된 음성으로 강하게 쏘아붙였다.

"고쳐 태어난 사람?"

심은하는 주춤 놀란 빛을 감추지 못하고 강희의 말을 되뇌었다.

"그렇습니다. 저는 고쳐 태어났습니다. 지난날을 모두 씻어버리지 않고서는 고쳐 태어날 수 없는 것입니다. 그런 사람에게 자꾸 과거를 돌이켜보게 한다는 것은 폭력입니다."

심은하도 지지 않고 어이없다는 표정으로 강희를 쏘아보았다. 그러나 입을 열어 반박하지는 않았다. 작품이 유별나다 했더니, 사람은 더 유별난 모양이라고 생각하며 불편한 심기를 달랬다. 그런데 심은하의 속셈은 짐짓 다른 데 있었다. 작가와 만난 순간부터 어디서 본 것 같다는 강렬한 기시감을 떨쳐버릴 수가 없었다. 어디서 본 것일까. 분명 언제 어디선가 만난 적이 있고 인사도 나눈 적이 있는 것 같았다. 그런데 그것이 기억의 자락을 붙들고 가물가물할 뿐 기억의 수면 위로 떠오르지를 않았다. 그 갑갑함을 털어버리기 위해서라도 그에 대해 더 집요하게 캐고 들었던 것이다.

"이 작가에게는 현재밖에 없다 한다. 지금 눈앞에 보이는 것만을 보고 앞으로 보여줄 모습만을 우리는 봐야 한다."

아무리 기억을 더듬어도 떠오르는 것이 없자 심은하는 오트를 향해 자신의 뒤틀린 심기를 그렇게 비꼬듯 말하는 것으로 대신했다.

"작가의 입장을 존중한다. 그렇다면 아틀리에에서 작업하는 작가의 최근 모습을 촬영하고 싶다."

강희는 그 요청을 흔쾌히 수락했다. 내일 당장 통영으로 내려가 작업하는 과정을 촬영하기로 두 사람은 약속했다.

갤러리 창조 측에서 제공한 저녁식사 시간은 매우 유쾌했고 화기애애했다. 갤러리 박 대표와 큐레이터가 오트와의 교제를 매우 중요한 일로 생각했다. 그리고 옻칠미술관 김 관장과 작가 강희와 친분을 쌓는 일도 소홀히 여기지 않았다. 화제는 자연 세계 미술계의 동향과 미술시장을 중심으로 전개되었다. 주로 오트가 이야기를 했고, 다른 사람들은 조용히 귀를 기울였다.

"그림이 언제까지 새로워지기만을 바랄 것인지, 아마 인류가 소멸하는 그날까지 그 욕망이 계속 이어질 것 같다."

제임스 오트의 탄식이 잠시 좌중의 공기를 무겁게 가라앉혔다.

수나는 강희를 쳐다보았다. 오트와 비슷한 이야기를 그가 한 적이 있었다. 그가 가지고 있는 세계 미술계와 미술시장에 관한 의견은 매우 신랄하고 공격적이었다. 한마디 거들 법도 한데 피로했던 것인가, 그는 끝내 입을 열지 않았다.

헤어질 때도 유쾌한 모습들이었다. 특히 오트는 강희에게 다가가 정답게 어깨를 감싸고 포옹하며, 내일 다시 보자고 작별인사를 나누었다.

그러나 이튿날 그들의 통영행은 순조롭게 이루어지지 못했다.

강희는 서울에서의 하루 일정이 매우 곤혹스러웠다. 다시는 밟지 않으려던 땅이었다. 피치 못할 사정으로 다시 밟기는 했으나 마음은 줄곧 굳게 닫혀 있었다. 도버갤러리에 그림을 팔았으니, 화가로서 드문 세계적인 영예를 누리고 있는 것이나 다름없었다. 명예와 돈이 함께 굴러들어온 이런 행운을 누리고 있었지만 그의 마음은 회색 구름장으로 뒤덮여 있었다. 그래, 그 때문이었다. 기쁨을 제대로 누리지 못하고 잠시도 경계의 촉수를 늦추지 않은 채 주위를 두리번거렸으며 행여나 하는 불안감에 고개를 떳떳이 들지도 못했다.

아니나 다를까. 얼마 지나지 않아 그의 그런 불안감은 현실로 드러났다.

갤러리 측에서 제공한 호텔 숙소로 들어가 씻고 잠자리에 들려는

데, 문을 두드리는 사람이 있었다. 관장인가, 고개를 갸웃거리며 문을
열었다. 아니, 뜻하지 않게 청와미술관의 큐레이터 심은하가 문 앞에
우뚝 서 있었다. 그리고 심은하의 등 뒤에서 흑, 흐느끼는 여자의 울음
소리가 났다. 심은하가 한 걸음 비켜서자 뒤에 서 있던 여자가 앞으로
불쑥 나서며 강희의 손을 덥석 움켜잡았다.

"내가 잘못했어. 내가 그동안 자기를 얼마나 찾았는데……."

여자는 흐흐흑, 흐느꼈다.

강희는 송충이 털어내듯 여자의 손을 뿌리쳤다. 하지만 여자는 쉽게
손을 놓지 않았고 강희는 자유로운 왼손으로 그녀의 손을 거칠게 뜯어
냈다. 그리고 눈 깜짝할 새에 안으로 들어가 방문을 걸어잠갔다. 문 두
드리는 소리가 다급했으나 그것은 자기가 응답할 의무를 지닌 소리가
아니었다. 이미 지워버린 이름을 부른다고 거기에 대답할 이유도 없었
다. 어찌나 힘주어 잡았는지 왼손에 여자의 악력의 여진이 아직도 남
아 있었다. 오래전 여자의 손에 얻어맞았던 왼뺨의 기억이 되살아났
다. 자기도 의식하지 못한 사이 왼손이 얼굴로 올라가 뺨을 어루만지
고 있었다. 그때의 굴욕감과 분노가 상기되자 부르르 치를 떨었다. 내
뺨을 때린 손이 감히 내 손을 잡아. 어림없는 일이었다. 도끼눈을 치뜨
고 태워버릴 듯 노려보며 저주를 퍼부어대던 여자의 입에서 '내가 잘
못했어. 내가 그동안 자기를 얼마나 찾았는데……' 하는 말이 어찌 나
올 수 있단 말인가. 그렇게 사리분별 없는 여자였던가. 안내 데스크에
전화를 걸어 방 앞 통로가 소란스러우니 조용히 쉬게 해달라고 부탁
했다. 이윽고 문 두드리는 소리도 그치고 몇 번 울리던 머리맡의 전화
도 조용해졌다. 아마 여자가 단념하고 돌아간 모양이었다.

어수선하게 밤을 보낸 강희는 아침을 맞았으나 긴장을 풀지 못했다. 전화가 몇 번 울렸지만 혹시나 하여 받지 않았다. 일단 호텔을 벗어나는 것이 급선무 같았다. 김 관장이나 손 선생 둘 중 누구라도 나타나면 사정을 말하고 호텔을 나갈 생각이었다. 그러나 그들은 쉽사리 나타나주지 않았다. 이윽고 손 선생이 나타났다. 너무 오래 기다린 나머지 지칠 대로 지쳐 있을 무렵이었다. 수나임을 거듭 확인한 다음 강희는 문을 열었다.

"저는 이 호텔을 나가겠습니다."

강희의 느닷없는 말에 수나는 걱정스러운 눈으로 그를 쳐다보았다.

"지금 관장님께서 식당에서 기다리고 계세요."

"관장님은 나중에 뵙겠습니다."

"왜 무슨 일 있어요?"

예상하지 못했던 강희의 강경한 태도가 의아스러웠다.

"어젯밤 잠을 제대로 못 잤습니다."

자신의 탓으로 인해 잠을 이루지 못한 것이 아니라 외부 원인으로 인하여 잠을 이루지 못했다는 것인데, 무슨 일이 있었던 것일까.

"무슨 일이 있었군요?"

손 선생은 어젯밤의 소란을 모르고 있는 모양이었다. 모르고 있다면 그보다 더 다행스런 일이 없었다. 굳이 알게 할 까닭이 없었다.

"무슨 일이 있기는 했습니다만, 노출시키고 싶지 않은 일입니다. 손 선생님이 알았으니 지금 바로 호텔을 나가겠습니다."

"제가 알아듣게 말 좀 해주세요."

"그건 모르는 게 더 좋습니다. 손 선생님 휴대폰 번호를 알고 있으니 나중에 내가 있는 곳을 알려드리겠습니다."

참 알 수 없는 사람이라 생각하며 수나는 강희를 거듭 어이없다는 눈으로 쳐다보았다. 그러나 어쩌겠는가. 그는 지금까지 한 번도 분명해본 적이 없었다. 그런 그를 지금 와서 내가 어떻게 할 수 있겠는가. 그런 생각을 뒤적이며 서두르는 강희의 뒤를 쫓아 객실 통로를 빠져나갔다. 그들이 엘리베이터가 있는 층간 홀에 도착했을 즈음이었다. 저쪽에 모여 있던 한 무리의 사람들이 갑자기 급박하게 움직이는 것이 감지되었다. 그 무리의 움직임이 이쪽으로 급히 몰려오고 있었다. 순식간에 몰려온 그들은 강희를 에워쌌다. 그 가운데 한 여자가 강희 앞에 털썩 주저앉았다.

"교수님, 용서해주세요. 저는 교수님을 해칠 마음 조금도 없었어요. 채경이 부탁대로 했을 뿐이에요."

여자는 강희의 바지 자락을 붙잡고 흐느꼈다.

"교수님, 저희들에게로 돌아와주세요."

다른 한 여자가 강희 앞에 푹 고개를 숙이며 울먹였다.

"교수님, 채경이가 교수님을 모함했다고 자백했어요. 자기의 말은 모두 사실이 아니라고 학교윤리위원회에서 자백했고, 학생회 홈페이지에도 사실을 모두 밝혀 알렸어요. 교수회에서 학교 당국에 교수님의 복직을 건의했고, 학교 당국에서도 다 받아들였어요."

"교수님, 저희 모두가 죄인이에요. 저희를 용서해주세요."

"채경이는 자퇴했고, 저희들은 교수님이 돌아오기만을 기다리고 있어요."

여섯 명의 학생들이 서로 다투다시피 강희에게 사죄하고 학교로 돌아오기를 애원했다. 그러나 강희는 얼굴을 붉힐 뿐 아무 대꾸도 하지 않았다. 여섯 명의 학생을 둘러보는 눈은 분노로 이글거렸고 힘주어 이를 앙다물고 있었다. 그의 머릿속에서는 분노와 함께 수천, 수만 개의 왜? 왜? 왜?가 들끓고 있었다. 학생들의 말 중에는 그 의문을 풀어줄 만한 말은 단 한 마디도 들어 있지 않았다. 그는 치밀어 오르는 울화를 온몸으로 다스리며 고통을 참고 있었다. 이윽고 마음을 정한 듯 그는 팔을 뻗어 앞을 가로막고 선 학생을 단호히 떼밀어 옆으로 넘어뜨렸다. 학생이 비명을 지르며 넘어지는 틈을 타 그는 홱 몸을 날려 계단을 향해 거칠게 내달렸다. 강희의 행동이 어찌나 돌발적이고 과격했던지 학생들은 모두 어리둥절한 채 제자리에 굳어져 있었다. 잠시 어안이 벙벙해 있던 학생들은 그의 뒤를 쫓아 우르르 계단으로 몰려 내려갔다. 그러나 그들의 망설임이 너무 지체되었던 것인가. 한발 앞서 호텔을 나간 강희는 급히 택시를 잡아타고 어딘가로 떠나고 말았다.

황망히 호텔을 빠져나가는 그의 뒷모습을 지켜보며 수나는 충격 속에서도 그에게 던지고 싶었던 또 하나의 중요한 질문에 대한 답을 거기서 읽어냈다.

## 25

그날 5교시 세계미술사 시간이었다. 시간에 맞춰 강의실로 올라갔으나 강의실이 텅 비어 있었다. 세계미술사 시간은 미술대학 학생들뿐만이 아니라 기악과 및 성악과 등 음악대학 학생들도 많이 수강해 강의실이 늘 꽉 차 있다시피 했다. 그런데 강의실에 단 한 명의 학생도 없다니 이상한 일이었다. 휴대폰을 꺼내 날짜와 시간을 확인했다. 날짜와 시간이 모두 맞았다. 학교에 무슨 행사라도 있는 것인가. 학과사무실에 가면 알 수 있겠지, 생각하고 계단으로 내려갔다. 학과사무실 방향에 학생들이 복도를 가득 메우고 있었다. 가까이 가보니 거의 다 세계미술사 수강생들이었다. 왜 강의실로 올라가지 않고 여기 몰려 웅성거리고 있는 것인가. 그런 생각을 하며 학생들을 훑어보았다. 그런데 인사를 하는 녀석이 한 놈도 없었다. 이런 발칙한 녀석들이 있나. 그렇게 생각하고 있는데 더 이상한 것은 아무도 그와 눈을 마주치려 하지 않고 얼른 외면을 하거나 고개를 아래로 떨어뜨리는 것이었다. 이 녀석들이 왜 이러지? 그렇게 생각하며 학과사무실 문을 열려던 그는 학생들이 모여 쳐다보고 있던 게시판을 우연히 바라보았다.

'박정후를 고발한다'는 대자보가 눈에 확 들어왔다. 박정후? 박정후! 그는 손바닥보다 더 커다란 고딕체 글자가 나타내는 것이 자기 자신이라는 사실을 한참 만에야 깨닫고 화들짝 놀랐다. 나를 고발하다니 무엇 때문에, 너무나 뜻밖의 사실에 깜짝 놀란 그는 정신이 번쩍 났다. 내가 고발을 당하다니, 내가 무슨 고발당할 일을 저질렀다는 것인가. 바짝 긴장한 채 대자보를 읽어내려갔다. 몇 줄 읽어내려가지 않아 그는 눈앞이 캄캄해졌다. 더 읽어나갈 수가 없었다. 갑자기 고무 로프 같은 것이 온몸을 칭칭 감아오는 것 같았다.

석사 4학차 학생인 임채경이 고발자였다. 박정후 교수가 자신을 그의 아파트로 유인해 성노리개로 삼았다는 내용을 담고 있었다. 날짜와 장소가 명시되어 있었고 사건이 매우 자상하고 구체적으로 제시되어 있었다. 박사과정 진급과 장학금 보장이 유인의 미끼였고, 두 사람의 성행위 묘사가 아주 노골적이었다. 방에 들어서기 무섭게 가방을 내던지고 양팔로 임채경의 허리를 감고 강제로 입을 맞추고 벌떡 들어 침대로 옮겨 눕힌 다음 옷을 찢어 벗기고 애무를 했으며 급기야 강간을 하기에 이르렀다는 내용을 적시하고 있었다. 어찌나 그 묘사가 세세하고 사실적이었던지 그것을 읽는 동안 직접 목격이라도 하고 있는 것처럼 느낌이 생생했다.

이게 도대체 어찌 된 일인가. 임채경이 왜 있지도 않은 이런 거짓말을 꾸며냈을까. 임채경과의 관계라면, 글쎄, 잘 대해준 것밖에 달리 기억나는 것이 없었다. 그리고 또한 다른 학생들에 비해 각별히 따른다, 그런 생각을 가지고 대했을 뿐이었다. 달리 어떤 특별한 관계도 아니었다. 그런데 이런 허위사실을 꾸며 대자보로 게시하다니, 그 저의가 무엇일까. 무엇 때문에? 도무지 영문을 알 수 없었다. 잡고 있던 학과 사무실의 문고리를 놓고 그는 몸을 돌렸다. 허둥지둥 연구실로 돌아갔다.

들고 있던 강의노트와 교재를 책상 위에 내팽개친 후 소파에 털썩 주저앉았다.

임채경이 대자보를 붙여 나를 모함한 까닭이 무엇일까. 그에게 내가 무슨 못할 짓을 한 적이 있었던가. 그런 적이 없었다. 무슨 원망 들을 일이라도 한 것이 있었던가. 그런 기억도 없었다. 그에게 학점을 박하게 줬던가. 그렇지도 않은 것 같았다. 학점이야 내 평가기준에 맞추어 엄격하게 처리해온 편이었으므로 흡족해하는 학생보다 서운해하는 학생이 더 많았을 것이다. 그러나 학점을 가지고서야 저런 과격한 행동을 취할 것 같지 않았다. 그럼 무엇 때문인가. 내가 모를 어떤 까닭이 따로 있었던 것인가. 도무지 영문을 알 수 없고 갈피를 잡을 수가 없었다. 아니면 누구 다른 사람의 사주를 받은 것일까. 그런 것일까. 그럴 가능성이 가장 높아 보였다.

자, 흥분을 가라앉히고 차분하게 생각해보자. 당황할 필요는 없다. 이건 모함이다. 모함은 칼을 품고 있을 것이 분명하고 눈에 보이지 않은 곳에 폭탄을 설치해두었을 개연성이 매우 높았다. 모함은 정교하고 칼은 보이지 않을 것이며 폭탄은 원격조정 장치를 해두었을 것이었다. 우선 모함의 정체를 밝혀내야 한다. 모함이 아무리 정교하다 할지라도 품고 있는 칼을 찾아내 제거하고 설치해둔 폭탄을 찾아내 해체하면 그 정체를 드러내고 백기를 들고 말 것이다.

나를 도와 모함의 정체를 밝히는 데 힘을 보태줄 사람이 누구인가. 학장을 비롯한 학과 동료 교수들이 먼저 떠올랐다. 그들은 한결같이 내게 우호적이었다. 함께 식사하고 이야기 나누기를 즐겨했고, 주말이면 운동이나 등산 따위를 함께 하자고 제안하고는 했다. 미움을 사거나 원망을 살 만한 일을 한 적이 없었다. 작은 어려움이라도 서로 도와 해결하려고 마음을 쓰며 살갑게 지내왔었다. 그들을 생각하자 기운이 솟아났다. 그래, 내 성품을 잘 알고 있을 것이므로 학생을 성노리개로 삼을 패륜이나 저지를 저급한 인품이 아니라는 사실을 다 알고 믿고 있을 것이다. 이쪽의 결곡한 성격을 잘 알고 있을 테니 누명을 벗는 데 적극적으로 도움을 줄 것이다.

그런데 대자보를 붙인 임채경에게 생각이 미치자 분노가 다시 확 솟구쳤다. 내가 언제 그녀를 내 아파트로 데려갔단 말인가. 내가 그녀를 불러 저녁식사라도 한 번 함께 한 일이 있었던가. 그가 연구실에 자주 찾아온 것은 맞았다. 부르지도 않았는데 불쑥불쑥 찾아와 수줍게 작은 케이크 같은 선물꾸러미를 책상 위에 올려놓고 조심스럽게 나간 적은 몇 번 있었다. 그러나 그런 그녀를 이상하다거나 다르게 본 적은 한 번도 없었다. 필요 이상 우호적인 학생들이 어디 한둘이었던가. 볼 때마다 볼우물을 파며 웃음 짓고는 하던 그의 귀여운 얼굴이 떠올랐다. 아무리 생각해도 거짓 대자보를 붙일 불량한 학생이 아니었다. 학기 초에 받아둔 학생들 연락처 페이퍼에서 임채경의 전화번호를 찾아내 전화를 걸었다. 전화기를 꺼두어 통화를 할 수 없었다. 당사자로부터 대자보를 붙인 이유를 먼저 확인해야 한다는 생각은 거기서 막히고 말았다. 의도적으로 전화기를 꺼둔 임채경이 다른 접근

방법을 열어두었을 리 없었다. 무엇인가, 생각지 못했던 암초에라도 덜컥 걸린 것 같았다. 생각보다 일이 쉽게 풀리지 않을 것 같아 마음이 불안했다.

평소 가까이 지내던 백 교수 연구실에 교내회선으로 전화를 넣었다. 열 번 이상 신호가 가는데도 받지 않았다. 아마 수업 중인 모양이었다. 전화기를 내려놓자 바로 벨이 울렸다. 학장실 조교였다. 잠시 학장실로 내려오라는 조교의 전갈이었다.

학장실로 가는 통로에서 평소 낯익은 학생들 여러 명과 마주쳤다. 학생들은 가까이 다가가기도 전에 먼저 고개를 푹 숙이고 외로 돌아 스쳐 지나가고는 했다. 결코 눈을 마주치려 하지 않았다. 멀리 있다가도 그가 보이면 달려와 활짝 웃으며 공손히 인사를 하던 평소의 그들과는 전혀 다른 낯선 모습에 놀라움과 서운함이 겹쳤다. 학장실 조교도 들어서는 그와 눈이 마주치자 징그러운 곤충이라도 피하듯 급히 얼굴을 돌려버렸다.

"박 교수, 당분간 쉬어야 하겠어요. 대강(代講)은 나와 몇 사람이 나누어 하면 이번 학기야 채울 수 있지 않겠어요?"

학장의 입에서 이런 말이 나오다니 그는 깜짝 놀랐다. 한 조직의 책임자라면 사건의 진위여부를 먼저 따지고 가려야 할 게 아닌가. 대자보에 나와 있는 사건의 진상을 먼저 파악하고 그 사실여부에 따라 조처를 하겠다는 것이 아니라, 대자보의 허위사실을 모두 진실로 받아들이고 그에 대한 조처부터 들고나오는 학장의 처사가 심히 부당했다.

"제가 학교를 쉬어야 하다니, 그게 무슨 말씀입니까?"

학장은 평소 그에게 매우 우호적이었다. 박 교수는 우리 학교의 자랑이며 궁지지요. 평소 여러 차례 그와 비슷한 말을 학장으로부터 들어왔던 터였다. 그러므로 학장은 반드시 그의 편에서 진상파악에 나서주리라 믿고 있었다. 그러나 학장은 싸늘했다. 수치스런 패륜아와는 같은 하늘을 이고 살아갈 수 없다, 그렇게 생각하고 있는 듯 쌀쌀했다.

"냉정하게 들릴지 모르지만 학사를 책임지고 있는 나로서는 어쩔 수 없는 일입니다."

"사실의 진위도 밝혀내지 않겠다, 그 말씀입니까?"

"사실의 진위를 밝혀낸다? 지금 박 교수는 사태의 심각성을 잘 인식하지 못하고 있는 모양입니다. 대자보가 학교 여러 곳에 붙어 있어요. 이 사건, 전교생 모르고 있는 학생 하나 없을 거예요."

"아무리 대자보가 여러 군데 붙어 있다 할지라도 그것이 허위사실인데, 대자보만을 믿고 저에게 학교를 쉬라 하시는 겁니까?"

"그 대자보가 다가 아닙니다. 학교윤리위원회에 이미 제출된 박 교수와 임채경 사이에 교환한 이메일 내용과 문자 내용을 관련 교수들이 다 확인했어요."

"이메일과 문자 교환이라니, 저는 학업 외의 용도로 학생들과 이메일과 문자를 교환한 적이 한 번도 없었습니다. 이것은 모함입니다."

"박 교수야 부정하고 싶겠지만 그 존재가 확실한데 어떻게 하겠습니까. 믿어지지 않으면 학생회 홈페이지에 들어가보세요. 대자보 내용과 그동안 두 사람 사이에 교환한 이메일과 문자 내용을 다 볼 수 있을 거예요."

설마 어떻게 없는 사실을 꾸며 세상에 퍼뜨리고 주고받지도 않은 이메일과 문자를 서로 주고받았다는 것인지 이해할 수가 없었다. 없는 사실을 만들어내는 기술이 그렇게나 정교한 것인가. 이런 모함을 받으리라고는 한 번도 생각해본 적이 없었다. 내가 왜 이런 함정에 빠졌단 말인가. 이 함정을 어찌해야 빠져나갈 수 있단 말인가.

"이건 모함입니다. 저는 정말 결백합니다."

"박 교수야 그렇게 말하는 것이 당연하겠지요. 그렇지만 세상은 박 교수 혼자만 있는 것이 아닙니다. 아까 조교가 보여주는데 보니 SNS에 박 교수 사건이 도배되어 있더군요. 창피해서 못 볼 지경이었어요."

"다시 말하지만 이건 모함입니다. 저는 학생을 상대로 어떤 패륜적이거나 부끄러운 행동도 저지른 사실이 없습니다."

"우리 학교 학생들뿐만 아니라 다른 대학들에서도 이 사건이 회자되고 있어요. 그런데 한가하게 모함이라니, 누가 그 말을 믿겠습니까."

"학장님, 저를 모르십니까?"

"열 길 물속은 알아도 한 길 사람 속은 모른다는 옛 속담이 있습니다."

"제가 학장님에게 그 정도의 존재밖에 되지 않았습니까?"

울부짖으며 외치고 싶었으나 구제할 길 없는 패륜아로 전락해 있는 지금 그의 목소리는 크게 나오지 않았다. 세상을 향해 울분을 토하고 포효하고 싶었지만 그게 되지 않았다. 이미 그는 구제불능의 더럽고 추한 패륜아로 전락해 있었던 것이다.

"통보한 대로 학사 처리를 할 것입니다. 그렇게 알기 바랍니다."

"저는 지금 모함에 빠져 있습니다. 학장님, 저를 좀 구해주십시오.

저의 모든 것을 걸고 맹세합니다. 이건 사실이 아닙니다. 꼭 진실을 밝혀내고야 말겠습니다."

"진실은 하늘이 명명백백히 알고 있을 것입니다."

당신이 말하려는 것은 하늘이 알고 있는 진실과 거리가 먼 변명에 지나지 않을 것이라는 단정에 다름 아니었다. 당신 같은 패륜아는 마주 보고 있기도 더럽다는 듯 쏘아보는 눈에 경멸의 빛이 가득했다. 입꼬리를 말아올리고 비꼬는 말투 또한 견디기 힘들 정도로 치욕적이었다. 학장은 대화의 문을 철컥 닫아걸었다. 호감은 별로 느껴본 적이 없었으나 선배로서 대접은 깍듯이 해주었다. 추상을 해온 그의 작품에 존경의 염을 품어본 적은 없었으나 무시한 적 또한 없었다. 반면 학장은 평소 박정후에게 매우 우호적이었고 그의 작품에 대한 평가 또한 후한 편이었다. 그리고 그가 다른 대학으로 옮겨갈까 봐 신경을 쓰고 있는 눈치도 보였다. 그런 학장이 이쪽의 말은 싹 무시하고 학생의 일방적인 주장으로 도배된 대자보에 더 신뢰를 두다니, 배신감과 굴욕감에 치가 떨렸다. 그동안 쌓아온 교분이 이렇듯 순식간에 무너져내릴 정도의 허약한 것이었단 말인가. 신뢰가 무엇인가. 인격에 관한 존중 없이는 발현될 수 없는 인간의 소중한 감정 아닌가. 그렇다면 지금까지 서로에 대한 인격의 존중 없이 겉으로만 가까운 척해왔다는 것인가. 배신감과 울분으로 온몸이 바들바들 떨렸다. 그러나 그런 그의 분노에 대해 학장은 조금도 관심을 보이지 않았다. 오로지 패륜아를 향한 질타와 경멸뿐이었다. 학장의 냉대와 경멸의 시선을 더 견디지 못한 그는 자포자기의 심정으로 쫓기듯 학장실을 나오고 말았다.

연구실로 올라온 그는 온몸이 식은땀으로 젖어 있었다.

자신의 해명에 귀를 기울여 듣고 함정에 빠져 있는 자신을 구출하기 위해 함께 머리를 맞대고 의논을 해주리라 믿었던 학장의 냉대에 그는 크게 낙담했다. 그동안 가장 믿을 만한 측근으로 여겨왔던 학장의 냉대가 두렵기까지 했다. 자기 입장을 딱하게 여기고 함께 난국을 헤쳐나갈 무슨 방도를 찾아볼 만한 다른 동료 교수들이 없나 더듬어보았다. 자신에게 우호적인 교수보다 적대감을 가진 교수들이 더 많이 떠올랐다. 작품에 대한 평가에 인색한 그에게 호감을 가진 교수들이 드문 편이었다. 다른 동료 교수들도 학장과 별 다름 없을 것이라 생각하니 절망감이 가슴을 검게 물들였다. 이러지도 저러지도 못하고 깊이를 알 수 없는 나락으로 굴러떨어지고 있는 자신에 대해 속수무책 갈피를 잡지 못한 채 한동안 무기력하게 소파에 파묻혀 있었다. 얼마나 그렇게 대책 없이 앉아 있었을까, 전화벨 소리에 소스라치게 놀라 일어났다. 전화벨이 울리다니, 반가운 마음에 눈물이 솟구치려 했다.

"여보세요. 박정후 교수님이세요? 대학윤리위원회입니다. 오는 15일, 오전 10시 윤리위원회 사무실로 나와주시기 바랍니다. 학과에 연락했고 메일도 보냈습니다만, 서면통보는 생략할 것입니다. 반드시 지정한 일시에 출석하시기 바랍니다."

반가워 달려가 받은 전화기를 통해 들려온 내용은 전혀 반갑지 않은 것이었다. 징계 절차에 들어갈 형식적 요건을 갖추기 위한 자리를 갖겠다는 통고였다. 진실 규명에 목적이 있는 것이 아니라 대자보의 내용에 관한 사실을 형식적으로 확인하고 징계 절차를 밟아나갈 것임을 통고하는 자리일 것이었다.

전화를 끊고 소파에 파묻혀 있던 그는 잠시 후 얼굴을 들었다.

대응방법을 찾아야 한다. 이렇게 일방적으로 당하고 있을 수만은 없는 일이었다.

동료 교수들과 학생들로부터 배척을 당하고 있으므로 그들에게서 도움을 기대할 수는 없었다. 그들과의 사이에는 어떤 소통의 길도 막혀 있었다. 지금 열려 있는 통로와 문은 매우 제한적이었다. 우선 반박 대자보를 작성하고 사람을 구해 그것을 학교 게시판에 붙이는 한편, SNS를 이용해 적극적으로 해명해나가는 것이 좋을 것 같았다. 진실은 허위를 이길 자족적인 힘을 지니고 있다 했다. 비록 당분간은 허위에 가려져 있다 할지라도 진실이란 언젠가는 밝혀지기 마련이다. 사필귀정이라 하지 않는가. 조급하게 굴지 않아야 한다. 그리고 윤리위원회 또한 부정적으로만 생각할 것이 아니었다. 도리어 이쪽의 결백을 밝힐 유용한 기회로 반전시킬 수도 있을 것이었다.

그렇게 마음을 정리하고 나니 기분이 한결 가벼워졌다. 굴욕과 치욕의 현장인 학교를 일단 벗어나기로 결심한 그는 더 망설일 이유가 없었다. 주위를 경계하며 주차장으로 간 그는 거기에 세워둔 승용차를 타고 기거하는 아파트로 돌아갔다.

집으로 돌아간 그는 가까스로 냉정을 되찾았다. 차분하게 전략을 세워나갈 궁리를 했다. 학교에 부착된 대자보의 내용이 허위임을 밝혀 학생들에게 널리 알려야 할 필요가 있었다. 그러려면 먼저 허위사실에 대한 적절한 해명을 담은 반박 대자보를 작성해 학교 곳곳의 게시판에 붙여야 할 것이었다. 해명 대자보 작성도 중요하지만 그것을 학교에 부착할 일 또한 부담스러운 난문제였다. 직접 학교로 올라가

게시판에 그것을 붙일 용기는 없었다. 만약 학생들 눈에 띄기라도 하면 그 창피를 어떻게 감당할 것인가. 궁리하던 그는 음식을 배달시켜 먹을 때 유용하게 쓰던 전화번호부에 생각이 미쳤다. 그것을 뒤져 인력고용센터 전화번호를 알아냈다. 거기에 전화를 걸어 자정 넘어 일해줄 사람을 미리 구해놓았다.

해명 대자보를 작성하려니 자료가 필요했다. 끔찍하고 불쾌해 학교에 붙은 대자보를 대략 훑어보고 말았던 것이 잘못이었다. 해명할 원내용의 적시가 필요했지만 다시 학교로 돌아가 대자보를 살펴볼 수도 없고 난감한 일이었다. 그럴 생각도 그럴 용기도 없었다. 대자보의 내용이 학생회 홈페이지에 실려 있을 것으로 생각한 그는 이메일을 열었다. 거기에 게시된 글과 학생들이 올린 글을 참고할 수밖에 없었다.

학생회 홈페이지에 들어가는 것이 쉽지는 않았다. 패스워드에서 자꾸만 막혔다. 궁리 끝에 그는 어찌어찌 학생 하나의 학번을 입력했다. 그러자 창이 열렸다.

판도라의 상자라도 연 것인가. 창을 열고 들어간 그는 그만 눈을 질끈 감아버리고 싶었다. 거기에 올라와 있는 글마다 '박정후 몰아내자!' '박정후 처단하라!'였다. '천벌 받을 놈, 제자를 능욕해!' '버러지 같은 놈!' '놈의 손이 닿은 살을 도려내버리고 싶어!' 그런 끔찍한 글도 있었다.

벌레처럼 꿈틀거리고 있는 수백 개의 그런 글을 훑어내리던 그는 분노보다도 절망감과 한없는 무력감에 사로잡혔다. 어찌 이럴 수가 있단 말인가. 글을 올린 학생들 거의 모두가 익히 알 만한 이름들이었다. 하나같이 귀여움을 받고 싶어하고 관심을 끌기 위해 애를 쓰고는 하던 학생들이었다. 그런 우호적인 학생들이 이제 인면수심의 정체를 밝히려는 데 필사적인 노력과 경주를 하고 있었다.

평소 그의 장점이던 모든 것이 가면이고 겉치레일 뿐 야비하고 탐욕적인 성격을 감추기 위한 위장술에 지나지 않았음을 상기시키고 학점을 미끼로 성희롱이 잦았다는 사실을 여러 학생들이 허위로 꾸며 적시하고 있었다. 어느 것 하나 사실인 것이 없었다. 학생들이야말로 일찍부터 이쪽의 영락과 파멸을 바라고 있었던 것인지 경쟁적으로 거짓을 꾸며내 잔인한 인격살인을 감행하고 있었다. 자신이 상대하고 있는 모함의 벽이 얼마나 높고 완강한 것인지, 홈페이지는 충분히 알게 하고도 남음이 있었다.

간신히 마음을 추스른 그는 그러나 절망적인 기분으로 그 글들을 하나하나 살펴나갔다. 해명 대자보 작성을 위해서는 필요한 선행조건이었기 때문이다. 인내심이라는 것이 그런 데도 필요한 것인 줄 이전에는 알 필요가 없었는데, 거기에는 무한정의 인내심이 요구되었다.

악전고투 끝에 해명 대자보 작성을 끝냈다.

대형 전지에 굵은 매직펜으로 가급적 잘 보이도록 크고 단정한 글씨체로 그것을 써내려갔다. 같은 내용의 대자보 다섯 장을 작성하고 나니 자정이 가까워 있었다. 인력고용센터에서 온 청년에게 약속한 금액에 후한 보너스를 얹어 지불하고 대자보를 학교 지정 게시판에 부착해줄 것을 당부했다. 자정을 넘겨야 반박 대자보를 부착하는 데 용이할 것이라는 말을 청년은 쉽게 납득하고 아파트를 나갔다.

홈페이지에 떠 있는 학생들의 글에 임채경의 대자보가 허위라는 리플을 일일이 달고 나니 날이 훤하게 밝아 있었다. 지쳐 쓰러져 잠이 들었고, 잠에서 깰 때마다 모함에 관한 반박의 글을 SNS에 올렸으며 홈페이지에 들어가 반응을 살폈다. 어젯밤 그가 올린 리플에 한결 강도 높은 반박 리플이 수없이 올라와 있었다. 그 글을 일일이 다 읽어 나갈 수가 없었다. 사람이 극악해질 수 있는 한계는 어디까지일까. 사람의 극악함이란 무한 번식하는 바이러스처럼 한계가 없는 모양이었다. 악플은 무한대로 번식할 수 있는 괴물인 모양이었다. 악플에 일일이 반박의 글을 달지 못하고 홈페이지를 나오고 말았다.

## 26

드디어 그날이 되었다.

옷을 추레하게 입는다거나 챙이 넓은 모자를 푹 눌러써 얼굴을 가리려는 생각도 안 해본 것은 아니었다. 그러나 그런 변장이나 행태가 도리어 의심을 증폭시키게 만들지나 않을까 저어되었다. 그는 그런 저급한 술수를 쓰지 않기로 하고 단정한 정장 차림으로 아파트를 나섰다.

학교에 당도한 그는 주차 위반 구역인지 아닌지 따지지도 않고 최대한 윤리위원회 회의실과 가까운 곳에 차를 세웠다. 학생들과 마주쳐 달가울 리 없었다. 차에서 내린 그는 가급적 시선을 발끝에 모으고 윤리위원회 회의실로 가기 위해 걸음을 옮겨놓았다. 몇 걸음 옮겨놓지 않아 뒤통수로부터 무엇인가 끌어당기는 강한 인력을 느끼고 무심코 뒤를 돌아보았다.

'패륜아 박정후를 몰아내자.'

대형 플래카드를 앞세운 한 무리의 학생들이 일대를 꽉 메우고 있었다. 순간 그는 두 눈을 질끈 감았다. 박정후가 나타나자 순간 학생들은 일제히 주먹을 불끈 쥔 오른팔로 공중에 엿을 먹이며 "박정후 물러가라." 하고 소리 높여 외쳐댔다. 쫓기듯 계단을 올라가려던 그는 문득 생각을 고쳐먹었다. 몸을 휙 돌린 그는 학생들 무리를 향해 걸음을 옮겨놓았다. 학생들이 외치는 구호가 한층 더 격렬해졌다. 그는 주먹을 불끈 쥐고 학생들 앞에 우뚝 섰다.

"학생들, 거짓에 속지 맙시다. 대학은 지성의 전당입니다."

있는 힘을 다해 목소리 높여 외쳤다.

"지성의 전당에서 제자를 능욕해?"

학생들 사이에서 항변이 터져나왔다.

"그건 사실이 아닙니다. 저는 모함에 빠졌습니다."

"저런 뻔뻔한 자식!"

학생 하나가 그렇게 외치며 들고 있던 물병을 던졌다. 그걸 신호로 음료수 캔이며 종이컵이며 심지어 볼펜까지 그에게로 날아들었다. 그 가운데 몇 개가 몸에 맞았다. 그는 간신히 짜낸 자신의 용기가 당치 않은 만용이었음을 뒤늦게 깨닫고 몸을 돌렸다. 분하고 억울한 심정을 가눌 길 없어 걸음걸이가 비틀거렸다. 계단을 올라가 유리문 안으로 뛰어들어갔다. 학생들의 외침 소리는 멀어졌으나 그의 두 방망이 질하는 심장은 계속 '성범죄자 박정후를 몰아내자'는 학생들의 외침 소리를 듣고 있었다.

윤리위원회 회의실로 올라가는 엘리베이터 문이 닫히자 가까스로 학생들의 외침 소리가 차단되었다. 이마에 솟은 진땀을 손수건으로 훔쳐내고 호흡을 가다듬었다. 뛰는 심장은 아직도 급박했으나, 회의실에서는 침착해야 한다고 몇 번이나 거듭 다짐하며 심호흡을 했다. 학생들과의 실랑이로 인해 허비한 시간이 길었던 것인가. 출석시간을 15분가량이나 넘기고 있었다.

부총장이 의장석에 앉아 있고, 윤리위원을 맡은 각 단과대학 교수들을 비롯해 예술대학 학장 등 관련 인사들이 원형의 테이블에 둘러앉아 있었다. 고개를 돌려 그를 쳐다보거나 가볍게 목례라도 보낸 인사는 아무도 없었다. 평소 절친하게 지내온 교수도 눈에 띄었지만 오히려 그는 손가락 마디를 꺾으며 아예 눈을 거기에 박고 있었다. 냉랭한 기운을 느끼며 입구 가까운 쪽 비어 있는 의자를 향해 그는 걸음을 옮겨놓았다. 사무직원 한 명이 다가와 그가 의자에 앉을 때까지 옆에 지켜서 있었다. 그는 가방을 열고 준비해간 유인물을 꺼냈다. 사무직원에게 그것을 윤리위원들에게 일일이 돌려달라고 부탁했다. 그리고 의식적으로 턱을 들고 시선을 정면을 향해 두었다. 돌린 유인물을 그래도 살펴는 보는 것인지 종이 넘기는 소리가 들려오기는 했다.

"평소 성실하고 모범적이며 신망이 높던 박정후 교수를 상대로 이런 불편한 자리를 갖게 되리라고는 상상도 하지 못했습니다. 그리고 조금 전 받은 유인물에 적시한 대로 박 교수가 터무니없는 모함을 당하고 있으리라 믿습니다. 그러나 피해 학생의 주장 또한 부정할 수 없는 사실로 여겨집니다. 이 상충하는 사실의 진위여부를 밝혀내는 것이 오늘 이 자리에 있는 우리가 맡은 소임입니다."

부총장의 개회사에 이어 법대 황 교수가 말을 받아 이어갔다.

"대학 사회의 위신을 실추시키는 이런 불미스런 성희롱사건이 학내에 일어날 때마다 우리는 참담한 심정으로, 그리고 십자가를 지는 심정으로 사건에 임하고는 했습니다. 이번 제자 성추행사건 또한 우리 모두가 책임져야 할 대학사회의 병적 현상의 하나인 것입니다. 이를 해결하는 방법은 냉혹할지라도 과감한 수술밖에 달리 도리가 없다고 생각합니다."

"하지만 유인물에서 박 교수가 요구한 사실 규명이 선결 조건 아니겠습니까?"

인문대 이 교수가 나서서 말했다.

"가해자가 순순히 승복하는 예를 보셨습니까. 세상의 모든 평계가 그의 편인 것입니다."

황 교수의 고집스럽고 독단적인 주장이 비수처럼 가슴을 찔러왔다.

"그러나 진실이란 함부로 지나쳐버린 노변의 돌멩이가 지니고 있을 수도 있습니다."

인문대 이 교수도 지지 않고 응대했다.

"허허, 가해자는 강자인 교수고 피해자는 약자인 학생입니다. 진실이 어느 쪽에 더 가깝게 있을까요?"

경영학과 변 교수가 황 교수의 역성을 들고 나왔다.

"우리가 원칙론과 일반론에 매달릴 이유는 없습니다. 구체적인 사실을 토대로 진실을 규명해내는 데 우리의 소임이 있는 것입니다. 가해자로 고발을 당한 박 교수와 피해자인 미술대학 석사 4학차 학생인 임채경으로부터 사실을 확인해야만 하는 것입니다."

부총장의 말에 모두 입을 다물었다.

"아까 받은 유인물을 박 교수의 진술로 보고 임채경을 불러 피해사실을 진술 받도록 하면 어떻겠습니까?"

잠자코 있는 것으로 보아 체육대학 하 교수의 제안에 동의하는 눈치들이었다.

"박 교수께서 따로 더 할 말이 없습니까?"

무슨 더 할 말이 있겠는가. 사실이 아니다. 왜 이런 거짓 사실을 꾸며 소동을 벌이는지 그 저의를 알 수 없다. 이건 전적으로 모함이다. 억울하다. 아마 저들이 듣고 싶지 않을 그런 말밖에 달리 더 할 말이 없었다.

"저는 더 할 말이 없습니다. 학생이 와 있다면 그로부터 직접 사실을 듣고 싶습니다."

사무직원이 나가더니 다른 방에서 대기하고 있던 임채경을 데리고 들어왔다. 그녀는 초췌한 모습이었다. 침울한 시선으로 교수들을 둘러보았다. 그와 눈이 마주치자 얼른 시선을 아래로 깔아 피했다.

의장석 옆에 마련된 의자에 앉은 임채경은 인간관계의 기본인 신의성실에 입각하여 양심에 어그러짐 없이 진실만을 말할 것을 당부하는 부총장의 말에 그러겠다고 다 들을 수 있을 만큼 큰 소리로 대답했다. 피해 사실을 육하원칙에 부합하도록 논리정연하게 진술할 것을 당부하는 부총장의 말에 이어 임채경의 주저 없는 진술이 이어졌다.

대자보의 내용과 하나 다른 데가 없었다. 학생회 홈페이지에서도 거듭 읽었던 내용이므로 익히 알고 있는 것들이었다. 그러나 직접 듣고 있으려니 더 구체적이고 사실적으로 느껴졌다. 의기소침한 표정으로, 소구하듯 애처로운 목소리로 임채경이 진술해나가자 동정심이 일어났는지 윤리위원들마다 측은하다는 빛을 감추지 않았다. 거기에다 다음 순간 벌어진 해프닝이 더 결정적인 영향을 미쳤다.

술을 먹인 뒤 아파트로 유인해 성폭행을 하려는 장면을 진술하려던 임채경이 갑자기 흐느끼며 고개를 푹 꺾더니 그만 옆으로 쓰러져 의자에서 굴러떨어지고 말았던 것이다. 사무직원이 달려가 부축을 했으나 임채경은 혼절한 채 정신을 차리지 못했다. 다급해진 사무직원이 다른 직원을 불러 도움을 청하고 함께 떠메고 학교 진료소로 갔다.

당황한 가운데 소란이 가라앉기를 기다렸으나 회의 속개는 부질없는 것임을 다들 깨닫고 있었다. 부총장은 곧 한 차례 더 회합을 가진 다음 결론을 내겠다며 산회를 선포했다.

내가 왜 이런 봉변을 당하고 있어야 하는가. 내가 무슨 잘못을 어떻게 저질렀다는 것인가. 피해자가 주장하는 사실 가운데 내가 한 짓이 하나도 없는데 어찌 이런 곤경에 처할 수 있단 말인가. 잘못이라면 아무 짓도 하지 않았다는 것이 잘못 아닌가. 아무 잘못을 저지르지 않아도 응징을 받아야 하는 것인가. 그 죄명은 무엇이라 하는 것일까. '누명'을 썼다, '함정'에 빠졌다, 이런 것 말고 맞아떨어진 무슨 죄명이 있을 것이었다. 없다면 기필코 만들어서라도 명명해내야 한다.

시위를 하고 있는 학생들을 피해 가고 싶었으나 주차해둔 차로 가려면 그들 앞을 지나가지 않을 수 없었다. 학생들이 던지는 물병을 맞고 음료수 캔도 몸으로 받으며 그 앞을 지나가지 않을 수 없었다. 눈을 발끝에 모으고 뛰듯이 벗어나는 도리밖에 달리 방법이 없었다. 계단을 내려가 눈을 발끝에 모으고 몇 걸음 옮겨놓지 않아서였다. 누군가 갑자기 앞을 가로막았다. 한인경이었다. 증오와 분노로 눈이 이글이글 타오르고 있었다.

"더러운 자식!"

다짜고짜 뺨을 힘껏 후려쳤다. 어쩌나 힘을 모아 가격했던지 몸이 휘청했다.

"너, 미쳤어?"

"이런 야비한 놈을…… 내가 창피해서."

"너, 너는 이래서는 안 돼."

"학생이나 짓밟고 다닌 저질이 교수라고, 원!"

한 마디 한 마디가 비수와 다름없었다. 비수가 날아와 꽂힐 때마다 가슴이 비명을 질러댔다. 분노로 몸이 마비되었다. 앞을 가로막고 있는 한인경을 힘껏 밀쳐내고 그는 차로 달려갔다. 학교를 어떻게 빠져나왔는지 기억에 없었다. 4차선 대로를 달리다 신호대기 중 뒤에서 채근하는 클랙슨 소리에 놀라 번쩍 정신이 들었다.

갈 곳도 정하지 않고 길을 따라 달리던 그는 강변에 이르러 둔치로 내려갔다. 차를 세우고 핸들에 머리를 박았다.

왜 내게 이런 재앙이 닥친 것일까. 남에게 미움을 살 만한 일을 저지른 적이 없었다. 다른 사람을 못살게 굴거나 피해를 준 일이 없었다. 친구들과의 사이는 원만했고 동료 교수들과의 사이도 친밀한 편이었다. 혼자 생각인지 모르지만 학생들로부터는 존경을 받고 있는 것으로 믿어왔었다. 그런데 누가 내게 앙심을 품고 나를 파멸시키려 한 것일까. 임채경이 내게 무슨 앙심이라도 품고 있었던 것일까. 착한 학생이었다. 수업에도 충실하고 작품에도 열심이었다. 나쁜 점을 발견하기 어려운 평범한 학생이었다. 그러한 임채경이 왜 나를 파렴치범으로, 패륜아로 모함한단 말인가. 누군가 사주를 한 것임에 틀림없다. 사주를 한 자가 누굴까. 특별히 누군가의 앙심을 살 만한 일을 한

적이 없었다. 그러므로 나를 미워하거나 나를 매장시키려 들 사람이 있을 까닭이 없었다. 길을 걷다 개미를 모르고 밟아 죽인 일은 있을 지 모르지만 알고서는 결코 개미도 밟아 죽인 적이 없었다. 나와 특별히 경쟁관계에 있는 사람도 없었다. 나는 현재의 교수직에 만족하고 있었고, 다만 욕심이라면 좀 더 빼어난 작품을 그릴 수 있기를 바라는 것 정도였다. 누군가 내 교수 자리를 노리고 있는 것일까. 공정한 공채 과정을 거쳐 채용된 자리였다. 누군가 교수가 되고 싶은 사람이 있다 면 그 자격을 갖춘 후 공정한 공채과정을 거쳐 채용되는 길밖에 없었 다. 현직에 있는 사람을 밀어낸다고 그 직을 바로 승계할 수 있는 것 이 아닌 것이다. 그렇다면 내 작품을 질투하고 있는 사람이 있단 말인 가. 아무러면 작품에 대해 질투를 하고 있는 자라 할지라도 사람을 파 멸로 몰아낼 만큼 미움을 키워 가질 수는 없는 일 아닌가. 그 미움은 아무리 키워봐야 현실적 이익을 얻을 수 없을 것이기 때문이다. 그리 고 그런 경우 자기 자신을 담금질하는 자극제로 삼을지언정 증오의 대상으로 삼는 경우는 드물 것이었다. 아무리 생각해도 알 수 없는 일 이었다.

그리고 조금 전 인경의 몰지각한 언행이라니, 저것이 결혼을 약속 한 여자가 보일 태도인가. 세상이 다 등진다 해도 한인경만은 그래서 는 안 되는 것이다. 내가 믿고 의지할 유일한 사람 아닌가. 이쪽의 결 함까지도 보듬어주어야 하는 사람인 것이다. 그런데 더러운 자식이라 니, 야비한 놈, 비열한 자식이라니! 자기가 미국에서 학위 마칠 때까 지만 기다려달라고 애원해 미루어온 결혼이었다. 그런데 지난 10여 년 동안 쌓아온 정이 그토록 허망한 것이었단 말인가. 아무리 실망으

로 인한 분노가 격심했다 할지라도 이쪽의 해명을 몇 마디만이라도
들어봐야 하는 것 아닌가. 먼저 이쪽의 해명을 구하는 것이 당연한
일이고 그 해명의 신뢰 여부에 따라 비난을 하든 죽이든 해야 하는
것 아닌가. 한인경, 그녀는 내 결백을 믿어주어야 할 유일한 사람 아
닌가!

## 27

"아무래도 내일 손 선생이 함께 내려가야 할 것 같아. 강 선생 작업 관련 촬영을 하고 인터뷰를 하는데, 코디네이션을 해야 하지 않을까. 나는 그 방면에 백지인 데다 미술관에 그런 일을 할 만한 사람이 없잖아."

제임스 오트 일행과 미술관으로 내려가기로 결정을 본 직후 김 관장은 수나와 정 선생이 있는 데서 말했다.

"그러세요. 코디라면 우리 손 선생님 따라갈 인사 없을 거예요. 이곳 전시회 일이야 갤러리 직원들도 있고, 제가 졸지만 않으면 충분히 잘해낼 수 있어요."

정 선생은 오른손 엄지를 세워 아래위로 흔들며 자신감을 나타냈다.

"하지만 정 선생님은 짬만 나면 조는데 믿고 맡길 수 있을까?"

수나가 일부러 짓궂은 말투를 꾸며 빈정거리듯 응수했다.

"나만 보면 뭘 시킬 게 없나 눈을 부릅뜨고 찾는 손 선생님께서 그런 걱정을 할 계제인가요. 자기가 할 일도 매번 제게 시키고는 해요,

글쎄."

"고자질쟁이 아니랄까 봐 본색을 드러냅니다."

두 사람이 주고받는 대거리를 들은 김 관장은 미소를 지었다.

수나는 이튿날 통영으로 내려가는 김 관장의 승용차 편에 동승했다. 전화가 왔을 때 함께 내려가자고 했으나 강희는 한사코 고속버스 편으로 따로 내려가겠다고 고집을 피웠다.

미술관에 도착한 수나는 마음과 몸이 다 바빴다.

방문할 손님이 누구인가. 세계에서 몇 손가락 안에 꼽히는 유수한 도버갤러리 큐레이터 아닌가. 그의 머릿속에는 세계 미술사를 장식하고 있는 우수한 미술작품들이 저장되어 있을 것이었다. 그리고 세계 미술계의 동향뿐만 아니라 중요 화가들의 동정이며 미술시장의 흐름 또한 다 파악하고 있을 것이었다. 그의 미술작품 감식안은 세계 으뜸 수준일 것이며, 미술품 감식안이 출중한 만큼 세상에 존재하는 모든 아름다움을 한눈에 알아보는 뛰어난 미적 감각 또한 지니고 있을 것이었다. 게다가 갤러리 이익 창출을 최우선 소임으로 여기고 있을 그는 냉혹한 눈과 남다른 결단력도 겸비하고 있을 것이었다. 그런 사람의 눈을 의식하지 않을 수 없어 새삼스럽게 긴장한 채 미술관 전시실에 전시되어 있는 작품들을 살피며 위치를 고쳐 걸거나 조명의 각도를 다시 조절하기도 했다. 그리고 작업실 전체를 정돈하고 강희의 작업대도 깨끗이 정리했다.

아트 숍에서 차를 마실 때도, 작업대를 정리할 때도 강희는 몹시 침울한 표정을 짓고 있었다. 작품 매매 소식을 이미 듣고 축하하는 작업실 화가들과 미술관 직원들의 축하인사에도 데면데면 받아넘겼다. 우쭐해하지도 않았고 으스대거나 기고만장하는 따위의 기색은 조금도 찾아볼 수 없었다. 도리어 침울한 표정으로 깊은 생각에 잠겨 있고는 했다.

이윽고 제임스 오트와 심은하 일행이 옻칠미술관에 도착했다.

그들이 탄 승합차가 주차장에 들어서는 걸 본 김 관장과 수나가 밖으로 나가 영접했다. 오트와 카메라를 멘 남자, 그리고 심은하와 어제 아침 심은하와 호텔 로비에 함께 있던 여자 등 네 명이었다. 우선 아트 숍으로 안내한 후 차를 마시며 휴식을 취하도록 했다. 앞에 놓인 찻잔을 다 비운 오트가 강 선생은 왜 보이지 않느냐고 수나에게 물었다. 아까부터 몇 번이나 입구 쪽을 돌아보며 강희가 나타나기를 기다리고 있던 수나는 순간 당황했다. 손님이 내방한 사실을 알고 있을 것임에도 짐짓 당사자가 아직 나타나지 않은 것이었다. 불현듯 그가 좋지 않은 사달이라도 일으키면 어쩌나, 불길한 예감이 들었다.

"제가 찾아보겠습니다."

그렇게 말하고 자리에서 일어난 수나는 아트 숍을 나와 작업실로 갔다. 서 선생, 최 선생, 하 선생 등 다른 화가들은 다 작업실에서 작업에 열중하고 있었으나 강희의 작업대는 비어 있었다.

"강 선생님? 조금 전 나가던데, 손님들 맞으러 간 거 아니었어요?"

최 선생에게 강희의 행방을 물었으나 고개를 저었다. 전시실에도 없고, 2층 세미나실과 강당에도 없었다. 불길한 예감이 들어 다시 작업실로 내려간 수나는 그의 작업대를 살펴보았다. 작업대에는 촬영에 대비하여 준비해둔 작업 재료와 안료, 붓 등이 가지런히 정돈되어 있었다. 그런데 작업대 아래에 늘 놓여 있던 배낭이 보이지 않았다. 그가 분신처럼 그의 몸에서 잘 떼놓지 않던 배낭이 보이지 않은 것으로 봐 또 어딘가로 행방을 감춘 것이 틀림없었다.

"관장님, 강 선생님이 보이지 않습니다."

"강 선생이 없다니, 조금 전까지 작업실에 있었잖아."

"배낭이 없는 걸로 봐서 행방을 감춘 것 같습니다."

수나의 말을 들은 김 관장은 초조한 얼굴로 부관장을 찾았다.

"강 선생이 어디 있는지, 직원을 다 풀어 찾아보세요."

초조감을 감추지 못한 김 관장의 지시를 받은 부관장은 급히 아트숍을 나갔다.

"손 선생은 일단 오트 일행에게 미술관에 전시된 작품을 구경시키세요. 그동안 강 선생을 찾아볼게요."

수나 역시 속이 탔다. 필경 무슨 까닭이 있어 몸을 감춘 것이 틀림없어 보였으나 그 까닭이 짐작이 가지 않아 불안했다. 오트 일행을 안내하여 전시실에 전시된 작품을 설명하고 있는 동안에도 신경은 온통 강희의 행방에 쏠려 있었다. 빨리 찾아와야 할 텐데, 그러지 않고 끝내 찾지 못할 경우 이를 어찌하면 좋단 말인가. 설마 그런 황당한 일을 벌일 것 같지는 않았지만 지금까지 그가 보여온 행태를 돌이켜 보면 그러고도 남을 위인이 아닌가.

옻칠회화에 관한 오트의 관심은 매우 높았다. 옻칠의 역사와 옻칠제품의 민속 예술적 가치에 관해 도록을 참고하며 흥미를 보였다. 예술작품으로서의 존재가 아니라 생활용품의 장식으로 존재해온 장구한 역사와 그런 민속공예품의 도록을 오래 눈여겨 살펴나갔다. 그러한 가운데 민속 유물들이 대부분 미국, 영국, 일본 등 다른 나라의 박물관에 전시되어 있을 뿐 국내에는 몇 점 남아 있지 않다는 사실을 듣고 놀라며 관심을 나타내기도 했다. 전시실 세 곳에 전시된 작품들을 일일이 감상하며 시간을 끌었으나 그때까지도 강희는 나타나지 않았다.

　일행이 다시 아트 숍으로 돌아가 자리를 잡고 앉았을 때 이윽고 수나의 휴대폰으로 강희의 전화가 걸려왔다. 공중전화였다.

　"저는 당분간 옻칠미술관과 숙소에는 발을 끊겠습니다."

　강희의 고집이 목소리에 그대로 묻어나 있었다.

　"강 선생님, 왜 그러세요? 지금 오트가 미술관에 와 있잖아요."

　"오트만 왔나요? 아니지요?"

　"청와미술관 심은하 선생님과 함께 오셨지요."

　"심은하 씨 옆에 있던 사람은 무슨 용도로 온 건가요?"

　"심은하 선생 친구분 말씀인가요?"

　"오트에게 그러세요. 그들 일행의 인적 구성에 문제가 없는지 내가 묻더라고요. 만약 그 인적 구성을 바로잡지 않으면 저를 볼 수 없을 거라고 하세요. 이 말은 계약 파기까지 염두에 두고 하는 엄중한 경고라고 일러주세요."

　"그게 말이 돼요?"

　그렇게 외쳤으나 이미 전화가 끊어진 다음이었다.

　"강 선생님은 여기 미술관에 나타나지 않을 거랍니다."

　강희와의 통화 내용을 듣고 있던 중 심은하 옆에 있던 여자가 벌떡 의자를 박차고 일어나 밖으로 뛰쳐나갔다.

　"제가 소개가 늦었군요. 박정후 교수와 결혼을 약속한 한 교수예요."

뛰쳐나간 여자의 뒷모습을 바라보며 심은하가 말했다.

"박정후 교수요?"

짐작이 가고도 남음이 있었으나 저도 모르게 그렇게 되물었다.

"강 선생님이, 박정후 교수세요."

사태가 분명해졌다. 강희가 제임스 오트 일행의 인적 구성을 문제 삼지 않았던가. 그리고 심은하 씨 옆에 있던 사람은 무슨 용도로 온 거냐고 따져 물었었다.

"저분한테는 안됐지만, 저분이 계신 한 강 선생님은 여기 나타나지 않겠다는 뜻을 분명히 했습니다. 계약도 없었던 것으로 해야 한다고 했습니다."

"계약을 없었던 것으로 해?"

김 관장이 벌컥 역정을 냈다.

"박 교수 성격은 제가 잘 압니다. 그 고집에, 작품 몇 점 파는 것이 중요하겠습니까. 그런 것에는 눈도 꿈쩍할 사람 아닙니다. 하지만 두 사람 사이가 원만해지길 바랐는데, 그래서 함께 내려왔는데, 제가 잘 수습하겠습니다."

난처한 입장에 처한 심은하는 자기가 해야 할 일을 잘 알아차렸다. 여자를 찾아 밖으로 나갔다. 얼마 후 돌아온 심은하의 눈이 부석부석했다.

"박 교수는 저와 마주치는 것도 거북해할 겁니다. 저와 한 교수는 지금 서울로 돌아가겠습니다."

심은하는 김 관장과 수나를 상대로 그렇게 말한 다음 오트를 향해 오늘의 상황을 설명했다. 그 설명은 장황한 감이 없지 않았으나 충분히 설득력을 발휘했고, 상황을 잘 알아차린 오트는 밖으로 나가 그런 슬픈 일을 겪은 당사자를 위로하는 예의를 갖추기도 했다.

두 사람이 서울로 돌아가고 나서도 강희는 한동안 미술관에 나타나지 않았다.

오트와 카메라맨의 숙소를 정해주고 김 관장과 수나가 밤늦게까지 그들의 말벗이 되어주었다. 손님 접대에 여념이 없는 중에도 수나는 강희에 관한 또 다른 의문 하나가 풀린 데 대한 안도감을 느끼고 있었다.

이튿날 심은하와 여자가 서울로 올라간 사실을 거듭 확인한 다음 강희는 주저하며 가까스로 미술관에 모습을 나타냈다. 강희는 오트에게 어제 일에 대해 간명하게 사과를 했다. 그러나 미안해하는 기색은 얼굴 어디에서도 찾아볼 수 없었다. 피치 못할 당연한 조처로 생각하지 않은 사람은 지을 수 없는 태연한 표정을 짓고 있었다.

어제의 미안함을 보상이라도 하려는 듯 강희는 오트의 일을 위해 열의를 보였다. 작업하는 모습 등 옻칠미술관에서의 활동 상황을 스스로 연출해가며 세세히 설명하고 열정적으로 보여주었다. 인터뷰 또한 '천년 후에도 사랑받을 그림'을 반드시 옻칠 그림으로 그려내고야 말겠다는 포부를 밝히며 오트가 기대했던 것보다 훨씬 더 훌륭히 치러냈다. 오트가 미처 생각하지 못한 것까지 챙겨 제공해주어 오트를 흡족하게 만들었다.

"나는, 현재 세계 미술계의 흐름에 동의하지 않는다."

오트는 전시장에서 수나로부터 들은 말이 상기되어 잠자코 강희를 쳐다보았다.

"세계 미술계가 천지개벽을 하지 않으면 안 된다고 생각한다."

"어떤 점을 말하는 것인가?"

"미술작품이 본모습을 회복해야 한다고 생각한다. 요즘 거의 모든 미술작품이 기괴한 기호로 전락해 있는 실정 아닌가. 미술작품이 다시 인간의 아름다운 정서와 취향에 이바지할 수 있도록 원래의 모습을 회복해야 한다고 생각하는 것이다."

"더 구체적으로 말하면?"

"아름다움이 무엇인가. 아름다움이란 인간의 정서를 순화시키는 불변의 가치 아닌가. 그런 사실을 깨우쳐주는 작품이 필요하다고 생각한다. 그렇지 않고 데미안 허스트처럼 포름알데히드 용액에 상어 한 마리 넣어놓고 그걸 120억 원에 팔아먹는 행태를 계속 허용할 것인지, 세계 미술계는 심각하게 고민해야 할 때가 왔다고 믿는다."

"선생의 말은 그러니까……."

"미술작품에서 아름다움이 소거된 것, 칼로카가티아(Kalokagathia, 善美) 및 아레테(Aretê: 최상의 가치)가 사라지게 된 것은 칸딘스키의 추상미술에서 비롯된 것이 아니라고 생각한다."

"그렇다면?"

"레디메이드 제품인 변기를 작품이라 설치한 뒤샹이 그 원조라 생각한다. 뒤샹 이래 많은 변천을 거쳐, 데미안 허스트는 상어나 해골을, 신디 셔먼과 리처드 프린스는 다른 작가의 사진을, 카텔란은 아예 설치작품 자체와 갤러리 시설까지 레디메이드 하지 않았는가. 피에로 만초니는 자기의 대변을 깡통에 넣어 미술작품이라고 팔기도 했고. 이런 칼로카가티아와 아레테와 거리가 먼 것을 미술작품이라 할 수 있겠는가, 아니면 이를 자의적 해석을 붙인 예술가의 탈선으로 볼 것인가."

"요즘 미술가들의 행태는 그림의 본령과는 거리가 멀다는 지적이군."

"그렇다."

"선생이 바라는 세계 미술계의 변화는 어떤 것인가?"

"좀 길게 말할 기회를 주겠는가?"

"지금은, 선생의 말을 듣는 시간이다."

"언제나 그런 것은 아니지만, 문제는 일반론 속에 잠복해 있는 경우가 많다고 생각한다. 인상주의자들이 그려낸 사물들이 일상적인 이미지를 소거하기 위한 첫 번째 도전이었다면, 슈리얼리즘의 사물들은 비슷한 오브제의 재현이 아니라 오브제를 증명하려는 것이라는 견해가 있지 않은가. 슈리얼리즘에 있어서 사물은 그것이 놓여 있어야 할 일상적인 공간질서에 묶여 있기를 거부하고 있다. 달리가 그리는 사물은 녹아내리거나 제자리를 잃고 땅 위에 있어야 할 것이 공중에 떠 있거나, 바닷속에 있어야 할 것이 땅 위에, 혹은 실내에 있어야 할 가구 같은 것이 해변이나 사막에 놓여 있기도 한다. 에른스트, 마그리트, 샤갈 같은 화가도 사물의 익숙한 이미지를 소거하기 위하여 사물과 장소를 의도적으로 엇바꾸어 낯선 존재로 만들어놓고는 했다. 이런 슈리얼리즘 화가들의 지향점은 '상상력의 공간'일 것이라는 견해도 있지만, 글쎄!"

제임스 오트는 아까부터 강희와의 대화를 녹음기에 녹취하고 있었다. 카메라맨은 두 사람의 대화 분위기를 해치지 않으려 조심하며 여러 방향에서 강희의 모습을 카메라에 담고 있었다.

"미로, 칸딘스키와 같은 바우하우스 화가들과 포르즈, 조르주 마튜, 포트리에 같은 앵포르멜 화가들은 또 어떤가. 그들이 지향하는 바는 사물의 일상적인 이미지를 철저히 제거하는 데 있지 않았나. 즉 이들의 캔버스에는 사물들이 산산조각 난 파편들로 존재하고 있다. 그 파편은 하나의 개념(concept)을 구성하는 최소 단위(형태소)지만 낯익은 사물의 집합체로서의 양태를 해체당하고 있어 슈리얼리즘의 연출된 오브제와는 다르다 할 수 있을 것이다. 그러나 이런 앵포르멜 또한 반성적으로 거부된다. 벽지와 신문이나 잡지, 라벨과 헝겊조각을 캔버스에 도입한 파피에 콜레를 '평면에서 이루어진 조각' '입체로 전환된 회화'라며 타틀린, 보치오니 등이 캔버스를 버리지 않았는가. 그 지점으로부터 설치미술이 등장했고. 어쨌든 그림이 캔버스를 버린다, 물고기가 물을 버리고 육지로 올라왔다, 그것은 같은 함의를 지닌 것 아니겠는가."

오트는 잠자코 듣고만 있었다. 다 알려져 있는 이런 사실들보다 뒤이어 강희가 제시할 결론이 더 궁금할 따름이었다.

"결국 현대미술이 '그려진 오브제'에서 '만드는 오브제'로, 다시 '만드는 오브제'에서 이미 '만들어진 오브제'로 변모하는 과정을 거쳐왔다고 할 수 있다. 물론 기성품의 '변기'가 하나의 오브제로 되기 위해서는 장소의 연출이 필요하고, 장소의 조작에 의해서 '보아왔던 것'의 이미지에서 해방되어 일상적인 사물의 라벨을 떼어버릴 수 있게 되기는 하지만, 어쨌든 뒤샹은 레디메이드를 그만두며 이를 계속하면 위험하다고 경고하고 화업(畵業)에서 중도하차했다. 우리는 여기서 무엇을 읽어내야 하겠는가. 그 후에도 액션 페인팅이다 팝아트다 미니멀 아트다 이런 새로운 유행이 펼쳐지기도 했지만, 뒤샹의 만년에서 우리는 반성을 통한 일련의 해체, 그림의 해체의 역사를 극복해야 한다는 과제를 찾아내야 하는 것 아니겠는가."

강희의 말은 거침이 없었다. 오랫동안 속에서 숙성시켜온 사실이 아니면 저렇듯 당당하고 거침없이 말할 수는 없을 것이었다.

"팝 아트와 미니멀 아트는 또 어떤가. 팝 아트의 사물들은 레디메이드의 복제품이거나 그 변형 아니겠는가. 재스퍼 존스의 「성조기」, 올덴버그의 「햄버거」, 앤디 워홀의 「마릴린 먼로」 이런 작품들은 다 복제 및 변형물에 지나지 않는 것이다. 그런데 미니멀 아트는 또 어떤가. 아무것도 그리지 않고, 아무것도 만들어 보이지 않으면서 이 '아무것도 하지 않고 있다'는 사실을 증명해 보이기 위해 '미술'이라는 이름의 의식을 차용하고, 그 의식을 통해 '아무것도 하지 않는다'는 행위의 순수성을 증명하고자 한다는 것이다. 문제는 순수의식을 표상(表象)의 방법(그리는 것)으로서가 아니라 오히려 그것의 포기를 통해서 그 예사롭지 않은 행위의 의미를 증명하려는 데 있다고 주장한다. 바로 그 지점에서 카텔란은 전시실에 작품 한 편 걸어놓거나 설치하지 않고 '나는 곧 돌아오리라'라는 표지판 하나 달랑 걸어놓은 것으로 대신하고, 베니스 비엔날레 전시 공간을 향수회사 광고 공간으로 팔아넘겼으며, 네덜란드의 데 아펠 재단 전시에는 다른 전시장에서 전시되고 있는 다른 화가의 작품과 팩스, 테이블까지 훔쳐다 '또 다른 빌어먹을 레디메이드'라는 제목으로 전시하는 해프닝을 벌이는 것으로까지 발전하기에 이르지 않았는가. 이런 일련의 해프닝은 그림이

더 이상 실험할 일이 없어졌음을 나타낸 단적인 예가 아니고 무엇이
겠는가."

강희의 말에 오트는 조용히 고개를 끄덕였다. 그의 결론이 정체를
드러낼 때가 되었음을 그는 감지했다.

"그리고…… 5백 년 이상 서구의 회화는, 빛과 음영에 의한 시각적
인상을 표현하는 각종 방법을 낱낱이 다 고안해냈고, 비범한 예술적
기교를 통하여 사실적 효과를 내려는 그 꾸준한 노력이 드디어 사진
술 자체의 발명으로 이어지지 않았는가. 이 과학적 성과는 화가들로
하여금 새로 정복할 심리학의 세계를 탐구하게 했고, 거기서 시각적
인상이 아니라 정신적 경험을 표현하기 위한 실험이 나타난 것으로
보는 견해에 공감하고 있다. 다시 말해, 현대미술의 실험이 그동안 서
구문명의 바탕이 되어온 '이성의 장(場)'에 대한 반성적 인식에서 출
발했다는 견해에 나는 동의하고 있고, 그 반성적 인식이 곧 사물의 구
조를 주목하게 했으며 그 구조분석에 의해 사물의 본질에 관한 사유
로 발전된 것으로 나는 생각해왔다. 그렇듯 서양 현대미술은 오브제
를 둘러싸고 치열하게 실험을 계속해왔으나, 결국 오브제의 증명에
실패했음을 이러한 사례들이 자인한 것으로 보고 있다."

강희는 잠시 숨을 가다듬었다. 그리고 이어 신중한 어조로 선언하
듯 말했다.

"그렇다. 바로 그 지점으로부터 미술은 다시 태어나야 한다고 믿고
있다."

"미술이 새로 태어나야 한다!"

"그렇다. 먼저 전위예술의 종말에 은폐되어 있는 현대 예술의 실체

를 투시해야 하고, 세계 미술상들의 반성과 변화가 반드시 요구되기도 하지만, 화가들이 근본적으로 변화해야 한다. 무엇보다 계속 과대포장되어온 피카소라는 우상부터 먼저 파괴해야만 한다고 믿는다."

"일테면 어떻게 말인가?"

"중세의 르네상스 운동 같은 것이 요구되는 것이다. 중세인은 그리스 문예부흥을 부르짖었지만 우리는 중세의 아름다움을 되찾아 와야 한다고 믿고 있는 것이다. 인간은 숭고한 존재이다. 그런 숭고한 존재로서 누려야 할 어떤 격조 높은 아름다움을 되찾아 누리도록 해야만 한다. 즉 칼로카가티아 및 아레테의 회복 운동이 절실히 요구되고 있는 것이다. 그러나 피카소라는 우상을 파괴하지 않고서는 그 회복은 실현 불가능한 것이다."

칼로카가티아 및 아레테의 회복 운동! 강희는 굳이 오트의 동의를 구할 생각은 없었다. 자신이 그렇게 믿고 있고 그것을 실천해가는 것으로 장래를 설계하고 있었다.

"왜 피카소가 문제인가. 세계 미술계의 변화에 가장 크게 기여한 화가가 바로 피카소 아닌가."

"그래 맞다. 그러나 전쟁의 참화를 적실하게 나타낸 「게르니카」라는 대작이나 「늙은 기타연주자」도 모방의 혐의로부터 자유롭지 못했다. 일찍부터 절충주의자요, 모방화의 대가라는 별칭도 따라다녔다. 그러나 세상은 그의 절충주의를 통일성에 대한 의식적이고 고의적인 파괴를 뜻하며, 그의 수많은 모방은 독창성의 숭배에 대한 항의라고 묘한 논리로 도리어 미화시켜왔다. 그리고 그의 데포르마숑(왜곡, 비틀기) 수법은 형식의 자의성을 좀 더 강력히 보여주려는 것이며 '자연과 예술은 두 개의 완연히 다른 현상이다'라는 명제를 확인하기 위한 것이라고 부추기기도 했다. 그래서 그는 르네상스마저 부정하며, 따라서 「아비뇽의 처녀들」 이후 그의 작품은 계속 아름다움과 갈수록 멀어져오지 않았는가. 그럼에도 불구하고 그는 계속 과대평가되고 우상화되어왔다. 따라서 세계 미술시장이 바로 그 영향 아래 좌지우지되어온 것이 사실 아닌가. 그 때문에 세계 미술계가 변하기 위해서는 피카소라는 우상부터 파괴하지 않을 수 없는 것이다."

오트는 입술을 꾹 깨물었다. 눈에 사려 깊은 파장이 이어지고 있었다.

"당치 않게, 예술이란 옥좌(玉座)를 차지하고 앉아 군림해온 뒤샹의 「샘」(변기) 피카소의 「황소의 머리」(자전거 안장과 핸들), 존 케이지의 「4분 33초」(無音) 같은 것을 예술의 옥좌로부터 끌어내려야 한다!"

오트는 그렇게 중얼거린 다음 생각에 잠긴 표정으로 천천히 머리를 끄덕였다.

"그렇게 들었다니 고맙다. 다시 말해 격조 높은 아름다움! 나는 그것을 옻칠회화로 구현해 보일 작정이다. 옻칠과 자개의 특성을 살리고 조상이 남긴 고분벽화의 전통기법을 계승하여 형자가 아닌 본질을 그려낼 것이다. 그러면 우리가 오랫동안 도둑맞아온 숭고한 어떤 아름다움, 즉 칼로카가티아를 회복해낼 수 있으리라 믿고 있다."

"선생의 말을 듣고 있으니 서구 지성들의 예술에 관한 우려가 생각난다. 급변하는 현대의 노화과정에서 새것, 실험적인 것, 구성적인 것, 이런 것들이 자기 파괴적 과정에 들어선 지 오래라며 전위예술의 종말을 공식적으로 인정해야 한다고 강조했었다. 그런 맥락에서 선생은 벽화의 전통을 이은 옻칠회화로 세계 미술계의 르네상스 운동을 펼쳐나갈 예정이란 말로 들린다."

"그렇게 말해주어 고맙다. 하지만 거기에는 많은 설명이 보태져야 할 것이다."

오트는 강희의 입을 똑바로 주시했다. 한동안 두 사람은 말없이 서로를 쳐다보았다. 이윽고 강희가 입을 열었다.

"내가 논리를 좀 비약시켜도 용서하겠는가?"

"아까도 말했다. 이 자리는 강 선생을 위한 자리다."

"그럼 좋다. 번거롭더라도 계속 귀를 좀 빌려주기 바란다."

오트가 고개를 끄덕였다.

"미술계 이야기를 하다 보니 과학 방면의 일이 떠올랐다. 과학의 발달은 어느 수준까지 허용되어야 하는가? 이 문제가 나를 한동안 괴롭혔었다. 과학의 발달이 미술의 변모와 같은 길을 걷게 되는 것이나 아닌지 걱정되었기 때문이다. 과학기술의 발전이 화가들의 입지를 좁히고 위협하는 사진술을 발명하지 않았는가. 그와 같이 뭇 과학기술 제품이 인간의 손, 발, 머리 등 인간 활동을 대신하게 함으로써 인간으로 하여금 안락을 누리게 할는지는 모르겠다. 그렇지만 그것이 결국 인간의 신체적 퇴화현상을 초래하지 않을지 걱정이다. 인간의 기본 존재 여건이 무엇인가? 먹고 자고 사랑을 나누는 것 아닌가. 과학기술에 의해 이런 기본 조건을 제약하거나 무너뜨려버린다면, 인간의 본성이 유지될 수 있을는지 의문이다. 그리고 무엇보다 인류 보전 법칙의 기본인 사랑을 잃어버리게 되지는 않을는지 걱정이 된다. 사랑 없는 세상이란 곧 생명체 없는 혹성과 다름없지 않겠는가?"

오트가 지루해하지 않는지 잠시 살핀 다음 강희는 말을 계속했다. 오트의 눈이 반짝이고 있었다.

"무엇보다 과학으로 하여금 신체의 비밀을 다 밝히도록 허용해야만 할 것인가, 하는 문제는 인류가 당면한 가장 시급한 현안문제 중의 하나라 생각한다. 게다가 과학으로 하여금 종교의 신비를 거둬내버리도록 방관해도 좋을 것인가, 이 또한 깊이 고뇌해봐야 한다고 생각한다. 왜냐하면 생명의 신비와 종교적 비의가 계속 유지되어야만 인간의 이상, 새로운 세계를 향한 동경심 내지는 꿈 같은 것이 유지되어 인간의 삶을 풍요롭게 이어나갈 수 있지 않을까, 그렇게 생각하기 때문이다. 그렇지 않은가. 종교란 2천 년 이상 인류의 지혜가 집성된 다이아몬드 같은 존재인 것이다. 이런 종교를 아무리 무소불위의 과학이라 할지라도 그렇게 간단히 해체하도록 수수방관만 할 수 있겠는가. 종교를 없애버리면 인류에게 새로운 혼란과 방황이 도래할 것이 아닌지 심각하게 고민해봐야 할 것이다. 그리고 사랑 또한 인간의 영원한 생명 유지 수단으로 존속되어야 하리라 나는 믿고 있다."

잠시 말을 멈춘 강희는 오트를 쳐다보았다. 눈이 마주치자 오트는 빙그레 미소 지었다.

"내가 과학에 관해 이런 비관적 전망을 하게 된 것은 다른 까닭 때문이 아니다. 요즘 과학계의 조류가 1904년 이후의 미술계를 보고 있는 듯한 느낌이 들기 때문이다. 아까도 말했지만 미술은 중세를 정점으로 미학적 아우라를 점점 잃어오지 않았는가. '아름다움'을 현상으로 분석하고 해석하며 생긴 것이 칸딘스키 이후의 일련의 심리적 실험 작업이었을 것이다. 말레비치, 몬드리안, 자코메티 등으로 전해져온 미술의 변모는 미학적 함의나 아우라를 지워버린 레디메이드 작품으로 이어져왔다. 즉 워홀의 무한복제를 거쳐 폴록이나 쿤스 같은 괴기한 화가, 실물을 이리저리 얽어놓고 주관적 해석을 부연한 설치 작품 따위로 변모해온 미술계를 돌이켜보면, 장차 과학의 발달이 전개되어갈 걱정스런 단계적 변모를 유추해볼 수 있지 않을까, 생각되었던 것이다. 과학이 마침내 인간을 해체하여 사랑을 소거해버리지 않을까, 그런 생각을 하면 끔찍하고 무섭다. 발달이라는 미명을 지닌 것들이 왜 하나같이 해체로 귀결되는 것인지, 미술의 발달은 '아름다움'을 해체 내지는 소거해버렸고 과학의 발달은 장차 '사랑'을 해체 내지는 소거해버릴 것이 아닌지 걱정인 것이다. 나는 이런 현상의 도래가 멀지 않은 것으로 판단하고 있다. 미술이 '아름다움'을 소거해버렸듯 과학이 '사랑'을 소거해버리도록 방관만 하고 있을 수 있겠는가. 과학이 '사랑'을 소거해버리기 전에 이를 예방해야 하듯 미술에서는 '아름다움'을 다시 회복해야 되리라고 나는 굳게 믿고 있다."

오트는 천천히 고개를 끄덕였다.

"나는 이런 현상의 도래를 잠자코 지켜보고만 있을 수 없다고 생각했다. 그래서 과학으로부터 '사랑'을 지켜내고, 그림에 있어 '아름다움'을 되살려내는 것, 그것을 나의 당위적 사명으로 생각하게 되었다. 내 옻칠회화는, 그러니까 그 당위적 사명의 수행에 바쳐질 것이다. 그러나 아무리 옻칠과 자개의 특성을 살려 벽화의 전통을 구현한다 할지라도 그래도 그것을 어떻게 어떤 형상으로 그려내고 표상해나갈 것인가. 그것이 앞으로 두고두고 나를 괴롭힐 나의 심각한 과제인 것이다!"

강희는 입을 굳게 다물었다. 그의 눈에 광채가 번뜩이고 있었다.

"선생의 말은, 세계 화단을 향해 던지는 경고 및 도전장이며 어떤 방향 제시로 들린다. 좋다. 오랜만에 미술계를 향한 훌륭한 의견을 접했다."

## 28

제임스 오트가 다녀간 며칠 후 반백의 한 사내가 옻칠미술관을 방문했다.

훤칠한 키에 눈매가 날카로웠다. 반백의 머리카락이 햇볕을 받을 때마다 반짝거렸다. 얼굴 표정에서는 인내와 득의로 인생을 가꾸어온 사람만이 지녔음 직한 녹록지 않은 경륜이 느껴졌다.

세 군데 전시실을 돌며 전시된 작품을 한 점 한 점 예리하게 살펴 나갔다. 전시실에서 나온 그는 사무실을 찾아 옻칠회화와 관련된 책이나 도록이 있느냐고 정중하게 문의했다. 김 관장의 책 한 권과 옻칠 관련 전시회 도록 두 권을 내주자 그것들을 구입했다. 그러고 나서 아트 숍 창가 테이블에 앉아 차를 시켜 마시며 구입한 책의 페이지를 넘겼다. 책을 보고 있는 것처럼 꾸미고 앉아 있었으나 정신은 짐짓 딴 데 쏠려 있는 것 같았다. 자주 책에서 눈을 떼고 주위를 두리번거리거나 바깥을 내다보고는 했다. 그는 해가 지고 미술관 문을 닫을 시간까지 같은 자리를 굳건히 지키고 앉아 있었다.

이상한 일이었다. 반백의 사내가 옻칠미술관에 나타난 이후 강희의 모습을 볼 수 없었다.

반백의 사내는 이튿날 다시 미술관에 나타나 아트 숍 창가의 어제와 같은 자리에 앉아 어제와 같은 모습으로 하루해를 또 보냈다.

강희는 여전히 행방을 감춘 채 전화 한 통 없었다.

다음 날도 그림자 같은 의문의 사내는 옻칠미술관을 찾아와 전시실과 아트 숍 등 미술관 안팎을 어슬렁거리다 해질녘이 되어 새가 둥지를 찾아들 즈음에야 어딘가로 돌아갔다.

그날도 하루 종일 강희는 모습을 나타내지 않았다.

나흘째 되던 날, 무슨 일인지 아침부터 미술관 문을 닫은 저녁 무렵까지 그림자 같은 반백의 사내가 나타나지 않았다. 의문의 사내 모습이 보이지 않자 미술관 사람들은 가까스로 마음을 놓았다. 까닭은 알수 없었으나 그림자 같은 의문의 사내는 미술관에 걱정과 불안의 검은 구름을 몰고 온 것 같았다.

반백의 사내가 모습을 나타내지 않은 다음 날, 혹시나 하고 종일 미술관 안팎을 살폈으나 의문의 사내는 물론 강희도 모습을 드러내지 않았다.

그림자 같은 의문의 사내가 모습을 나타내지 않은 날로부터 사흘이 지난 후에야 강희는 후줄근한 모습으로 미술관에 나타났다. 어깨가 축 처져 있고 뼈만 남아 걸치고 있는 옷이 헐렁해 흡사 허수아비에 넝마를 걸쳐놓은 것 같았다.

창을 통해 그의 모습을 본 수나는 달려가 품에 덥석 안기고 싶은 강렬한 충동을 가까스로 눌러 참았다.

한산도 유배지에 위리안치된 지 여섯 해,

인간으로서의 외로움이 사뭇 두터워,

세상의 믿음을 '전복'하거나 '반란'을 자주 도모해왔다.

"문학은 항시 돌고 돌면서 나날이 성과를 새롭게 한다.

도전과 변혁은 영원한 길, 전통의 계승은 풍요로운 샘,

새로운 실험에 과감히 도전하고, 기회를 잡으면 두려움이 없다.

현세에서는 신기한 발상을 찾고,

전통에서는 정법(定法)을 찾아야 한다."

약 1천5백 년 묵은 위의 『문심조룡』 창작론을 '정법' 삼아,

'전복'과 '반란'의 돋보기로 아름다움[美]의

생김새[形]와 바탕[相]을 궁구해보았다.

마침, 바다의 땅 통영과 옻칠회화가

내게 '신기한 발상'을 마냥 재촉했다.

박용숙 『현대미술의 반성적 이해』, 심은록 『세계에서 가장 비싼 작

가 10』, 르네 위그『예술과 영혼』, 브랜든 테일러『모더니즘, 포스트모
더니즘, 리얼리즘』, 미셸 라공『예술 무엇을 하기 위한 것인가』등에서
빚진 바 크다.

　이 작품을 기꺼이 세상에 내놓은 나무옆의자 관계자들에게 깊이
고마움을 느낀다.

2015년 여름

유익서

# 세 발 까마귀

초판 1쇄 인쇄 2015년 7월 13일
초판 1쇄 발행 2015년 7월 15일

지은이 유익서
펴낸이 이수철
주 간 신승철
편 집 정사라, 최장욱
교 정 윤혜준
마케팅 정범용
관 리 전수연

펴낸곳 나무옆의자
출판등록 제396-2013-000037호
주소 서울시 용산구 한강대로 109 용성비즈텔 802호(140-750)
전화 02) 790-6630~2 팩스 02) 718-5752

페이스북 www.facebook.com/namubench9
카페 cafe.naver.com/namubench
인쇄 제본 현문자현 종이 월드페이퍼

© 유익서, 2015
ISBN 979-11-955006-4-2